Anne Weber begibt sich auf eine sehr persönliche Erkundungsreise, die in die fremde und faszinierende Welt ihres Urgroßvaters Florens Christian Rang (1864–1924) und damit in die Abgründe und Höhenflüge einer ganzen Epoche führt. Rang, im Buch »Sanderling« genannt, war Jurist, evangelischer Pfarrer in zwei Dörfern bei Posen, Schriftsteller und Philosoph. Er korrespondierte mit Hugo von Hofmannsthal, war befreundet mit Martin Buber und Walter Benjamin. Anne Weber spürt den Widersprüchen und Krisen, den Abrechnungen und Aufbrüchen dieses Urgroßvaters nach, indem sie seine Schriften liest, seine Briefe und Tagebücher entziffert, eine Reise auf seinen Spuren nach Polen unternimmt. Doch während dieser Annäherung stellt sich immer wieder ein gewaltiges Hindernis in den Weg: die deutsche und familiäre Vergangenheit, wie sie nach Sanderlings Tod 1924 weiterging. ›Ahnen‹ ist eine ebenso poetische wie reflektierte Zeitreise, die zugleich von den Sehnsüchten und dem Schmerz der Gegenwart erzählt.

Anne Weber, geboren 1964 in Offenbach, lebt als Autorin und Übersetzerin in Paris. Zuletzt erschienen bei S. Fischer ›Kirio‹, ›Ahnen‹, ›Tal der Herrlichkeiten‹, ›August‹ und ›Luft und Liebe‹. Ihr Werk wurde unter anderem mit dem Heimito-von-Doderer-Preis, dem 3sat-Preis, dem Kranichsteiner Literaturpreis und dem Johann-Heinrich-Voß-Preis ausgezeichnet. 2020 wurde sie zur Stadtschreiberin von Bergen-Enkheim ernannt und erhielt den Deutschen Buchpreis. Ihre Bücher schreibt Anne Weber auf Deutsch und Französisch.

Weitere Informationen finden Sie auf www.fischerverlage.de

Anne Weber

Ahnen

Ein Zeitreisetagebuch

FISCHER Taschenbuch

Aus Verantwortung für die Umwelt hat sich der S. Fischer Verlag zu einer nachhaltigen Buchproduktion verpflichtet. Der bewusste Umgang mit unseren Ressourcen, der Schutz unseres Klimas und der Natur gehören zu unseren obersten Unternehmenszielen.

Gemeinsam mit unseren Partnern und Lieferanten setzen wir uns für eine klimaneutrale Buchproduktion ein, die den Erwerb von Klimazertifikaten zur Kompensation des CO_2-Ausstoßes einschließt.

Weitere Informationen finden Sie unter: www.klimaneutralerverlag.de

FSC
www.fsc.org
MIX
Papier aus verantwortungsvollen Quellen
FSC® C083411

2. Auflage: Oktober 2020

Erschienen bei FISCHER Taschenbuch
Frankfurt am Main, Oktober 2016

Satz: Dörlemann Satz, Lemförde
Druck und Bindung: CPI books GmbH, Leck
Printed in Germany
ISBN 978-3-596-03161-0

Es fängt damit an, dass mein Passwort »Panzerdivision« ist. Ich habe es vor Jahren gewählt, als ich das letzte Mal eine Dauerkarte für die untere, den Forschern vorbehaltene Etage der Bibliothèque nationale beantragt hatte. Für Platzreservierungen und Buchbestellungen im Internet braucht man dort ein Pseudonym. Nun hätte ich natürlich Lindenblüte oder Seidenwurm wählen können. Ich hatte Panzerdivision gewählt. Es war der Kosename, den mir einmal ein äußerst charmanter, in der hohen, wenn auch in meiner Wertschätzung seither gesunkenen Kunst der Ironie unschlagbarer Franzose gegeben hatte und der mit möglichst nasalem Akzent, weichem »s« und Betonung auf der letzten Silbe ausgesprochen gehört: Pansèredivisión. Dieser Name, der nicht etwa nur mir als Deutscher galt, sondern gewisse, mir ganz persönliche Eigenschaften treffen sollte und vermutlich auch trifft, war mir einst komisch erschienen. Im Zusammenhang mit den Nachforschungen, die ich mit Hilfe dieses Passwortes betreiben will, hört er sich nicht mehr so komisch an. Es soll um einen Deutschen gehen, der einige Jahre in Polen verbracht hat. Um meinen Urgroßvater.

Um es gleich zu sagen: Mein Urgroßvater ist nicht in Polen einmarschiert. Die Gegend um Poznań, in der er lebte, war schon 1815 Preußen zugeschlagen worden.

Trotzdem. Ich will das Bibliothekspseudonym ändern. Das ist unmöglich. Ein einmal gewähltes Kennwort, ein sogenannter Alias, erklärt mir unwirsch die für die Karten-Erstellung zuständige Dame, bleibe für immer bestehen. Panzerdivision.

Es ist mit diesem Namen wie mit der Vergangenheit selbst, vor der man bekanntlich nicht davonlaufen kann. Das scheint zu stimmen: Da geht man, wie ich, in ein fremdes Land, lässt sich dort nieder, lernt die Sprache sprechen und schreiben, bis man, manchmal zumindest, mit einer Einheimischen verwechselt wird. Man glaubt, untertauchen zu können. Aber wo man auch hinkommt und wie lange man auch schon in der Fremde lebt: alle haben dort schon längst unseren Steckbrief gelesen. Und lachen oder fauchen einen an: Panzerdivision!

Also: Das Passwort bleibt bestehen. Und letztlich kann ich auch nicht ausschließen, dass in das Buch, das ich meinem Urgroßvater widmen will, früher oder später nicht doch die deutschen Invasoren einfallen werden.

Ich werde damit anfangen, auch ihm eine Art Passwort oder Namen zu geben, denn weder will ich ständig »mein Urgroßvater« schreiben, was schließlich nicht seine wichtigste Rolle ist im Leben, noch seinen vollen Namen, Florens Christian Rang, noch Florens Christian, wie ich es in meiner Familie väterlicherseits, wo man einen altvertraut-respektvollen Umgang mit ihm pflegt, immer gehört habe, und noch weniger »unser Held«, was mir weder im ironischen noch im eigentlichen Sinn gefällt. FCR (wie JFK) wäre praktisch-knapp, lässt aber eindeutig zu sehr an einen Fußballclub denken. Also: Welches Kennwort würde ich für ihn aussuchen, wenn ich heute in der Nationalbibliothek eine Jahreskarte für ihn beantragen müsste? Viele Eigenschaftswörter würden auf ihn passen: der Suchende, der Wahnsinnige, der Haltlose, der Radikale, der Unbändige, der Stürmische. Wonach ich suche, ist aber ein Name, ein Passwort eben. Ich wähle – nach einem Vogel, den ich an französischen Küsten oft dem Vor und Zurück des Wassersaumes habe folgen sehen – Sanderling.

Das Erste, was mich für den Mann erwärmte, als er anfing, mich innerlich in Anspruch zu nehmen, war, dass sein unveröffentlichtes, nie vollendetes und nur in Fragmenten überliefertes Hauptwerk den Titel *Abrechnung mit Gott* tragen sollte; es sollte hauptsächlich eine umfassende Geschichte und Kritik des Christentums und den Entwurf einer zukünftigen Religion enthalten, und es sollte von der Schilderung seines eigenen Glaubensweges oder vielmehr seiner Glaubensirrwege illustriert oder untermauert werden.

Abrechnung mit Gott: Er meinte es ernst mit diesem Titel, wie mit allem, was er im Leben anfing. Und ich? Ich überlege. Doch, ich meine es ernst, immer ernster sogar, wenn mein Ernst auch sicher ein anderer ist als Sanderlings. Wer es jedoch nicht ernst meint, das ist die Zeit. Abrechnung mit Gott: Allein die zeitliche Verschiebung ins 21. Jahrhundert nimmt dem Titel, so scheint mir, etwas von seiner Ernsthaftigkeit. Ohne mein Zutun, nur durch den Zeitsprung, ist ein (wenigstens auch) komischer Titel daraus geworden. Der Ernst, wie er zu Sanderlings Zeit noch verbreitet war, ist aus der Welt verschwunden, zumindest aus unserer unmittelbaren, vertrauten Umgebung. Aber vielleicht doch nicht ganz?

Der Größenwahn dieses ernstgemeinten Titels verschlägt die Sprache. Ich sehe einen kleinen Mann vor mir – ich stelle ihn mir klein vor, nicht für seine Zeit, aber für unsere –, aber natürlich hätten zwanzig oder sogar dreißig zusätzliche Zentimeter nichts geändert an seiner Winzigkeit im Angesicht dessen, mit dem er abrechnen wollte. Ich sehe ihn also vor mir, einen kleinen Mann, allein auf weiter Flur, wie er die Fäuste zum Himmel reckt und sich seine Wut aus Leib und Seele brüllt, ich sehe ihn, er hat es selbst so erzählt, seinen Hut vom Kopf reißen und darauf herumtrampeln und dabei in die *weiten Wälder* schreien: *Hund,*

Schurke, und immer wieder *Hund, Schurke,* und damit meint er *Gott den Quälgeist, den ›Vater‹, der mir vom Himmel aus das angetan.* Ich höre, wie seine Worte schon in wenigen Metern Höhe verschluckt werden von einer tauben, noch nicht einmal höhnischen Unendlichkeit.

Er glaubte, dass jemand, also ein Gott, mit ihm persönlich befasst war, hatte noch nicht das Gefühl, in einer unübersichtlichen Masse zu verschwinden. Der *mir* das angetan! Wie Hiob fühlte er sich höchst ungerecht behandelt, doch wie sah das Unglück aus, in das er unverschuldet gestürzt worden war? Hatte er wie Hiob seine Frau, seine zehn Kinder und seinen gesamten Besitz verloren, war er wie Hiob vom Scheitel bis zur Sohle von bösartigen Geschwüren zerfressen? Was war es also, was ihm angetan wurde? Es ist ungewiss, ob sich das mehr als hundert Jahre später noch wird herausfinden lassen.

Abrechnung mit Gott: Hier hat sich jemand nicht einschüchtern lassen, scheint es. Oder: Hier hat jemand zu viel Nietzsche verschlungen? Womöglich beides. Ich will dem Ernst und dem Größenwahn nachgehen, mit dem diese Worte vor hundert Jahren notiert und doppelt unterstrichen wurden.

Statt wie seine Urenkelin mit einem Allerweltsnamen geschlagen zu sein, trug dieser Ernste einen Namen, der fast schon Gesinnung ist: Rang. Der Rang bezeichnet im Deutschen, dem Grimm'schen Wörterbuch zufolge, die Stufe, die ein Mensch innerhalb einer gesellschaftlichen Ordnung innehat; er setzt eine Hierarchie voraus. Mir scheint, jemand, der Rang heißt, müsse sich anders fühlen als einer, der Müller, Weber oder Schubert heißt. Ob wohl einer mit Namen Rang auf die Idee käme, es könnte vielleicht der letzte, der hinterste Rang gemeint sein? Aber natürlich verraten diese Überlegungen nichts, außer meiner eigenen Voreingenommenheit. Vermutlich fühlt sich ein Herr Groß nicht viel anders als ein Herr Klein.

Wie aber steht es mit Magnus? In der Familie Rang werden von Generation zu Generation, immer an den ältesten Sohn, mehrere in Öl gemalte Ahnenporträts weitervererbt, von denen das eine einen Magnus Rang darstellt. Dieser Magnus hat eine gewisse Ähnlichkeit mit Ludwig XIV., was an der gepuderten Perücke, einer sogenannten Allongeperücke, deren weiße Rollen den Kopf lockenwickelartig umgeben, und am Doppelkinn liegen mag. Ich stelle mir vor, einer, der Magnus heißt, müsse sich anders fühlen als ein Kurt oder ein Franz, und damit habe ich, glaube ich, recht.

Der Rang, um den es hier gehen soll, bekam den Vornamen Christian. In späteren Jahren, als er das Christentum, wie es die Kirchen seiner Zeit lebten, leid war, legte er sich noch einen zweiten, aus heutiger, aber vielleicht schon aus damaliger Sicht, recht hochtrabenden Vornamen zu, der nicht dazu angetan war, seinen Träger in der Rangordnung zurückzustufen: Florens. Der Blühende. Das Christentum schien ihm mit einem Mal welk und öde. Er warf es von sich und blühte auf. Florens Christian Rang.

Es ist ein weiter Weg von Florens zu Panzerdivision. Es ist der mit Worten gepflasterte Weg, auf dem sich dieses Buch vor- und rückwärts bewegen wird, wenn es nicht gerade auf Umwegen und Abzweigungen unterwegs ist.

Irgendwo an dieser Strecke, nein, schon ganz zu Anfang, noch bevor es mit dem Urgroßvater überhaupt richtig losgeht – für Ungeduldige wird das Buch sich nicht eignen –, liegt die Station *boche* oder Bosch.

Du solltest unbedingt das Grenzgänger-Stipendium der Bosch-Stiftung beantragen, sagt jemand, dem ich von meinem Vorhaben, Sanderling nach Polen nachzureisen, erzähle. Ich bin nicht weiter erstaunt zu hören, diese Grenzgänger-Sache sei wie auf mich zugeschnitten: Bekanntlich gibt es in Deutschland für so gut wie jedes Vorhaben eine passende Unterstützung. Warum nicht, wenn sie denn auf dich zugeschnitten ist, sage ich mir. Und gleich darauf: Brauchst du denn dieses Geld? Kannst du nicht ohne fremde Unterstützung nach Polen reisen? Am Ende musst du einen Dank an die Robert-Bosch-Stiftung, also Reklame für die Firma Bosch, in dein Buch drucken lassen. Ein stolzer Verzicht auf solche Förderung, finde ich, würde mich ehren. Während ich noch nachdenke, zwischen Ehre und Geld schwankend, merke ich, dass ich meine

Reise schon begonnen habe und mich plötzlich auf halbem Weg befinde zwischen Florens und Panzerdivision, zwischen Sanderling und mir.

Boche ist eines der geläufigen Schimpfwörter, mit denen die Franzosen die Deutschen benennen; übrigens wird es in unseren Tagen häufig in mitzuhörenden Anführungszeichen, also mit einer gewissen Ironie gebraucht, die in seltenen Fällen wie diesem auch dazu dienen kann, eine Boshaftigkeit nicht zu verschärfen, sondern zu lindern. Da das Wort genauso ausgesprochen wird wie der deutsche Firmenname Bosch, ging ich viele Jahre lang davon aus, es leite sich von diesem ab. Seit mich jemand auf meinen Irrtum hinwies, habe ich die Sache überprüft, und tatsächlich: dass der Firmenname phonetisch mit dem Schimpfwort übereinstimmt, scheint nur ein eigentümlicher Zufall zu sein. Woher kommt also das Schmähwort? Angeblich von *alboche*, was eine Zusammenziehung von *allemand* und *caboche* sein soll und so viel wie »deutscher Dickschädel« bedeutet. Das klingt wie ein freundlicher Pleonasmus; freundlicher jedenfalls, als sich das Wort *boche* anhört, wenn man es an den eigenen Dickkopf geworfen bekommt. Weniger freundlich allerdings als das Wort *rigolboche*, das es im Französischen auch gibt und das einen Spaßvogel bezeichnet, anders gesagt: das Gegenteil eines Deutschen. Die Etymologie des Wortes *boche* habe ich dem *Trésor de la langue française* entnommen, und ich will mir Mühe geben, sie für richtig zu halten. War es deshalb aber völlig abwegig, die Firma Bosch jahrelang mit dem Schimpfwort »boche« in Verbindung gebracht zu haben?

Über Bosch ist höchst Widersprüchliches in Erfahrung zu bringen. Nehmen wir es als Vorzeichen dafür, dass auf dem Weg dieses Buches fast so viele Widersprüche wie Worte liegen werden. Manche sehen in dem Firmengründer Robert Bosch einen großartigen Retter von Menschenleben, einige gar einen im politischen Widerstand Engagierten. Das Gemeinwohl, besonders das gesundheitliche Wohl seiner Mitmenschen, war ihm ein Anliegen; unter anderem ließ er in Stuttgart ein Krankenhaus bauen. Andererseits ordnete Hitler für Robert Bosch ein Staatsbegräbnis an. Und vor allem: Über die Hälfte der Arbeiter der Firma Dreilinden-Maschinenbau, einer Tochtergesellschaft des Bosch-Konzerns, die hauptsächlich für die deutsche Luftwaffe produzierte, waren Zwangsarbeiter, Kriegsgefangene und KZ-Häftlinge, die in das KZ-Außenlager Kleinmachnow verschleppt worden waren. Dreilinden ist ein Ortsteil von Kleinmachnow, wo die Tochterfirma ansässig war. Einerseits, andererseits? Unumstritten scheint, dass sich die Leitung des Unternehmens nicht aus begeisterten Nazis zusammensetzte, dass man sich aber, um eine Enteignung zu verhindern, mit dem Regime arrangierte. Und an dem von ihm angezettelten Krieg gut verdiente.

Also: Geld von Bosch?

Ich beschließe, den Antrag zu stellen; schon, weil er mich so unmittelbar auf den Weg des Buches bringt. Bekomme ich die Förderung zugesprochen, werde ich sie, so sage ich mir zu meiner vorläufigen Rechtfertigung, immer noch mit demonstrativ-theatralischer Geste zurückweisen können: Ich, von Ihnen Geld annehmen? Niemals! Oder mein Antrag wird abgelehnt, und ich vermeide jedes moralische Dilemma. Warten wir's ab.

Von der Wort-Station Bosch oder *boche* ist es nicht weit bis zu einer anderen, an der ich anhalten werde, bevor ich mich Sanderling zuwende. Das Wort, das sich mir aufdrängt, ist eines, das er vielleicht nie gehört hat. Mit dem er nichts verband. Es hatte zu seiner Zeit keine besondere Bedeutung. Es ist ein Wort, das ich selbst schon hundertfach, nein, tausendfach gehört und gelesen, aber so gut wie nie ausgesprochen habe. Und auch jetzt werde ich es nicht aussprechen, sondern niederschreiben. Es ist nicht das einzige Wort, das eine Leere um sich schafft, bei weitem nicht das einzige, das mir nicht über die Lippen will. Bei diesem aber ist das Mir-nicht-über-die-Lippen-Wollen keine Redewendung, sondern ein deutlich von mir verspürtes Gebot: das Wort will von mir nicht ausgesprochen werden. Ich weiß nicht, ob es überhaupt ausgesprochen werden will, und wenn ja, wie und von wem. Es ist der Name eines Ortes in Polen, von dem spätestens jetzt jeder weiß, wie er lautet.

Vor einiger Zeit habe ich im französischen Radio eine Sendung gehört, in der das Wort ausgesprochen wurde. Nicht, dass dies selten vorkäme; im Gegenteil. Es ist, wie ich schon schrieb, ein Wort, das sehr häufig zu hören ist, woraus zu schließen ist, dass andere nicht die gleiche Scheu verspüren wie ich. In besagter Sendung war es die Moderatorin, die das Wort eher beiläufig erwähnte. Wie alle Franzosen sprach sie das »Au« wie ein »O« aus. Und wie ich es ebenfalls schon einige Male mit Befremden aus französischen Mündern gehört habe, verschob sie das »sch« ans Ende des Wortes. Sie sagte also ein Wort, das sich in etwa anhörte wie »Oswitsch«. Übrigens ging es, wenn ich mich recht entsinne, in dieser Sendung gar nicht um das, womit dieses Wort fortan verbunden ist, sondern um Poesie, und das Wort kam nur als Teil der Floskel gewordenen Frage »Kann man nach A. noch Gedichte schreiben?« vor. Aber es kann sein, dass mich hier meine Erinnerung trügt.

Sie trügt mich nicht, was den weiteren Verlauf der Sendung angeht. Es ist schon Monate her, dass sie gesendet wurde, und seither habe ich immer wieder darüber nachgedacht. Unter den Gästen der Sendung war eine französische Jüdin. Sie redete als Erste, nachdem *das Wort* gefallen war. Mit einer Stimme, deren Schärfe sich mir eingeprägt hat, bat sie die Moderatorin – doch diese Bitte klang eher wie eine Zurechtweisung, ja, wie ein Befehl –, das Wort nie mehr so zu sagen, wie sie es soeben getan hatte, und sie sprach ihr vor, wie es richtig auszusprechen sei. Die von ihr bemängelte, als falsch bezeichnete Aussprache schien in ihren Augen eine unerlaubte Nachlässigkeit und mangelnde Ehrfurcht vor dem Wort und vor dem, wofür es steht, auszudrücken. Das sagte sie zwar nicht, aber es war ihrem gereizten, feindseligen Tonfall anzumerken. Die Moderatorin entschuldigte sich und fuhr scheinbar ungerührt in ihrer Rede fort.

Während ich jetzt dem, was mir damals und seither durch den Kopf ging, schreibend auf den Grund zu gehen versuche, spüre ich einerseits deutlich, mit welcher Vorsicht ich meine Worte wählen muss, andererseits bin ich mir, und war ich mir damals schon, meiner widersprüchlichen Wahrnehmung dieses Zwischenfalls bewusst. Mir scheint, als spiegele sich in dieser kleinen Begebenheit, die nur ein paar Sekunden gedauert hat, die ganze Schwierigkeit und Komplexität des Verhältnisses zwischen Juden und Nicht-Juden seit – dem.

Ich konnte verstehen, dass die Frau diesen schroffen Ton anschlug; es war offenkundig, dass sie die von ihr als nachlässig und falsch empfundene Aussprache nicht ertrug. Gleichzeitig regte sich in mir ein Widerstand gegen diese Maßregelung. Obwohl ich das Wort, um das es ging, fast nie ausspreche, war es mir, als wäre mir diese Zurechtweisung selbst widerfahren. Meine undeutliche Empfindung war und ist, dass ich als Nicht-Jüdin und zudem noch als Deutsche, auch wenn ich mir noch so viel Mühe gebe, das Wort gar nicht richtig aussprechen *kann*. Ist das vielleicht einer der Gründe, warum ich es meide?

Später denke ich darüber nach, was wohl »richtig« und »falsch« in diesem Zusammenhang bedeuten könnten. Was die französische Jüdin in der Radiosendung für richtig hielt, war, wie sie selbst sicher am besten wusste, die im Französischen geläufige Aussprache der deutschen Form des polnischen Ortsnamens Oświęcim. So nüchtern betrachtet, erscheint ihre Verärgerung über die falsche oder ihr unerträgliche Aussprache des Wortes nicht gerechtfertigt. Doch war ihre Reaktion keine der Vernunft gemäße, sondern eine von undeutlichen und unterschiedlichen Gefühlen hervorgebrachte, und für eine solche sind das Wort, um das es ging, und alles, was es beinhaltet, eine mehr als genügende Rechtfertigung. Es ist aber auch eine Reaktion, deren wir, und mit diesem »wir« meine ich die Nicht-Juden und allen voran die deutschen, immer gewärtig sein müssen und der wir nichts entgegenzusetzen haben. Es ist uns verboten, gefühlsmäßig darauf zu antworten; beinahe noch »verbotener« ist uns aber eine distanzierte und nüchterne Erwiderung. Doch schreibe ich dies alles nicht, um mich über etwas oder jemanden zu beschweren, noch gar um mich oder »uns« als bedauernswert darzustellen, sondern einzig, um einmal wenigstens in meinem Leben der wunden Stelle näherzukommen, die ich bisher immer versucht habe zu meiden.

Was also wäre die »richtige« Aussprache des Wortes gewesen? Am ehesten doch wohl eine möglichst akzentfrei polnische, könnte man denken, auch wenn außer den Polen selbst wohl kaum jemand wissen dürfte, wie eine solche sich anhören müsste. Ich entdecke, dass man nicht unbedingt einen Polen kennen muss, den man fragen kann, sondern dass man es im Internet sehr leicht herausfinden kann. Es genügt, das Wort selbst und zudem etwa »Aussprache« oder »pronounciation« einzugeben. Auf meinem Bildschirm öffnet sich ein großes schwarzes Fenster. Womöglich hätte sich dasselbe schwarze, wie auf eine sternenlose Nacht hinausgehende Fenster geöffnet, wenn ich die Aussprache des Wortes *krzesło* (Stuhl) oder *dziękuję* (danke) hätte wissen wollen. Ich habe es nicht versucht. Ich weiß nur, wie sonst die Fenster aussehen, die sich in der digitalen Welt den Bildschirmmenschen öffnen: Sie sind angefüllt mit Bildern, kein Fleck ist frei von Bild oder Schrift, und diese Bilder und manchmal auch die Schriftzüge sind in ständiger Bewegung. Das Fenster aber, von dem ich rede, ist reglos und einförmig schwarz. Nur in der Mitte ist ein schmaler grauer Streifen zu sehen, links daneben ein Pfeil, und rechts die Ziffer 0:01 und ein Lautsprechersymbol. Ich klicke auf den Pfeil und höre eine Männerstimme das Wort auf Polnisch sagen. Es ist keine leiernde Automatenstimme, wie ich sie erwartet habe, sondern eine ernste, warme Männerstimme. Ich höre das Wort wieder und wieder, erst leise, dann ein bisschen lauter. Was ich vernehme, lässt sich phonetisch ungefähr so wiedergeben: Oschwientschim. Es hört sich an, als wäre dies die richtige, wenn auch in einem Gespräch nicht verwendbare Aussprache.

Warum nun diese lange Passage zu diesem Wort und seiner Aussprache am Anfang eines Buches, in dem es um meinen 1924 gestorbenen Urgroßvater gehen soll?

Ich denke mir die Zeit, die zwischen uns beiden liegt, als einen Weg. Wir sind zwei Wanderer, die auf derselben Strecke unterwegs sind, ohne einander je zu begegnen. Der Weg, der sich zwischen uns hinzieht und den keiner von uns je betreten wird, verbindet uns und trennt uns zugleich voneinander. Will ich nun, ausgerüstet mit allerlei Kenntnissen über die Umstände dieses besonderen Lebens, über seine Zeit insgesamt und einige der geistigen Strömungen und Haltungen, die in ihr anzutreffen waren, mich aufmachen, um wenigstens in Gedanken jene weite Wegstrecke zu durchlaufen, so kann ich, scheint mir, das Binde- und Trennungsglied nicht einfach überspringen, indem ich so tue, als gäbe es kein Dazwischen; als wäre ich etwa nicht die Urenkelin, sondern die Tochter jenes Mannes.

Auf der Suche nach einem möglichen Zugang zu

diesem fremden Leben beschließe ich deshalb, mich vor allem der Jahrhundertwende und damit seinen im Osten, in Poznań, damals Posen, später in zwei Dörfern der Umgebung verbrachten Jahren zuzuwenden. Denn lässt sich nicht das, was uns trennt und zugleich verbindet, wenn überhaupt, dann mit einem Wort fassen, nämlich mit dem obengenannten, von mir so hartnäckig vermiedenen, oder eben mit jenem anderen, zu ihm gehörigen: Polen?

Würde ich Sanderling heute begegnen, in einem von mir oder sonstwem heraufbeschworenen Reich der Toten – und was ist die Vergangenheit anderes als ein unzugängliches Totenreich? –, und er würde mich befragen dazu, was geschehen ist in der Welt, die die seine war, seit er sie verlassen hat – würde ich da nicht zuerst das gefürchtete Wort auszusprechen haben?

All diese Zusammenhänge sind wohl selbstverständlich und bräuchten nicht eigens erwähnt zu werden. Doch wie alles Selbstverständliche lösen sie sich in Luft auf, wenn sie nicht von Zeit zu Zeit von Menschen gedacht und im Innersten verspürt, also ihrer Selbstverständlichkeit entrissen werden.

Als Lebendiger, als Erinnerung an einen lebendigen Menschen, ist Sanderling aus dem Gedächtnis der Heutigen verschwunden. Die letzten, die ihn noch gekannt haben, sind in den 70er Jahren des vorigen Jahrhunderts gestorben, und mit keinem von ihnen habe ich je gesprochen. Was bleibt, ist unendlich viel mehr, als meist über lange Verschwundene noch in Erfahrung zu bringen ist. Es gibt einen umfangreichen Nachlass, der unter günstigsten Aufbewahrungsbedingungen in einem Archiv lagert; es gibt veröffentlichte und unveröffentlichte Schriften und Briefwechsel; es gibt einige Beschreibungen seiner Person, darunter solche aus der Feder von Walter Benjamin und Hofmannsthal. Es gibt Fotografien. Es gibt die Orte, an denen er lebte.

Das meiste davon ist mir heute noch unbekannt. Mein Weg in die Vergangenheit wird über eine Fülle von Papieren, Plätzen und Begegnungen führen. Es wird der Weg dieses Buches sein. Denn nicht nur von Menschen und Ereignissen, von Bewegungen der Gedanken und des Gemüts, sondern auch vom Dickicht der Zeit soll dieses Buch erzählen. Es soll das Journal einer Erkundungsreise werden.

Ein Geheimnis scheint die Person dieses Mannes zu umgeben; etwas, was sich jedem, der ihm begegnet ist, sofort offenbart zu haben scheint, das aber mit seinem Tod womöglich für immer verschlossen ist. Etwas, was ihn, den Lebendigen, unübersehbar umfangen hat, was sich aber selbst von solchen »Köpfen« und »Federn« wie den obengenannten nur unzulänglich beschreiben und folglich von denen, die ihm nie begegnet sind, nur schwer nachempfinden lässt. Womöglich sind die Beschreibungen aber auch gerade insofern gelungen, als sie die Unmöglichkeit spüren lassen, das Wesentliche dieses Menschen einzufangen. Wird das geschriebene Wort, vor dem er so große Ehrfurcht hatte, wo es auf ihn selbst gemünzt war, zum toten Buchstaben? Ob es gelingen kann, diesen toten Buchstaben zum Leben zu erwecken?

Versuchen wir es erst einmal mit einem einfachen kleinen Satz, sagen wir: Als kleiner Junge ist er brav. Aber nein, das stimmt so schon nicht. Brav ist ein Kind aus Angst vor Strafe oder einfach, weil es keinerlei Bedürfnis danach verspürt, Unerlaubtes zu tun. Keines von beidem trifft auf ihn zu. Wenn man ihm glauben will, und das will ich, fürchtet er bei seinem durchaus häufigen Übertreten von Verboten nicht die Strafe, nicht den Schmerz der Prügel, sondern *entblößt zu stehn als einer, der Verbotes Heiligkeit erkannte und dennoch übertrat*. Die Eltern sind höhere Wesen, deren Wille zu geschehen hat. In dem Jungen ist der auratische, respekteinflößende Mann im Keim schon enthalten. Er selbst nennt das: *autoritär-passiv* sein. Die Autorität steckt schon in ihm, kann sich aber zunächst nur passiv, womit gemeint ist, in ihrem Gegenstück, dem Gehorsam, ausdrücken: *ich war den Eltern aufs Stärkste untergeben*.

Liegt darin etwas von dem sturen, dem sogenannten »blinden« Gehorsam, auf den wir gewohnt sind das Schlimmste zu schieben? Wir, damit meine ich uns, die wir im Leben nicht daran gedacht hätten, uns gegen Gott aufzulehnen. Für die Gott eine ähnlich verflossene Gestalt oder Institution ist wie der deutsche Kaiser. Uns, für die es nie eine Autorität gegeben hat.

Wie stand es um den Gehorsam dieses Jungen?

In der Fülle von Erzählungen, Papieren und Zeugnissen, mit deren Hilfe ich mich diesem vergangenen Leben zu nähern versuche, blitzt hin und wieder ein Wort, ein Satz oder eine Auskunft auf, die eine besondere Bedeutung haben oder von mir verliehen bekommen. Dazu gehört der Nebensatz, der Vater habe den 1864 geborenen Jungen katholisch taufen lassen, aber in der evangelischen Religion erzogen, aus Protest gegen das Dogma der päpstlichen Unfehlbarkeit, das während des 1. Vatikanischen Konzils proklamiert wurde. Tatsächlich drohte fortan jedem, der die Unfehlbarkeit des Papstes öffentlich anzweifelte, die Exkommunikation. Hier war aber nun ein Mann, der nur einen einzigen Unfehlbaren anerkannte, und das war Gott selbst. Er weigerte sich, seinen Sohn im Glauben zu erziehen, ein Mensch könne unfehlbar sein, sei es auch nur auf dem beschränkten Gebiet der religiösen und sittlichen Fragen. Und überhaupt (füge ich selbst hinzu): Was ist eine Unfehlbarkeit wert, über die erst einmal abgestimmt werden muss? Und die man, nachdem die Bischöfe abgestimmt haben, selbst proklamiert? Könnte da nicht jeder kommen?

Ich will in der Weigerung meines Urahnen, den Papst als unfehlbar anzuerkennen, und in seiner, wenn auch nicht-öffentlichen, nicht gerade die Exkommunikation herausfordernden Ablehnung dieses neuen Dogmas eine Aufmüpfigkeit sehen, die nicht mit gedankenlosem Gehorsam zu vereinbaren ist. Er wusste, dass weder der Papst als Oberhaupt der Kirche noch er selbst als Oberhaupt der Familie unfehlbar sein konnte. Wenn er trotzdem von seinem kleinen Sohn tiefste Untergebung verlangte, so geschah das womöglich einfach, weil er sich vorläufig für vernünftiger und lebenskundiger hielt.

»Aufmüpfigkeit« ist sicher das falsche Wort. Immerhin scheint zu stimmen: dieser Mann schluckte nicht alles, er hatte seinen eigenen Kopf. Er war misstrauisch einem gegenüber, der seine persönlichen Entscheidungen als absolut und nicht anzweifelbar betrachtet haben wollte. Wenn ich an später denke (also für mich an früher), und ich denke oft daran in diesen Tagen, beruhigt es mich, das von einem meiner Urahnen schreiben zu können.

Der Sohn ist autoritär in einem heute nicht mehr gebräuchlichen Sinne; das Wort hat jegliches Fluidum verloren und stattdessen etwas von einer Militärdiktatur bekommen; nach dem neuesten Stand des Dudens ist es in etwa gleichbedeutend mit: totalitär. Er ist also autoritär zu einer Zeit, als noch ein Mensch in der eisernen Rüstung steckte. Zunächst passiv; später, mit seinen eigenen Kindern und wohl auch Untergebenen, vielleicht auch mit seiner Frau, aktiv.

In Form von Gegensätzen ist die Zukunft in ihm

angelegt: Ordnung und Anarchie, Langsamkeit und Plötzlichkeit, Gehorsam und Aufbegehren, Ideal und Wirklichkeit.

Vater und Mutter waren auch Idealisten, aber sehr andere als ich. Optimisten. Sozusagen: Sie hatten Ideale, häusliche, moralische, soziale, die sie erfüllten und erfüllt wissen wollten. Mein Idealismus war unerfüllbar, ich meinem Wesen nach unordentlich. Träumen hinaus in ein unklares Jenseits ging gegen meiner Eltern Art.

Wer Optimist ist und bleiben will, sucht sich besser erfüllbare Ideale. Ein erfüllbares Ideal ist ein Widerspruch in sich. Die Eltern hatten eine genaue Vorstellung davon, wie ein Mensch sich verhalten muss.

Sanderling sieht sich selbst als einen, dem das Ideal etwas Vorschwebendes, ein Luftgebilde und deshalb *per definitionem* unerreichbar ist. Das Eigentliche geschah für ihn von jeher außerhalb der Sphäre des Sichtbaren, in einer von der Sonne durchbrochenen Nebellandschaft, die in nichts dem reinlichen, wohlgeordneten Wohnzimmer der Eltern glich. Wenn sich der Nebel verzieht und die wirklichen Dinge, Verhältnisse und Menschen sichtbar werden, ist Optimismus schwierig zu bewerkstelligen.

Optimisten, Idealisten, Autorität, Ideale – ist denn seit jener nicht sehr fernen Zeit noch ein Wort auf dem anderen geblieben? Die Bücher über die Vergangenheit verwenden die Wörter, die damals schon gebräuchlich waren, und welche anderen sollten sie auch benutzen? Aber es ist, als hätte ihnen jemand den Boden unter den Füßen weggezogen. Jeder Schritt trifft daneben, oder er trifft nur noch den Rand der wegtreibenden Bedeutungsscholle. Und nicht nur die abstrakten Begriffe sind davongeschwommen. Sind nicht »Straße«, »Schule«, »Brief« auch schon fast außer Sicht? Mit wackeligen Beinen bewegen wir uns fort.

Polen und das Pastorenamt sind noch weit. Das Kind, der junge Mann, trägt *als Erbschaft Beamtenberuf* in sich. Auch dieses Wort ist weit abgedriftet: Beamter. Entstammt denn noch jemand einem *Beamtengeschlecht*? Der eine oder andere vermutlich schon – angefangen mit mir selbst, die ich in der Rang'schen Ahnenreihe die erste Nicht-Beamten-Generation vertrete –, aber es sieht dies niemand mehr ernsthaft als anzutretende Erbschaft an. Dabei war der Beamtenberuf in den besseren deutschen Familien einmal, was im französischen Adel das Priestertum und das Militär waren: ein Stand, dem man einen Sohn entsandte (Stand: wohin ist dieses Wort nun wieder unterwegs? kaum noch zu erkennen am Horizont). Sanderlings Vater und er selbst tragen am Ende ihrer Laufbahn den Titel des Geheimen Rats.

Das letzte Jahrhundert hat dem Beamtentum nicht nur alles Prestige, sondern auch jedes Gefühl einer Berufung geraubt. Ein Häuflein Elend ist von ihm übriggeblieben: ein immer schütterer werdender Unterschlupf für ängstliche Gemüter, die sich Sicherheit vor Kündigung, Chefarzt-Behandlung und eine ordentliche Pension versprechen. Was hat den Beamten vom Himmelsgewölbe und zuletzt noch von seinem Sockel heruntergerissen?

In der geistigen Entleerung dieses Berufsstandes, die sich schon ankündigt, sieht Sanderling ein *ungeheures weltgeschichtliches religiöses Problem: den Ersatz der Religion durch unpassionierte Administration*, durch *unfreie schwunglose Unleidenschaft*.

In einem Buch mit dem Titel *Der verwaltete Mensch* beschreibt H. G. Adler die Verwaltung als Spiegel der gesellschaftlichen Wirklichkeit. *Genaugenommen sagt die Verwaltung nichts, sie schreibt* (eine radikale Spielart der realistischen, möglichst treu widerspiegelnden Literatur?). Der Mensch *scheine* in ihr *auf* als Vorgang, als Abstraktion. Als Nummer.

Adler erklärt, wie die Verwaltung in Abhängigkeit von den drei Staatsgewalten ursprünglich ein buchhalterisches Spiegeldasein führt, schließlich aber während des Nationalsozialismus selbst zur Gewalt wird, also den Menschen nicht mehr nur *betrifft*, sondern *trifft*.

Die Herren der Verwaltung aber, und zugleich ihre Diener, sind die Beamten. Ein Heer von Beamten – dessen Sinn für Gehorsam dem eines Soldatenheeres in nichts nachstand – ordnete, verwaltete, rechnete, verschob Zahlenkolonnen nach Osten. Legte *ad acta*.

»Kein Staat ist mehr als Fabrik verwaltet worden als

Preußen seit Friedrich Wilhelm des Ersten Tode.« Diesen Satz von Novalis zitiert Adler aus dem Grimm'schen Wörterbuch, wo er die Etymologie des Wortes »verwalten« erläutern soll. Gemeint war er nicht als düstere Prophezeiung, sondern vermutlich als Kritik an der Regierung Friedrichs II.

Wir sehen die Worte davonschwimmen. Keines von ihnen ist mehr einzuholen; kein Satz kann mehr so verstanden werden, wie er gemeint war, und *nur so*. Man müsste vergessen – nein, wir wissen ja, wie es mit dem Vergessenen steht, dass es nämlich keineswegs verschwunden ist, sondern zusammengeknüllt hinter den sorgsam gebügelten Laken im Wäscheschrank liegt –, man müsste die Zeit unvergangen machen können. Noch einmal neugeboren, noch einmal jung und unschuldig oder anders schuldig sein. Hundert Jahre früher zur Welt kommen. 1864. Sein eigener Urgroßvater müsste man sein. Florens Christian Rang.

Von Generation zu Generation wurde man in dieser Familie, in diesem *Geschlecht*, höherer, hoher Beamter, ein ehrwürdiger, wenn auch schon damals für leidenschaftliche Temperamente wenig sich eignender Beruf. Und Sanderling hatte ein leidenschaftliches, heißblütiges Temperament; vieles ist ungewiss, doch das lässt sich mit Sicherheit über ihn sagen. Doch ist er ein folgsamer, ehrerbietiger Sohn, und so schlägt er die Erbschaft des Berufes nicht aus und studiert die darauf zuführenden Rechtswissenschaften. Es folgen einige Jahre, die nicht im Flug vergangen sind, wie es hier aussehen wird. Was ihn innerlich bewegt, sind nicht die Rechtswissenschaften. Es ist – aber woher will ich, woher will *jemand* das wissen. Ich wollte schreiben: Es ist die warme, die zartheiße Haut der Frauen. Blitzartig trifft mich sein Blick von ganz nahe, und es ist, als würde ich einem lebendigen Menschen gegenüberstehen. Er verbietet mir jede Erwähnung seiner leiblichen Existenz. Er verbietet mir jegliche Form der Annäherung. Lieber will er weiter unerkannt im Schatten Benjamins und Bubers dahinvegetieren, als in das diffuse Licht meiner Vorstellungwelt gezerrt zu werden. Er erkennt mich nicht als seine Urenkelin an. Eine solche wie mich hat er sich nicht gewünscht. Und ich kann nicht anders, als in diesem Augenblick an meine Geburtsurkunde zu denken, auf der geschrieben steht: *Die Vaterschaft ergibt sich aus einem Randvermerk.*

Ich richte mich auf und sehe in seine hellen Augen: Ich bin deine letzte Chance, sage ich mit fester Stimme. Außer mir und einem italienischen Doktoranden, der für seine Forschungen eine finanzielle Unterstützung bräuchte, die er nicht bewilligt bekommt, interessiert sich kein Mensch mehr für dich. Du Fußnote, schreie ich ihn an. Du Randvermerk.

Wenigstens in der eigenen Phantasie gönne ich mir gerne hin und wieder solch imponierende Auftritte.

Wie aber weiter?

Andere können Sätze schreiben wie: *er muß ein erotisch und aggressiv triebstarker Mensch gewesen sein*, oder: *er wurde sexuell aktiv, lebte über seine finanziellen Verhältnisse und wurde immer wieder von Schuldgedanken niedergeworfen*. Ich bleibe dabei: Was ihn im Innersten bewegt, was ihn nicht loslässt, ist die warme, die zartheiße Haut der Frauen.

Er liest Schopenhauer und Gerhart Hauptmann, geht ins Theater. Manches reißt ihn mit, und das Mitgerissen-Werden ist es, wonach es ihn mehr als nach allem anderen verlangt und wofür er zudem eine ausgesprochene Begabung hat.

Die Mädchen und Frauen aber reißen ihn *aus sich heraus*. Das Gefühl der Schlechtigkeit, der Schuld drückt ihn zu Boden. So etwas schreibt sich hin, und jeder meint zu wissen, was damit gemeint ist, jeder erinnert sich: Das Beisammensein von Frau und Mann war bis vor kurzem nur innerhalb der Ehe nichts Schlechtes. Aber wie kann ich, von der die Zeit dieses Gewicht längst genommen hat, mir bewusstmachen, was Schuld und Sünde einmal bedeutet, wie sie auf jedem Einzelnen gelastet haben? Ist es, als fühlte ich ein starkes Verlangen, andere zu quälen, ihnen körperliche Schmerzen zuzufügen, und ich könnte davon nicht lassen, obwohl ich wüsste, wie schlimm und böse das ist, und obwohl ich mich selbst dafür verabscheute?

Derartige Vergleiche können nie *stimmen*; vielleicht

können sie helfen bei dem Versuch – der unternommen werden, aber nie gelingen kann –, sich um hundert Jahre zurückzukatapultieren. Er fühlt sich wie ein Aussätziger, denke ich, wie ein von einem Dämon Besessener, gegen den anzukämpfen er zu schwach ist. Und er verachtet sich dafür.

Es wohnt in ihm ein wildes Tier. Er kann es halbwegs zähmen, aber er wird es nicht los.

Ich hatte nicht den Mut, zu meinem Unternehmen mich an die schönen, stolzen Erscheinungen zu wagen, und das Geschöpf, das ich an mich zog und zweimal wöchentlich ins Bett nahm, hatte nur einen Arm. Der andere war eine Hülse von Bandagisten … Nichts hielt mich bei ihr als mein Mangel an Mut, der das gutmütige Ding durch Wegjagen nicht kränken wollte, und das Bedürfnis, den wilden Bildern meiner Fantasie nicht nur passiv preisgegeben zu sein … Jetzt schnitt ich aus Papier ein Kreuz aus und hing es an die Wand über mein Bett. Kam die Kleine, so tat ich's ab; ebenso wenn Besuch kam.

Geisteswissenschaftliche Forscher werden vielleicht einst in die Gedankenwelt dieses Mannes tiefer eindringen. Mir ist der andere, der mit dem einarmigen Mädchen zusammenliegt, als Erbe zugefallen. Und darüber bin ich froh, denn aus diesen Zeilen scheint ein Mensch hervor, und diesem bin ich zugetan.

Es ist keine Pose in seiner Erzählung und keine Schonung seiner selbst. Soll ich mich vielleicht entrüsten, weil er sich der Einarmigen schämt, weil er das Behindertengleichstellungsgesetz nicht kennt, weil er Mitleid mit ihr hat, statt sie als *Gleiche* zu sehen? Er schämt sich vor allem seiner selbst, der er dieses Mädchen nicht liebt, sondern benutzt und vermutlich die Augen dabei schließt.

Ich stelle mir vor, in hundert Jahren käme irgendein Nachfahre oder sonstiger Wichtigtuer und würde seine Nase in meine Unterlagen stecken, meine verbliebenen Aufzeichnungen nach Unstatthaftem durchforsten und mich mit seinen zukünftigen Kriterien und Gewissheiten begreifen und richten. Die Hände zu einem Trichter um meinen Mund krümmend, rufe ich diesem Trottel zu – aber nein, er sitzt in seinem futuristischen Glashaus, einen Haufen Steine neben sich, und kann mich nicht hören.

Zu Herzen geht mir das Kreuz aus Papier. Er hätte sich ein einfaches Holzkreuz übers Bett nageln können oder ein geschmiedetes, das er ebenso leicht hätte abhängen können. Das von ihm selbst ausgeschnittene Papierkreuz sagt, wie sein Glaube an Gott, wie seine inneren Gebote in jenen Jahren beschaffen waren. Und dass er dennoch daran festhielt. Dieser dünne, federgewichtige Gott wog so schwer in seinem Herzen, dass er seinen Anblick, wenn die Einarmige an seine Tür klopfte – zweimal in der Woche, zu festen Zeiten –, nicht hätte ertragen können. Ja, es mochte sogar umgekehrt so sein, dass der Gott umso schwerer wog, je leichter und zerknitterter er sich zwischen den Fingern anfühlte.

Das Mädchen zog sich nicht aus. Es kam und blieb wie es war, mit seinem aus Tüchern gewickelten Arm; eine Puppe, die man an sich drücken und verdrehen konnte. Bekam es etwas dafür? Geld sicher nicht. Vielleicht doch etwas Zuwendung oder gar Zuneigung? Wie sonst hätte er fürchten können, das Mädchen zu verletzen, wenn er ihm bedeutet hätte, fortan nicht mehr zu ihm zu kommen?

Diese regelmäßigen Treffen haben nichts von der papierenen Leichtigkeit des Kreuzes und noch weniger von der frivolen, fröhlichen des sogenannten Stelldicheins. Es sind dunkle Löcher, schwarze Strudel in der Woche, in die Augenhöhlen gedrückte Fäuste, hinter denen Blitze die Landschaft durchkreuzen und Peitschenschlägen gleich über den Rücken des Schuldigen fahren.

Er kann nicht anders. Die wilden Bilder sind stärker als er.

Für mich, die ich meinen Vater nie im Schlafanzug, nie in der Badehose und schon gar nicht ohne gesehen habe, hat es etwas Erstaunliches und überaus Ungehöriges, mit einem Mal dem Urgroßvater ins Schlafzimmer zu schauen. Aber ist er es nicht, der die Tür einen Spalt weit geöffnet hat und mir diesen Blick erlaubt?

Später wird das wilde Tier in den Ehekäfig gesperrt.

Dort wird es zahm. Doch seine frühere Wildheit ist unvergessen, sie schläft nur in ihm.

Schrittweise zieht es ihn nach Osten. Von Köln, wo er zum Dr. jur. promoviert und eine erste Stelle am Gericht innehat, nach Halberstadt. 1890, mit sechsundzwanzig oder siebenundzwanzig Jahren, lässt er sich nach Posen, heute und auch damals für die Mehrheit der Bewohner: Poznań, versetzen.

Ich möchte wissen, wie Poznań ausgesprochen wird, und stelle fest, dass sich auch hier auf dem Bildschirm ein großes schwarzes Fenster öffnet mit einem schmalen grauen Streifen darin und dass auch hier keine Automatenstimme ertönt, sondern eine warme, männliche. Waren also alle meine Empfindungen, als ich das Wort Oświęcim anklickte und aus jenem schwarzen Fenster heraus gesprochen hörte, »nur« Projektionen? Wird von denen, die diese Hörbeispiele in weltweiten Umlauf bringen, jedes Wort gleich behandelt?

Ich höre mir noch einmal mehrmals hintereinander beide Worte an. Die Fenster sind die gleichen, groß und schwarz. Aber ich bleibe dabei: Die Stimme, die *Poznań* sagt, ist die lebhafte, kräftige eines jungen Mannes. *Oświęcim* wird von einem eindeutig älteren Mann gesprochen, leise, fast tonlos, behutsam, zurückgenommen. Der Mann, der dieses Wort sprach, hat wissentlich oder unwillkürlich das, was er wusste, mitgesprochen.

Poznań: die Betonung liegt auf der Anfangssilbe, das »z« ist ein weiches »s«. »Pósnanje«, so in etwa hört sich das an.

Warum zieht es den jungen Beamten in diese östliche, seit 1815 Preußen zugeschlagene, eigentlich aber polnische und mehrheitlich weiter von Polen bewohnte Provinz des Kaiserreichs, wo die deutsche Sprache nur von wenigen gesprochen wird und wo nur wenige – mehr oder weniger dieselben – seinem, dem evangelischen Glauben anhängen? Aus freien Stücken sei er in den Osten gegangen, lese ich. Aber aus welchen Gründen? Sicher war er keiner, der den gangbarsten Weg gesucht hätte.

Aber warum der Osten?

In einem Brief an Richard Dehmel schreibt sein Jugendfreund Franz Servaes, Sanderling sei mehrere Jahre als *Germanisator in partibus infidelium* im Posen'schen gewesen, als einer also, der ausgezogen ist, in von Andersgläubigen besiedelten Gegenden das *Deutschtum* zu verbreiten. Mit »Andersgläubigen« sind in diesem Fall nicht so sehr religiöse Abweichler gemeint als solche, die nicht dem Glauben an das Deutschtum anhängen. Es scheint demnach, so jedenfalls sieht es sein engster Jugendfreund, als habe Sanderling sich nach Posen begeben, um sich tatkräftig an der von Bismarck und den nachfolgenden preußischen Regierungen betriebenen Stärkung des Deutschtums zu beteiligen.

Dem 1895 erschienenen Band *Die geschlechtlich-sittlichen Verhältnisse der evangelischen Landbewohner im Deutschen Reiche* entnehme ich, wie wenig zahlreich die Deutschen in dieser Zeit in der Provinz Posen waren, auch, wie eng die meisten Leute hausten in den Dörfern, oft zu acht in zwei oder drei Betten, dass die Armut groß, der Dreck überall und Ungeziefer nicht selten waren. Ich entnehme dem Buch außerdem Sätze wie: *Daß die stete und unmittelbare Berührung mit der polnisch katholischen Bevölkerung bildend auf Herz und Gemüt und in sittlicher Beziehung erziehlich wirken solle, war auch nicht gut anzunehmen; denn daß die eigentlichen Polen in dieser Hinsicht keine Tugendhelden sind, das ist gerade kein Geheimnis.*

Die eigentlichen Polen. Tugendhelden. Stete und unmittelbare Berührung.

Ich lese, dass im *Posener Tageblatt* von 1901 die Polen als *rückständiges und minderwertiges Volk* bezeichnet werden: *Noch sind die Deutschen auch in der Ostmark die Herren und nicht, wie polnischer Machtdünkel uns glauben machen will, Gäste – und wir Deutschen wollen und werden die Herren in diesem Lande bleiben!*

Aus verschiedenen Quellen erfahre ich zudem, mehr als mir lieb ist, über »Germanisierungsmaßnahmen« vor und nach der Jahrhundertwende, über die stufenweise Verbannung der polnischen Sprache aus dem öffentlichen Leben und dem Schulunterricht, erst an den Gymnasien, dann an den Volksschulen. Schließlich wird auch der private polnische Sprachunterricht verboten.

Ich bin erleichtert, als mir einfällt, dass um die gleiche Zeit und bis weit ins zwanzigste Jahrhundert hinein die französische Republik gegen ihre regionalen Sprachen, zum Beispiel das Bretonische, ankämpfte. In den bretonischen Schulen hingen Schilder, auf denen zu lesen war: *Es ist verboten, Bretonisch zu sprechen und auf die Erde zu spucken.*

Geht das alles denn im Geringsten Sanderling an?

Es fahren mir tausend Dinge zugleich durch den Kopf, viel Widersprüchliches, Uneindeutiges, und mir ist, als müsste ich diese tausend Dinge auch alle gleichzeitig zu lesen und zu spüren und zu denken geben; ein vom Auge mit einem Mal zu erfassendes Bild fertigen. Ich kann aber nicht anders, als dem unumstößlichen Gesetz des Buches – des Lesers ebenso wie des Schreibers – zu folgen, das da lautet: eines nach dem anderen. Das Buch ist der Überbringer des inneren Bildes. Das innere Bild kann nie alles auf einmal zeigen, kann keine Gleichzeitigkeit herstellen. Aber in ihm kann sich alles im gleichen Moment Verspürte und Gedachte wie in einer Linse bündeln.

Seit ich aufgebrochen bin zu dieser Reise in die Fremde, zu meinem Vorfahren hin, habe ich ein Bild vor Augen: Ich sehe ein unüberwindbar scheinendes Gebirge, das sich zwischen mir und dem hundert Jahre vor mir Geborenen aufrichtet. Ein gewaltiges Massiv, ein Riesengebirge; angehäuft aus Toten.

Ich mache noch nicht einmal den Versuch, mir zu sagen: Er hat mit diesen Toten nichts zu tun, ich habe mit diesen Toten nichts zu tun. Sind sie denn zwischen uns, zwischen unser beider Existenzen, millionenfach vom Himmel gefallen, aus der Erde gequollen?

Während einer Zugfahrt Richtung Osten (für manche ist auch Stuttgart schon Osten) spreche ich mit meinem Nachbarn, einem französischen Schriftsteller, über meinen Versuch einer Annäherung an den Urgroßvater und die Unmöglichkeit, die zwischen uns liegende Zeit einfach mit Hundertjahrestiefeln zu überspringen. Als läge da kein Gebirge zwischen uns, sondern nur ein paar Kieselsteine auf dem Weg.

Er sagt: Aber, weißt du, wir sind alle auf dem Laufenden, wir wissen wohl, dass da was war.

Wir lachen.

Aber das Riesengebirge sackt nicht in sich zusammen. Es ist da.

Ich sage meinem Zugnachbarn: Also, vielleicht würde das Gebirge verschwinden, wenn ich einen Zeitgenossen meines Urgroßvaters zum Leben erwecken und bei ihm ein Buch über diesen in Auftrag geben könnte. Solange *ich* aber die Autorin dieses Buches bin, ragt etwas zwischen uns auf und weit über unsere Köpfe hinweg. Nenn' es, wie du willst, ich nenne es Polen.

Er sagt, es werde ihm langsam bewusst, was es heißen müsse, Deutscher zu sein. Es ist eine Bürde, mit der man auf die Welt kommt, sage ich. Es ist schon immer da und geht nicht weg. Das sei Sippenhaftung, sagt er. Grauenhaft. Das dürfe man nicht mit sich machen lassen, dagegen müsse man aufbegehren. Er will mich freisprechen, springt für mich ein, die ich in seinen Augen ungerecht behandelt werde. Ich sage, die Frage sei nicht, ob man selber eine Schuld trage oder nicht, ob ein derartiges Gefühl gerechtfertigt sei oder nicht. Die Bürde ist da, ob man will oder nicht. Auch wenn man sie noch so heftig von sich weist. Man spürt sie schon als Kind. Und da mir von Anfang an unwohl ist bei diesen wie mitleidheischenden Worten, füge ich hinzu: So schlimm ist es auch wieder nicht, es hat mich noch nie um den Schlaf gebracht. Das mag stimmen, bürdet sich aber noch obenauf; fast wäre es mir lieber, es hätte mich wenigstens hin und wieder um den Schlaf gebracht, denke ich, aber ich sage es nicht, weil es meinem Nachbarn unglaubwürdig und übertrieben schiene. Denke ich.

Immer und bis in alle Zeiten, sage ich ihm stattdessen, wird jeder Deutsche in den Augen aller anderen und in seinen eigenen *damit* verknüpft sein. Im Ausland erlebt er das deutlicher. *Achtúng, verbotén*, belle ich leise mit französischem Akzent. Und: *Nouss afons les moyens te fous faire barler*, eine mit starkem deutschen Akzent vorgetragene Filmreplik, die nicht weniger bekannt ist als *Ich seh' dir in die Augen, Kleines* und in Frankreich in den Sprachgebrauch übergegangen ist. Sie stammt aus einer französischen Filmkomödie der 50er Jahre mit Brigitte Bardot und wird dort ausgesprochen von dem Schauspieler Francis Blanche, der einen Obersturmführer und Gestapo-Chef mit dem Spitznamen »Papa Schulz« spielt. Sie bedeutet: Wir haben Mittel und Wege, Sie zum Sprechen zu bringen.

Mein Nachbar: Ja, das ist wahrscheinlich nicht so lustig.

Ich: Naja, doch, es ist schon ganz lustig, aber auf die Dauer …

In gleich welcher Nationalitätenrunde – das sage ich nicht, ich weiß es aber aus langer Erfahrung – steht ein Deutscher immer für *das* und die anderen für nichts. Kein Russe steht für Gulag, kein Franzose für Französische Revolution oder Kolonisation. Sie haben zwar ihre jeweiligen Landesgeschichten, aber im Rücken, als Lehne. Wir tragen die unsere als Schild (Schuldschild) vor der Brust. Wie wir uns auch drehen und verrenken, das Schild hängt immer vorne.

Mein Zugnachbar erinnert sich, dass es seine Großeltern immer schauderte, wenn sie in ihrer Umgebung Deutsch sprechen hörten. Diese Generation sei aber doch so gut wie verschwunden.

Aber ihre Enkel erinnern sich noch gut, wie es ihre Großeltern schauderte, wenn sie Deutsch sprechen hörten, sage ich.

Wieder zu Hause, schlage ich neue Bücher auf, lese über den Deutschen Ostmarkenverein, der eine nationalistische Propagandaorganisation gewesen sei, und über die »Hakatisten«, benannt nach den Anfangsbuchstaben der Namen der Vereinsgründer, eine Bezeichnung, Hakatisten, wie ein Hacken-Zusammenschlagen. Die in Preußen lebenden Polen, die in diesen östlichen Provinzen ungefähr zwei Drittel der Bevölkerung stellten, waren in vielfacher Hinsicht den Deutschen gegenüber benachteiligt, erfahre ich. Doch erging es ihnen besser als denen, die bei der letzten Teilung Österreich oder Russland zugefallen waren.

Obwohl viele Lehrer und Pastoren gar nicht oder nur schlecht Polnisch sprachen, hatten es trotzdem manche von ihnen nicht so eilig damit, die polnische Sprache aus dem Land zu verdrängen, denn die allermeisten Polen sprachen ihrerseits kein Deutsch und waren umso unwilliger, es zu lernen, als man ihnen ihre Muttersprache austreiben wollte. Wie soll man aber lehren, wie predigen, wenn man nicht verstanden wird?

Auch Sanderling spricht kein Polnisch. Kein Wort, als er 1890 nach Posen/Poznań kommt. Ein paar Worte vielleicht, Guten Tag, danke, wie geht es Ihnen, als er 1904 wieder in den Westen geht? Um von den evangelischen Polen verstanden werden zu können, habe er von einem *jungen, fanatischen* polnischen Vikar die Sprache lernen wollen. Der habe aber schon bald aus Misstrauen die Vereinbarung wieder gebrochen.

Gingen die Deutschen, ihrer Überlegenheit gewiss, mit breiter, vorgereckter Brust durch die Straßen, wie die Kolonialherren, die sie waren?

Sanderling gelangt nicht gleich aufs Land, sondern zunächst in die einzige Großstadt der Provinz, die um die Jahrhundertwende hunderttausend Einwohner hat. Ich lese in *Die Stadt Posen unter preußischer Herrschaft* von Moritz Jaffé, 1909 erschienen: *In der Tat gehen Deutsche und Polen im engen Raume des heutigen Posen wie Fremde aneinander vorüber. Wer die gesellschaftlichen Zirkel der Stadt oder ihre öffentlichen Vergnügungen besucht, wer an politischen Versammlungen, an den künstlerischen und wissenschaftlichen Bestrebungen der Allgemeinheit teilnimmt, der findet überall die beiden Nationalitäten gesondert; nicht der Sport, ja nicht einmal das Werk der Nächstenliebe führt sie zusammen. In den Straßen der Stadt klingen beide Sprachen durcheinander, aber dass ein Deutscher polnisch redet, geschieht fast nie, und dass ein Pole deutsch spricht, nur selten.* Ein solches Maß an Entfremdung zwischen den zwei Hauptbevölkerungsteilen sei in der Mitte des 19. Jahrhunderts noch nicht vorstellbar gewesen. Wie groß ist das Maß an Entfremdung um 1890 gewesen?

Ich mache mich an die Entzifferung der Tagebücher aus jenen Jahren, die ich jetzt endlich auf dem Bildschirm vor mir habe. Wie vor chinesischen Bildzeichen sitze ich anfangs vor diesen Handschriften. Keine einzige Silbe, die auf Anhieb erkennbar wäre. Ich bin achtundvierzig Jahre alt und muss noch einmal lesen lernen. Tage- und wochenlang betrachte ich die fahrigen, nach rechts geneigten Linien, diese unbegreifliche Flucht der Buchstaben nach vorne, ihre ausgeworfenen Lassoschleifen. Ich starre auf ein Wort, dann auf ein zweites, ein drittes, ohne schlauer zu werden, und Wut ergreift mich auf diesen Urgroßvater, auf die Entfernung, auf die alles verwandelnde Zeit. Ich werfe die Sache hin. Am nächsten Tag fängt das Starren wieder von vorne an. Und dann? Irgendwann? Ja, irgendwann steht da, wo ich so lange vergeblich hingestarrt habe, ein Wort. Langsam, sehr langsam, geht es voran. Ich erstelle ein neues, das Sanderling'sche Alphabet; zeichne auf einem weißen Blatt seine Buchstaben neben meine; übersetze. Beim Entziffern dieser fremden Handschrift ist mir, als würde ich aus dem Freien in einen abgedunkelten Raum treten und als müssten meine Augen sich erst allmählich an die neuen Lichtverhältnisse gewöhnen. Die neuen Lichtverhältnisse: Ist das die andere, ferne Zeit?

Ich lerne das »e«, ich lerne das »s«. Ich lerne, mit Hilfe der entzifferten Buchstaben die übrigen zu erahnen. Es ist ein Rätselraten, ein Suchen von Sternbildern am Vergangenheitshimmel, das Fixieren einer Zeichnung, von der man weiß, dass sie etwas darstellt, aber was? Bis plötzlich aus dem dichten Buchstabennebel ein Wort sich löst, dann ein zweites, das zwar nicht auf das erste folgt, aber langsam tastet man sich vor.

Dank des Entzifferungsvorgangs wird aus dem Bild der Zeitreise ein Geschehen. Deutlich spüre ich die dichte, zähe Masse, die mich von dem hundert Jahre Älteren trennt. Das Entziffern der Schrift ist das Entziffern eines Menschen. Durch die Dunkelheit taste ich mich zu dem Vorfahren hin. Versuche, ihn zu lesen. Ihn zu *verstehen*. Bevor ich nach Polen fahre, will ich ihm bestimmte Fragen stellen. Warum ist er in diese Gegend, in das preußische Polen gezogen, wie hat er inmitten von Deutschen und Polen, von Katholiken, Juden und Protestanten gelebt? Als ich endlich so weit bin, dass ich etwas Sinn erhasche, bin ich erstaunt, auf meine Fragen in seinen Tagebüchern keine Antworten zu finden. Was habe ich mir vorgestellt? Hatte ich etwa erwartet, er würde voraussehen, wie es mit Polen und mit Europa weitergehen und was also seine Urenkelin einmal beschäftigen würde?

Auf die heutigen Fragen gibt es keine damaligen Antworten. Unsere Ahnen waren mit anderem beschäftigt als damit, was wir von ihnen wissen wollen. In Sanderlings Poznań/Posen scheint es kaum Katholiken und gar keine Juden zu geben, er lebt dort nicht viel anders als in Halberstadt/Sachsen. Seine Tagebücher sind nicht für neugierige Nachkommen geschrieben. Sie enthalten Betrachtungen zu Kunst, Dichtung, Religion und Musik. Aphorismen, Sentenzen. Gedichte. Viele Gebete. Seine Eintragungen sind Antworten auf Fragen, die ich mir nicht stelle. Wo finde ich Antworten auf meine Fragen? In Polen?

Aus den Tagebüchern erfahre ich immerhin von seiner Liebschaft mit einer Polin, die er gleich im ersten Jahr seiner Zeit in Poznań kennenlernte. Ihr Name ist das Erste, was in seinen Aufzeichnungen deutlich zu lesen ist – sei es, weil er den Namen der Geliebten hervorheben will, sei es, weil ihm das Polnische nicht leicht aus der Feder fließt. Pelagia Kruszczyńska. Er nennt sie »Pela«. Wie nennt sie ihn? Sie ist sehr unglücklich und bleibt zärtlich liebend, als er sie verlässt. Er erinnere sich, schreibt er, als Erwachsener zweimal Tränen vergossen zu haben: vor seiner Mutter einmal und beim Abschied von Pela. Warum verlässt er sie bald wieder? Dem Tagebuch ist es nicht zu entnehmen, höchstens ist es aus ein paar Bruchstücken zu erahnen. Sanderling will heiraten, will seinem bisherigen, von ihm als sündhaft und qualvoll empfundenen Lebenswandel entrinnen. Pela ist nicht die geeignete Braut. Er schreibt nicht, warum, und so bleiben nur Vermutungen, von denen meine erste leider lautet: Weil sie Polin ist? Weil sie arm, weil sie Katholikin, weil sie ohne Bildung ist? Nichts davon schreibt er, jedenfalls kann ich nichts Derartiges entziffern. Stattdessen lese ich, seine Liebe sei vergangen wie ein Rausch, es bleibe ihm nichts zu begehren – alles, was er begehrte, hat er schon bekommen. Vielleicht ist das und nur das der Grund für den Bruch, und alle anderen Deutungen sagen mehr über mich aus als über diesen fernen Menschen.

Er verlässt sie und liebt sie hinterher fast noch mehr als zuvor. Er liebt und achtet sie, weil die Verlassene ihm ihre Zärtlichkeit und Liebe bewahrt. Und noch zwei Jahre später, am Tag seiner Eheschließung, wird ihn der Gedanke an diese Liebe verfolgen. Gewissensbisse werden ihm die Hochzeit trüben.

Sanderlings Sohn, mein Großvater, hat in seinem Versuch, eine Biographie seines Vaters zu schreiben, diese Episode erzählt. Was ist bei ihm daraus geworden? *Ein Liebesidyll mit der schönen, heißblütigen, aber bettelarmen Polin Pelagia. Sie zu verlassen kostete den Mann bittere und schwere Kämpfe; und doch befreite er sich nur von einer im Grunde unerträglichen Fessel sinnlicher Leidenschaft.*

Liebesidyll. Schön, heißblütig, aber bettelarm. Unerträgliche Fessel sinnlicher Leidenschaft. Wozu braucht man noch eine eigene Sprache, wozu gar eigene Erlebnisse, wenn man das Wort Polin automatisch mit den passenden Adjektiven bestücken und auf eine nicht standesgemäße Liebe gleich das Verfallsdatum stempeln kann?

Sanderling verliebt sich schon bald darauf in eine junge Deutsche namens Agnes, die aber schon einen anderen *im Herzen trägt*. Dann, im November 1892:

Emma, bald: Emmachen, und von da ist es nicht mehr weit zur Hochzeit, und aus Emmachen wird Mieze.

Ich lebe über meine Verhältnisse und habe Schulden, schreibt er in seiner Verlobungszeit. Innerhalb von wenigen Jahren wird er vom Lebemann zum Ehe- und schließlich zum Kirchenmann. Ich entziffere mit äußerster Schwierigkeit eine Passage aus dem Jahr 1895: *In diesen Tagen passierte mir etwas Denkenswertes. Ich kam vom Schreibtisch, wo ich an gleichgültigen Geschäften gearbeitet hatte, und setzte mich an den Abendtisch zum Essen, als Mieze, ohne sich im Übrigen bei ihm aufzuhalten, den Namen Luises nannte* (statt »den Namen Luises«, Sanderlings toter Schwester, lese ich zunächst »den Namen Luthers« und glaube den Mann nun endgültig einem protestantischen Wahn verfallen). *Nun wurde ich sofort wie gebannt. Mir ward als erfülle sich der Raum des Speisezimmers mit dem Geiste Luises, als sei sie wesenhaft und doch nicht körperlich anwesend und sähe mit milder Teilnahme auf unser Familienglück hernieder.* Wieder will die uns trennende Zeit als umdeutende Macht wirken und mich dazu anstacheln, den Ahnen und seine Erscheinung zu belächeln. Der Geist der toten Schwester sieht auf das Familienglück *hernieder*! Die trennende Zeit will auch aus mir einen Geist machen, der aber statt mit milder Teilnahme mit unverhohlenem Spott auf das Idyll hinunterblickt. Ich wehre mich gegen diese Einmischung. Lass mich in Frieden, Zeit. Ich empfinde eher

Sehnsucht nach einer Welt, in der das Ungreifbare noch in Erscheinung trat.

Als ich zurückkam und meine Frau mich fragte, ob mir unwohl geworden wäre, sprach ich ihr in kurzen Worten von der Erscheinung, worauf sie, ungeachtet meiner Versicherung, daß sie freundlich und gar nicht schreckhaft gewesen, in konvulsivisches entsetzliches Schreien verfiel und vor Angst vor dem vermeintlichen Gräßlichen mit einem schrecklichen Schauder leiblich und geistig geschüttelt wurde.

Von Emma/Mieze spricht er wie von einem höchst empfindsamen, zarten, gefügigen Kind. Ein solches in die abgelegensten polnischen Dörfer zu verpflanzen, ihm ständige Berufs- und Ortswechsel zuzumuten – Sanderling wird später noch Pfarrer werden – ist gewiss nicht, was ein Psychiater, wäre denn ein solcher zu Rate gezogen worden, empfohlen hätte. Tatsächlich kommt Emma schon wenige Jahre nach der Heirat vorübergehend in eine Nervenheilanstalt. Die Ärzte empfehlen Sanderling, sich von seiner ersten Pfarrstelle in Wilkowice (deutsch: Wolfskirch), wo er einer großen protestantischen Gemeinde vorsteht, an einen stilleren Ort versetzen zu lassen. So gelangt die Familie – vier Kinder sind es schon – nach Połajewo.

In dem bereits erwähnten Buch von Moritz Jaffé stoße ich unvermittelt auf den Namen eines Mannes, von dem ich weiß, dass Sanderling ihn nicht nur gut gekannt, sondern verehrt und geradezu geliebt hat. Er zählte ihn zu den seltenen *Menschen, deren Wesen einem Filter gleicht, das die durch ihn hindurchfließenden trüben Wasser der anderen Menschen reinigt und gereinigt ihnen zurückgibt. Reine Filter, die eine solche Tiefe, einen solchen Abgrund des Verzeihens und Vergessens, einen solchen lebenden, klärenden Strom von Barmherzigkeit besitzen, daß aller in sie abgelagerter Menschenjammer und Menschenschmutz nicht in ihrem Bewusstsein bleibt, nicht ihr eigenes Sein trübt und verunreinigt, sondern darniedersinkt in eine unheimliche, von Gott selbst gehütete und verborgene Tiefe.*

Dieser Mensch, Johannes Hesekiel, den Sanderling an anderer Stelle einen Heiligen nennt, war »Generalsuperintendent« der Provinz Posen, also eine Art Dekan, und er war tätig für die Innere Mission, die eine Bewegung innerhalb der evangelischen Kirche war und noch heute ist, und so lese ich nun über die Innere Mission, deren Gründer, Johann Hinrich Wichern, sich Hesekiel zum Mitarbeiter auserkor und der unter anderem das »Rauhe Haus« in Hamburg gründete, in dem er elternlosen, herumstreunenden und stehlenden Kindern ein Zuhause geben wollte. In diese Kreise, die sich der *rettenden Liebe* verschrieben haben und gleichermaßen für Seele und Leib der Ärmsten und Hilflosesten unter den Menschen Sorge tragen wollen, gerät Sanderling in Polen.

Und weil dies keine Recherche für ein Geschichtsbuch ist, sondern ein Vorwärtstasten, das seinen Intuitionen folgt und deshalb manchmal bei einem einzelnen Wort oder Namen hängenbleibt, schlage ich das Alte Testament auf und lese das Buch Hesekiel oder Ezechiel.

Ich lese: *Und des Herrn Wort kam über mich, und er führte mich hinaus im Geist des Herrn und stellte mich auf ein weites Feld, das voller Totengebeine lag.*

Ich lese: *Und er sprach zu mir: Du Menschenkind, diese Gebeine sind das ganze Haus Israel. Siehe, jetzt sprechen sie: Unsere Gebeine sind verdorrt, und unsere Hoffnung ist verloren, und es ist aus mit uns.*

Ich lese: *Siehe, ich will einen Odem in euch bringen, daß ihr sollt lebendig werden. Ich will euch Adern geben und Fleisch lassen über euch wachsen und euch mit Haut überziehen und will euch Odem geben, daß ihr wieder lebendig werdet, und ihr sollt erfahren, daß ich der Herr bin.*

Ich lese: *Sie wurden wieder lebendig und richteten sich auf ihre Füße. Und ihrer war ein großes Heer.*

Ist es das Heer, in dessen ständigem Geleit ich mich auf dem Zeitweg hin- und herbewege, eingehüllt in ein Gewirr feiner Fäden, über die alles miteinander verbunden scheint, ohne dass eines unmittelbar des anderen Ursache wäre?

Ich versuche, mir Eintritt zu verschaffen in eine kleine Welt, in die kleine Welt der evangelischen Gemeinde Posens vor der Jahrhundertwende, in die noch kleinere der Nächstenliebe, zusammengehalten und verkörpert von einem guten Menschen – warum sollte ich an seiner Güte zweifeln? – namens Johannes Hesekiel. Unter dessen Einfluss kommt in dem jungen preußischen Regierungsbeamten, der noch lange nicht mein Urgroßvater ist, der Wunsch auf, die Verwaltung Verwaltung sein zu lassen und nicht mehr dem Staat, sondern Gott und dessen Geschöpfen zu dienen. Er ist über dreißig, hat schon Frau und Kind, als er den Entschluss fasst, Theologie zu studieren und Pfarrer zu werden. Die erste Entscheidung in seinem Leben ist eine, die ihn aus allen üblichen Laufbahnen und Ambitionen herausfallen lässt. Denn viele sind es nicht, die, einmal auf dem geraden Beamtengleis mit seinen regelmäßigen, immer höhergelegenen Stationen, ausscherten, um sich mit ganzer Kraft ihren Nächsten – und dem Fernsten – zu widmen.

Güte, Sanftmut, Hinwendung. Verzeihen. Barmherzigkeit. Das scheint es zu sein, was ihm von jenem Hesekiel entgegenweht und was ihn zu ihm und zur Kirche hin- und in sie hineinzieht. Manche finden Hesekiel dumm. Güte und Sanftmut werden zu allen Zeiten gerne Dummheit genannt. Doch: *Der Maßstab der Klugheit kann an Heilige nicht gelegt werden.*

Strenge, Härte, Unerbittlichkeit. Leidenschaftlichkeit. Zähigkeit. *Eiserner Takt und Ton.* Das ist es, was er schließlich in Greifswald findet, wo er das Studium der Theologie aufnimmt. Der Mann, der diese Eigenarten in sich vereint, ist der Theologieprofessor Hermann Cremer.

Von zwei derart antagonistischen Charakteren kann, scheint mir, nur gleichermaßen angezogen und beeinflusst sein, wer selbst etwas von diesen Eigenarten in sich trägt; wenigstens im Keim oder als ersehntes, angestrebtes Ziel. Oder einfach als das alte, vielgestaltige Paar, das von jeher in uns zankt: hart und weich, laut und leise, warm und kalt.

Ich schaue mir Cremers Bild an, die fleischige Nase, die verächtlich nach unten zeigenden Mundwinkel, daneben das Weihnachtsmanngesicht Hesekiels, seinen kahlen Kopf mit Kinn- und Backenbart, der ausschaut, als hätte ihn jemand beim Schopf gepackt und diesen auf die andere Seite des Kopfes, bis auf die Höhe des Kinns hinuntergezogen. Hesekiel, der Warme, Gütige, hat es leichter, auf die Dauer zu bestehen. Cremer hat die Zeit gegen sich. Um Cremers Eigenheiten schätzen zu können, wie es ihnen womöglich gebührt, müsste ich das Jahrhundert, das zwischen uns liegt, und mich selbst am besten gleich mit, überspringen.

Da ist seine Ablehnung jedes Zweifels. Seine Gewissheit in allen Glaubenssachen. Keine Frage darf aufkommen, keine Verunsicherung. Zu keinem Zeitpunkt! In Sanderlings Aufzeichnungen lese ich: *In Greifswald gab es keine Hoffnung auf erst künftige Entwicklung höheren Christentums, denn man war gewiß. In Greifswald gedieh keinerlei historische Kritik, man nahm sie zur Kenntnis und blieb gewiß. Jeder religiösen Schwärmerei war man abhold, man fühlte nicht, sondern war gewiß.* Qui vere credunt scient se credere: *dieser Spruch Augustins war Cremers Leitspruch.* So viel Gewissheit in einem Mann ist entweder Dummheit oder – wahrscheinlicher – Zeichen einer tiefen, mit allen Mitteln zu verbergenden Verunsicherung.

Da sind vor allem seine Unerbittlichkeit und Härte: *Meine Frau und ich waren mit diesen beiden leidenschaftlichen Christen bald befreundet. In einem Gespräch wurde gefragt, wie sich der Christ zu der Gewohnheit begüterter Kreise jener Zeit zu stellen habe, die für die Aufzucht der Kinder sich der Ammen bedienten. Wir hatten für unser ältestes Kind eine Amme angenommen, waren aber im Gewissen beunruhigt. Denn die Ammen, meist sogenannte Spreewäldlerinnen, waren ja gefallene Mädchen, die ihr uneheliches Muttertum gleichsam ausnutzten und verkauften. Erleichterte der Christ nicht den Weg zur Unzucht, wenn er diese illegitimen Mütter und Frauen für die eigene Kinderaufzucht mietete? Ich habe es im gleichen Falle nicht getan, sagte die Frau des Theologieprofessors Cremer. Aber wenn nun das Kind bei der Flasche nicht gediehen wäre, fragte ich. Es bleibe Unrecht, den Mitmenschen das Sündigen zu erleichtern, nur damit es dem eigenen Fleische bessergehe, war ihre Antwort. Wenn es sich aber um Tod und Leben des Kindes handelt? Auch dann, erwiderte sie. Und was geschah mit Ihrem Kind, fragte ich sie. Fast ohne Beben der Stimme kam die Antwort: Ich habe mein Kind dem Herrn sterben lassen.*

Die Zeit steht zwischen uns, eine fensterlose Wand. Sie verhindert jedes *Hineinversetzen*. Ich kann feststellen: Aha, die Menschen dachten und fühlten damals anders. Christen ließen lieber ihre Kinder sterben, als sie mit anrüchiger Milch zu ernähren. Aber wie soll ich es anstellen, in diesen Früheren etwas anderes als Verblendete und Verrückte zu sehen? Es hilft auch nichts, mir klarzumachen, dass es ihnen, könnten sie mich aus der Totenwelt heraus erspähen, gewiss nicht anders erginge. Vergeblich habe ich mich *eingearbeitet* in die Epoche, habe mich mit dem Pietismus, mit der protestantischen Dogmatik, mit verschiedenen, als Erklärung dienenden Zeitumständen herumgeschlagen. Zwar kann ich tatsächlich, in gewissen Grenzen, *verstehen*. Aber ich kann, jedenfalls an dieser Stelle, nicht *nachfühlen*. Und ist es nicht dieses Nachfühlen, das gelingen muss, um eine Brücke zu schlagen, um den Vergangenen ihr Gegenwärtiges, vielleicht sogar ihr Immer-Gegenwärtiges, abzuhorchen?

Sanderling gibt diese Unterhaltung ohne jedes Anzeichen von Missbilligung wieder, vielmehr scheinen ihm die Härte und Schonungslosigkeit, die diese *leidenschaftlichen Christen* auch sich selbst gegenüber an den Tag legen, zu imponieren. Er schreibt nicht, ob er Cremers Unerbittlichkeit nachahmte und die Amme, die in seinen Diensten stand, fortschickte. Mir läuft es kalt den Rücken rauf und runter. Und wieder stehen wir uns plötzlich als zwei Lebendige gegenüber: Sanderling ist klein und hager, er ist noch nicht alt – sehr alt ist er nicht geworden –, und ich sehe in die helle Glut seiner Augen. Er steht aufrecht da, und doch überrage ich ihn um einen Kopf, zu meiner ganzen Höhe aufgerichtet stehe ich vor ihm und habe seine Nase und seinen Mund und seine Stirn. Langsam durchkreuzt ein Flugzeug das Fenster, wir sehen es nicht, wir sehen einander an. Und dann? Und dann heben sich seine Mundwinkel um ein Unmerkliches, und er lächelt mich mit meinen Lippen an. Und ich führe das Gespräch nicht, das ich mit ihm führen wollte, ich frage ihn nicht, was denn gewesen wäre, wenn Pela oder die Einarmige ein Kind von ihm bekommen hätte, ich frage ihn nicht nach seinen Jahren der *Unzucht*, die er seine *Lebemannzeit* nennt, vor der Ehe, ich erzähle ihm nicht, wie meine Mutter sieben Monate lang ihren anschwellenden Bauch kaschierte, in dem ich eingerollt lag und trotzdem immer größer wurde, wie sie schließlich ihren Bauch und dessen Inhalt den eigenen Eltern, in deren Haus sie wohnte, nicht mehr verbergen konnte, wie ihr Vater, mein Großvater, nicht mehr mit ihr redete, wie ich ein Dorn auch im Auge meines anderen Großvaters, *seines* Sohnes, war, der sein Leben lang nichts von mir wissen wollte. Ich erzähle es ihm nicht, denn ich weiß, ich sehe es ihm an meiner Nasenspitze an, dass er sein Kind nicht hätte sterben lassen, und das genügt mir. In diesem Augenblick genügt es mir. Ich blicke ihn an, bin im Begriff, einen Schritt auf ihn zuzugehen, da löst er sich vor meinen Augen auf, noch sehe ich sein leises Lächeln, dann ist er verschwunden.

Die *begüterten Kreise.* Als angehender Pfarrer zählt er nicht unbedingt dazu, aber er hat eine Frau aus begüterter Familie geheiratet. Die Frauen dieser Kreise stillen ihre Kinder nicht selbst. Das Stillen ist eine niedere, tierhafte Tätigkeit – weniger tierhaft indes, scheint es, als das Kinderzeugen selbst, das man wohl oder übel dennoch selber übernehmen muss –, für die man die Dienste einer Magd in Anspruch nimmt. Das Pendant zum Lebemann ist die gefallene Frau. Ohne gefallene Frauen keine Lebemänner. Jede Art von Unterstützung dieser gefallenen Frauen käme einer nachträglichen Absolution oder Entschuldigung gleich; deshalb muss alles, was ihnen das Leben erleichtert, vermieden werden. Wenn man es genau nimmt, wenigstens. Und bei den Cremers nimmt man es genau. Leidenschaftlich genau. Die Maßregelung fremder Sünderinnen geht vor dem Leben des eigenen Kindes. Das wird Gott zum Opfer gebracht, man lässt es *dem Herrn* sterben.

Diese Härte, auf die er trifft, aber von der er auch etwas in sich spürt, hat eine betörende Wirkung auf Sanderling. (Jeder dieser affirmativen Sätze kann falsch sein, das ist selbstverständlich und soll deshalb nur einmal hier erwähnt werden.) Sie betört ihn umso mehr, als in ihm alles rissig wird und auseinanderbricht. Er braucht sie, diese Härte, er pflegt sie, zementiert sie, bis ihm eine Liebkosung qualvoller wird als ein Schlag. Das ist später. Er ist seit einigen Jahren Pfarrer. Das Amt, das er mit glühender Seele wollte und für das er noch einmal ganz von vorne angefangen hat, vielmehr nicht so sehr das Amt als dessen Unvereinbarkeit mit der irdischen Wirklichkeit, lastet nicht tonnen- und nicht getreidesackschwer auf ihm, sondern mit Gottesgewicht. Die Menschen in den polnischen Dörfern kümmern sich nicht sonderlich um ihre Seele und verlangen auch von keinem anderen, sich darum zu sorgen. Sie haben anderes nötiger. *Ob Jesus der Arzt wäre, der Mensch und Vieh gesund macht*, ist ihre Frage. Sie brauchen materielle Hilfe, sie brauchen Brot.

Ein alter Mann, Johannes Hesekiel, der gute Mensch von Posen, spürt Sanderlings Not. Doch dieser will um keinen Preis als Notleidender erkannt werden; was Hesekiel ihm in diesem Augenblick zuteilwerden lässt, *das Beste*, was ihm zugedacht war in diesen Jahren, erfährt er zugleich als *das Schlimmste*: eine Liebkosung. *Es muss wohl ein Ausdruck von Hilflosigkeit, von Weh und Müdigkeit in meinem Gesicht erschienen sein, dessen Maske ich sonst so eisern beherrschte. Denn der alte Vater Hesekiel, der aufgestanden war und an meinem Platz vorbeikam, streichelte mir wie zum Troste die Wange. Ich hatte jahrelang mich hieran nicht erinnern können, ohne dort einen heißen Fleck der Scham zu empfinden.*

Ein Schwacher, Trostbedürftiger zu sein, schlimmer noch, in den Augen eines anderen so zu erscheinen ist demütigender als ein Schlag ins Gesicht. Er möchte gerne aus Stahl sein, innerlich und äußerlich. Er möchte es sein, stelle ich mir vor, weil er es so wenig ist. Zwar hat er sich der *rettenden Liebe* verschrieben, wie sie die Innere Mission den Menschen verspricht. Auf keinen Fall aber will er selbst ein Rettungsbedürftiger sein, einer, der innere Not leidet. *Er* ist derjenige, der anderen aufhilft, der sie zu sich hinaufzieht, nicht umgekehrt. Es ist da ein Stolz, eine äußerste Härte gegen sich selbst, von der ich nicht recht weiß, wie sie sich mit Güte und Milde anderen gegenüber vereinbaren lässt.

Um mehr über Sanderlings Leben in Erfahrung zu bringen, vertiefe ich mich in seine autobiographischen Aufzeichnungen, die neben einer Fülle anderer Schriften aus seiner Hand heute im Benjamin Archiv in Berlin lagern. Denn Benjamin ist zwar nicht sein Nachlassverwalter geworden – wozu Sanderling ihn bestimmt hatte –, aber immerhin haben sie spät noch denselben bekommen: das Archiv. An einem Nachmittag bin ich also in Berlin-Mitte in einem Haus, Luisenstraße 60, in dem zwischen Oktober 1838 und März 1839 Karl Marx gelebt haben soll und das in etwa so aussieht, wie ich mir eine DDR-Behörde vorstelle. Ich sitze über Sanderlings Papieren neben Forschern, die sich ihrem Forschungsobjekt womöglich näher fühlen als ich mich dem meinen, obwohl oder weil sie nicht verwandtschaftlich mit ihm verbunden sind. Der Nachlass besteht aus einer Fülle von Buchentwürfen, Werkmanuskripten, Tagebüchern, Briefen, die, sortiert und in sauberen Dossiers verstaut, auf Regalen übereinandergeschichtet liegen. Der Zugang zu dem fensterlosen Archivraum ist nicht gerade mit einer Panzertür, aber doch mit einer schweren Metalltür verschlossen. Luftfeuchtigkeit und Temperatur sind reguliert, nehme ich an. Aus Gründen, die mir selbst nicht ganz klar und außerdem für niemanden als für mich selbst von Bedeutung sind, will ich diese Papiere erst jetzt lesen, da sie hier eingepanzert sind, während sie doch bis vor wenigen Jahren bei meinem Vater in Kartons oder Koffern herumlagen.

Zwei, drei der Dossiers liegen also im Leseraum vor mir, und ich ziehe nacheinander die Papiermappen heraus, so behutsam, als hätte ich eine frühe Bibel, eine jahrhundertelang vergrabene und gerade erst ans Licht geholte Papyrus-Schriftrolle in der Hand. Waren diese Schriftrollen vor vielen Jahrhunderten nicht eigens versteckt worden, damit sie keinen Ungläubigen oder Unwürdigen in die Hände fallen? Was hier im Archiv heißen mag: Banausen, Amateuren, Nicht-Wissenschaftlern. Ich sehe das Benjamin Archiv als Schrein eines der höchsten, im innersten Tempelraum verborgenen wissenschaftlichen Heiligtümer und mich als einen schlecht getarnten Spion mitten darin.

Zunächst einmal will ich sehen, ob überhaupt noch etwas aus der Vergangenheit zu mir herüberleuchtet, ob irgendwo ein Zipfel, ein Fadenende hervorschaut, an dem ich werde ziehen können.

Es ist sehr still im Raum. Außer mir sind nur noch zwei junge Forscher zugegen, die in einiger Entfernung von mir sitzen. Wenn wir von unseren Schriftrollen aufschauen, sehen wir zu den Fenstern und damit zu der trübgrauen Amtsfassade auf der anderen Straßenseite hin. Alle drei sind wir zugleich mit den Lebenden in diesem nüchternen Zimmer und in Gesellschaft von Toten. In einer anderen, fremden Zeit. In dieser fremden Zeit sind wir nicht, wie es die Damaligen selbst gewesen sind, vielmehr wie Reisende, die sich zu den Eskimos oder den Pygmäen begeben, in ein für sie exotisches Land jedenfalls, über das sie vorher einiges in Erfahrung gebracht haben, das ihnen letztlich aber verschlossen bleibt. Wir haben die Literatur des Landes gelesen, uns mit den Denk- und Wahrnehmungsweisen der Einheimischen vertraut gemacht. Und doch sehen wir nichts als flache Bilder, fremdartige Haartrachten, Kleidungsstücke, Gesten. Wir kommen an die Menschen nicht heran. Wenn ich nun aber längere Zeit unter ihnen lebe, wie es die Ethnologen getan haben, wird sich der Abstand vielleicht um ein paar Millimeter verringern, denke ich.

Es gibt physische Veränderungen, über die wir nicht hinwegkommen, hatte mein französischer Zugnachbar auf unserer Reise nach Osten zu mir gesagt. Die Menschen waren früher anders beschaffen, sie hatten andere Gehirne.

Gewiss, es bleibt eine unüberwindliche Hürde, ein Berg oder ein Graben. Aber ist da nicht ein Unterschied zwischen einem, der schulterzuckend am Grabenrand stehenbleibt, und einem, der den Graben unter größter Anstrengung und mit Hilfe aller möglichen Strategien zu überwinden versucht? Wenn die innere Anstrengung, ebenso wie die äußere, ein Fortbewegungsmittel ist, kommt Letzterer am Ende ein bisschen näher heran. Was ist aber von denjenigen zu halten – von denen es gar nicht wenige gibt –, die überhaupt nicht merken, dass da eine Hürde ist? Die gar nicht erst den Versuch machen, sich zurückzubegeben, wenn sie von früher erzählen, sondern umgekehrt – als wäre das möglich – die Verschwundenen in ihre Gegenwart holen? Als wäre die Zeit ein Fließband, dessen einziger Zweck es ist, alles, was je existiert hat, zu ihnen, den behaglich in ihren Sesseln Zurückgelehnten, hinzubefördern.

Ich sitze im Archiv über einige der Papiere geneigt, die Sanderling hinterlassen hat. Mit den weißen Stoffhandschuhen, die man mir zu diesem Zweck ausgehändigt hat, greife ich zuerst nach seinem abgeschabten Adressbuch. Bevor ich behutsam die Miniatur-

Spachtel, die ebenfalls zu meiner Archivausrüstung gehört und in etwa die Länge einer Kuchengabel hat, zwischen die Seiten schiebe, betrachte ich, was von dem dunklen Perlenmuster des Haifischleder- oder Galuchat-Einbands übrig ist; die blassroten Buchstabenläppchen an der rechten Seite, dünn und altersgekrümmt, von denen einige fehlen, angefangen mit dem A und dem C: die ausgeschlagenen Zähne des Alphabets. Das B-Läppchen ist auch schon angerissen. Und wie seltsam kommt es mich an, zwischen den Namen *von Bötticher* – Carl Wilhelm, ein höherer preußischer Beamter – und *Brouwer* – ein niederländischer Professor der Mathematik – den Namen *Benjamin, W.*, und die Adresse: *Grunewald, Delbrückstr.* 23, zu finden; darüber, in Klammern, etwas Unlesbares, was mit der Ziffer 1488 endet und eine Telefonverbindung sein könnte; an anderer Stelle, ebenso eingeklemmt, *v. Hofmannsthal, Hugo, Rodaun bei Wien.* Die stehen da so leichthin und unterscheidungslos zwischen Hinz und Kunz wie bei unsereinem die Schmidts und Webers und Duponts, Freund und Feind nebeneinander, unter dem gemeinsamen Dach eines Buchstabens. Beim vorsichtigen Spachteln in Sanderlings Bekanntschaften spannt sich ein Netz aus, das Anfang der zwanziger Jahre von Berlin nach Wien (*Mayröcker, Frau Dr. Hofrat*), von München (*Scholem, Gershom, München, Türckstraße* 98) nach Holland (*van Eeden*) und New York (*Oppenheimer, Franz, Maiden Lane, N.Y.*)

reicht. Wie auf einem kurz vor dem Untergang aufgenommenen Gruppenfoto finden im Adressbuch noch einmal alle zusammen. Bevor ich die Stoffhandschuhe abstreife und mich den autobiographischen Aufzeichnungen zuwende, schiebe ich die heile Adressbuchwelt in ihren Ordner zurück.

Einiges ist mit der Maschine geschrieben und also leicht zu lesen. Sanderling erzählt darin von seiner Zeit als Pfarrer im Posen'schen Land, von seinem Tagespensum dort, das ihm *die Seele mit Schutt zudeckte* und das beispielsweise aus Schulvermögensstreitigkeiten, Meineidsgeschichten, Kaffee bei der Lehrerfrau bestand. *Schutt* scheint mehr oder weniger gleichbedeutend mit *Alltag*, wenn man darunter Kleinkram, kleine (Selbst-)Betrügereien, eben das Versumpfen im Klein-Klein versteht. Wäre er ein Idealist nach der Art seiner Eltern gewesen, nämlich einer mit erfüllbaren – klein-kleinen – Idealen, so hätte er womöglich in seinem Priesteramt aufgehen oder doch wenigstens damit zufrieden sein können. Er hätte das Erfüllbare nach Kräften erfüllen können und anderen geholfen, es ebenso zu tun. Das Unerfüllbare hätte nicht als unvorstellbar großes, absolutes Gewicht auf seinen Schulter gelastet und damit auch nicht auf seinem kleinen Sohn. Denn den Sohn, erzählt er weiter, habe er aus der Schule genommen, um ihn selbst zu unterrichten, weil ihm der Lehrer kein Vertrauen eingeflößt habe. Eine schreckliche Zeit sei das gewesen, für den

Vater und für das Kind. *Mir riß der Geduldfaden öfter, als gut war. Aber das war nicht das Schlimme, sondern, daß jedesmal, wenn er riß, und bei jedem Tadel, und überhaupt in der ganzen Atmosphäre der Stunde die drückende Gewalt einer Autorität auf dem Kind lag, die weit über die normale Lehrerautorität wog und die nicht nur einmal die Autorität des Vaters, eines sehr ernsten Vaters war, sondern die Autorität eines Priesters, der die Gewichte der ganzen Menschheit und Gottheit auf sich trug und selber sich darunter unglücklich fühlte.*

Er begehrt auf gegen den Gott, der ihm dieses Gewicht – sein eigenes – aufgebürdet hat, ohne ihm Schultern zu geben, die diese Last hätten tragen können. Er hadert mit den Menschen, die ihn umgeben, mit ihrem Stumpfsinn, ihrem ungeistigen Leben. Er leidet unter seiner eigenen, so *furchtbar schweren Natur*, die weder zum Lehrer taugt (was er als Geistlicher aber zu sein hat) noch zum Dorfpfarrer. Er ist *Vogel*, ist *Phönix*, ist *Jenseitsmensch*: Hat es Sinn, *dieser Diesseitigkeit zuzumuten, etwas Ähnliches zu sein*? Denn von nichts anderem als von Diesseitigkeit sieht er sich umgeben. Von dem unklaren Jenseits, das in ihm selbst als schmerzlich Ersehntes, Erahntes, immer wieder Sich-Verflüchtigendes aufleuchtet, findet er in den Augen der anderen, in ihren Gebärden, in der seelenlosen Leier ihrer täglichen Verrichtungen keine Spur. Am wenigsten bei denen, die ihm in Amt, Stand und Religion am nächsten sind, bei den *preußischen Nor-*

malchristen, seinen deutschen *Glaubensbrüdern*, die so gar nichts Brüderliches an sich haben. Er steht als Fremdling unter ihnen. Keiner, dem seine Pein, wenn er sie denn in Worte fassen könnte, spürbar oder wenigstens begreiflich zu machen wäre. Keiner, in dem ein ähnlicher Riss geklafft hätte. Gegen Ende seiner Zeit im Osten ist er, ohne dass es außer ihm selbst jemandem aufgefallen wäre, allein. Von früh bis spät trägt er seine eiserne Maske. Keiner steht ihm bei, weil keiner seine Not sieht. Der Einzige, der etwas davon erahnt, der gütige alte Hesekiel, hat nichts anderes als Mitleid anzubieten. Und stößt ihn, ohne es zu wollen, noch tiefer in die Einsamkeit und in die Not. Da von den Lebenden keine Hilfe zu erwarten ist, sucht Sanderling Halt bei den Toten, deren *lebendige Stimmen* zu ihm reden. *Ich besprach mich mit Goethe.* So viel kann wahrlich nicht jeder Hilfsbedürftige von sich sagen. Doch warum sollte einer, der mit Gott redet und ihn zur Rechenschaft ziehen will, sich nicht auch mit Goethe besprechen? Auch mit Nietzsche bespricht er sich, doch klingt es ihm wie ein Selbstgespräch. Weder die Toten noch die Lebenden lindern seine Not. Er weiß nicht weiter. *Ich war wie eine Pause in meinem eigenen Sein.*

In diese Zeit fällt ein Treffen mit anderen Pastoren, heute würde man wohl »seelsorgerische Fortbildung« oder so ähnlich dazu sagen. Sanderling teilt sein Zimmer mit einem der Männer, kann sich keine Sekunde die Maske vom Gesicht reißen. Am ersten Tag wird er dazu bestimmt, die Morgenandacht zu halten. Er spürt deutlich: *ein Gebet, wie ich es beten musste, hätten die anderen unmöglich mitbeten können*. Doch hat er keine Wahl, die gängige Gebetsleier hängt nicht in seiner Reichweite. Oder vielleicht doch, ja, vielleicht greift er nach ihr, greift nach allem, was sich fassen lässt, auch nach den leeren Gebetshülsen, die täglich in Verwendung sind, und füllt sie an mit seiner tiefen Verlorenheit, stößt sie aus mit der ganzen Wucht seiner Bedrängnis. In seiner Stimme liegt etwas, was ihn von den anderen trennt. Sie beten weniger mit ihm, als dass sie ihren *Amtsbruder* verstohlen beobachten. Denn es liegt für sie etwas Ungehöriges, Peinliches in der Inbrunst, die aus ihm herausbricht.

Er betet zu verzweifelt und, vor allem, er betet zu lang. Schonungsvoll – der alte Hesekiel ist es, der diese Aufgabe übernimmt – unterbricht man ihn und bittet ihn, zum Schluss zu kommen. Zehn Minuten sind vorgesehen, er spricht schon über eine Viertelstunde. Das Frühstück wartet. Und das Tagesprogramm. Letzteres besteht aus einigen *belehrenden Ausflügen*, genauer gesagt, aus dem Besuch eines Gefängnisses und einer Irrenanstalt.

Die erste an jenem Vormittag besuchte Anstalt, lese ich in Sanderlings Aufzeichnungen, sei zugleich Landesarmenhaus und Korrektionsanstalt gewesen. Wurden hier die Armen für ihre Armut bestraft? Wahrscheinlicher ist wohl, dass es zwei verschiedene Abteilungen waren. *Der Direktor, ein abgetakelter Major, zeigte offenkundig eine große Angst, diese Pastoren, die er herumführen mußte, könnten statt der Seelen die Gefangenen aus der Anstalt retten wollen. Er verbat sich, auch nur ein Wort mit ihnen zu sprechen. Wie eine Rotte Gefangener wurden wir an den anderen Gefangenen vorbeigeführt.*

Ich bin ganz bei ihm, lesend, und empfinde Freude darüber, einen solchen Urgroßvater zu haben. Einen, der in äußerster innerer Einsamkeit lebt, der sich in keiner Lebenslage durchmogelt, sondern die höchsten Ansprüche an sich stellt; einen, der empfindsamer ist und tiefer fühlt als die anderen. Dann kommt der Besuch in der *Irren- und Idiotenanstalt.*

Was ich nun lese, trifft mich wie ein Schlag (und nicht wie Sanderling eine von Hesekiels Liebkosungen). Ich will die Passage in ihrer ganzen Länge wiedergeben, wenn ich auch das Gefühl nicht loswerde, dem Verfasser damit unrecht zu tun. Jedes Zitat, jeder Ausschnitt aus einem Ganzen ist unrecht; wie viel mehr noch ein solcher. Er soll hier trotzdem stehen, neben vielen anderen. Doch wünschte ich, er könnte gelesen werden wie alle vorigen – eben als ein kleiner Ausschnitt, der dem Menschen, der da spricht, nicht gerecht werden kann.

Wir wurden durch dieselbe Anstalt geführt, in der mein früherer Amtsnachbar jahrzehntelang ohne alles

Salz und Schmalz Predigten verzapft hatte und in der ich Ortlieb und Frau Niewöhner untergebracht hatte. Da saßen sie noch, die idiotischen Kinder, und ließen sich füttern oder leimten Pappschachteln und verunreinigten sich, und gesunde Menschen gaben für Geld die Arbeitskraft des Lebens her, um Arbeitsunfähigen und in höherem Sinn Lebensunfähigen ein Leben zu erhalten, das ihre Angehörigen in der Nähe nicht ertrugen und das alle wir zu feig waren auszumerzen von der Erde; zu feig, ich sah die roten Riesenmauern der gewaltigen Bauten dieser Anstalt, ich sah das Heer der Beamten, den Strom Goldes, der notwendig war zur Erhaltung von alledem und der paar Geisteskranken, ich sah den Stumpfsinn in meiner Połajewoer Gemeinde und die Armut und die unbestimmten Sehnsüchte der wirklich Lebenskräftigen, und sagte mir, warum leitet ihr euer Gold, euere Dienste, euere Lebensarbeit nicht zur Erhöhung des Lebens, das erhöht werden kann, sondern zur Bewahrung des Lebens, das nichts leisten kann, und ich sah über uns Schwarzröcke, und ich sagte mir, weil wir Pfaffen es fürchten, und fürchterlich sind in unserer Furcht, wie wir winseln für unser armes Leben, mögen wir es auch als ewiges Leben verkleiden, weil es für uns nichts Höheres gibt, als zu leben quand même, *darum binden wir allen die Hände, kein Leben zu töten. Darum predigst Du so, Hesekiel, darum kuscht ihr Ärzte, und ich fragte den Assistenzarzt, dem ich mich angeschlossen, warum vergiften Sie diese Menschen nicht? Der Mann lächelte ironisch. Sein Lächeln hieß: Warum verbieten es die Christen? Aber wie wunderbar, ein Kranker selber sagte es, ein prachtvoller Mensch, ein Rubens'scher Herkules. Nackt stand er an der Wand seines Saales oder seiner Zelle: Tötet mich, schrie er den Arzt an, als wir eintraten. Eine Flut von Beschimpfungen folgte und eine Flut von Anklagen, aus denen hervorging, dass er qualvoll litt. Tötet mich! aber ihr habt die Courage nicht. Wir wurden zurückgezogen, und die Tür fiel rasch zu. Der junge feine Arzt neben mir lächelte immer noch ironisch zu. Ich quittierte ihm in meinem Herzen dafür, indem ich ihn höher einschätzte als uns Pfaffen. Aber der inwendig höchste Mensch, den ich heute gesehen, das war der wahnsinnige Herkules, und ich quittierte ihm in meinem Herzen, indem ich mir gelobte, ich will nicht kleiner sein wie du, ich will nicht so klein sein wie der Christengott.*

Es fängt damit an, dass mein Passwort »Panzerdivision« ist, schrieb ich vor etlichen Seiten. Es kommt mir jetzt so vor, als würde dieses Buch nach ein paar Dutzend Seiten noch einmal einen neuen, tiefer und weiter zurückliegenden Ausgangspunkt nehmen müssen. Womit fängt es wirklich an?

Ich sitze nicht mehr in Berlin, sondern an einem Fenster in der Normandie. Es ist ruhig und friedlich um mich her, draußen ist es windstill wie fast nie in diesem Dorf unweit des Meeres, wo der Sommer vor mir liegt wie eine große weiße Seite. Ich denke an eine Stelle in einem Buch von Otto Dov Kulka, ich suche das Buch hervor, finde die Seite: *Die Farbe ist blau: klarer blauer Sommerhimmel. Silbrige Spielzeugflugzeuge, die Grüße aus entfernten Welten bringen, bewegen sich langsam durch den azurfarbenen Himmel, während um sie herum etwas explodiert, das wie weiße Blasen aussieht. Die Flugzeuge ziehen vorbei, und der Himmel bleibt blau und herrlich, und in weiter Ferne, weit weg von diesem klaren Sommertag, zeichnen sich blaue Berge ab, als wären sie nicht von dieser Welt. Das war das Auschwitz jenes elfjährigen Jungen.*

Die Stille des Sommeranfangs ist aus dem Lärm der Vergangenheit gemacht. Je länger ich sitze und lausche, umso besser höre ich ihn; höre hinter den hohen Vogelstimmen die nicht weniger unverständlichen, dunkleren Stimmen der Toten.

Es fängt an mit dem Schatten, den man nicht loswerden kann. Man müsste ihn verkaufen können, wie Schlemihl es tut in jenem Märchen von Chamisso. Aber der Schatten, von dem ich rede, ist nicht leicht an den Mann zu bringen. Noch nicht einmal der Teufel will ihn haben.

Ich habe den Vater meines Vaters nicht gekannt, obwohl er erst gestorben ist, als ich schon ein junges Mädchen war. So etwas wie ich – ein außerhalb der Ehe geborenes Kind – kam natürlich vor, wurde aber ignoriert. Dass er ein *lieber Opa* war, habe ich von meinen legitimen Geschwistern erfahren.

Es fängt mit der Erinnerung an. Damit, dass Kindheit und Jugend im hohen Alter wieder lebendig werden, während die vielen Jahrzehnte dazwischen verblassen. Ein bekanntes Phänomen. Mein Vater erzählt immer mehr von früher. Er war siebzehn Jahre alt, als der Krieg zu Ende ging. Kurz zuvor war er wie Tausende anderer als Flakhelfer mobilisiert worden. Die Amerikaner, die ihn gefangen nahmen, hoben ihn auf die Motorhaube ihres Jeeps und holperten mit dieser mühelos erbeuteten Galionsfigur zu ihrer Truppe zurück. Er war ausgeschickt worden von seinen Mitsoldaten oder Soldatenstatisten, im nächsten Dorf ein Brot zu ergattern, und so hatte er, als die Amerikaner ihre Gewehre auf ihn richteten, noch einen Brotlaib unter dem Arm. Ob er denn die Hände hochgenommen habe, wie es ihm befohlen wurde, fragte ich ihn. Nein, das sei wegen des Brotlaibs nicht gegangen. Den haben sie ihm dann, zusammen mit den Handgranaten, die er in den Jackentaschen hatte, abgenommen. Sie brachten ihn in ein Gefangenenlager in der Normandie, unweit des Dorfes, in dem ich mich gerade befinde und wo heute eine so ungewöhnliche Windstille herrscht.

Ein nicht weniger bekanntes, allgemein missbilligtes Phänomen ist das nach dem Krieg herrschende Schweigen. In einer Untersuchung über die Nazi-Zeit, wie sie im Familiengedächtnis weiterlebt, habe ich gelesen, dieses Schweigen sei von der 68er-Generation mehr oder weniger erfunden worden; diese habe sorgsam den Mythos einer schweigenden Kriegsgeneration kultiviert, weil sie selbst nicht habe sprechen wollen. Mir scheint das zweifelhaft, aber letztlich kann ich es nicht beurteilen, denn ich verkehre nur mit Menschen, nicht mit Generationen.

In dem amerikanischen Gefangenenlager, in dem mein Vater mit vielen halbwüchsigen Deutschen zusammenlebte, die nie etwas anderes als die Nazi-Herrschaft gekannt hatten, sei jedenfalls, so erzählte er mir, ausgiebig geschwiegen worden. Das heißt, es wurde natürlich geredet. Aber über das gerade zu Ende gegangene Tausendjährige Reich ihrer Kindheit und Jugend, über das, woran ihre Eltern und woran die meisten von ihnen selbst einigermaßen felsenfest geglaubt hatten, verlor man kein Wort.

Ich versuche, mir das vorzustellen, diese vielen schlaksigen Jungs, die monatelang, für sie endlos, auf engem Raum miteinander eingesperrt waren und hinter dem Stacheldraht mit ihren Gedanken immerzu um einen gemeinsamen blinden Fleck kreisten. Aber ich glaube, diese Vorstellung ist falsch. Sie lebten dort zusammen und warteten, dass sie wieder nach Hause durften. Sie wussten um keinen blinden Fleck. Der blinde Fleck hat fünfzig oder sechzig Jahre gebraucht, um sich in ihren Köpfen auszubreiten. Wie einer jener kleinen Flecken, die man mit Wasser und Seife zu entfernen versucht und bei denen sich erst nachdem der Stoff getrocknet ist, herausstellt, dass ein viel größerer Fleck, eine *auréole*, wie es im Französischen heißt, ein breiter Licht- oder vielmehr Schattenkranz dabei entstanden ist.

Als er wieder nach Hause durfte, war sein Vater noch nicht wieder zurück. Er war seinerseits in einem Lager: in dem britischen Internierungslager im westfälischen Hemer, das bis vor kurzem noch das sogenannte Stalag VI A gewesen war. Hier waren Zehntausende hauptsächlich russischer Kriegsgefangener zu Zwangsarbeitern im Ruhrbergbau und anderswo gemacht worden, viele von ihnen starben. Man kann darin Fakten sehen und sie zur Kenntnis nehmen, wie man die Existenz anderer Lager zur Kenntnis genommen hat, ohne sie sich letztlich begreiflich machen zu können. Durchgangs-, Internierungs-, Gefangenen-, Straf-, Umerziehungs-, Konzentrations- und Exterminierungslager, Dutzende, Hunderte, vielleicht Tausende gab es davon. Als hätte es in jener Zeit kaum einen anderen möglichen Aufenthaltsort für die Menschen Europas gegeben.

Der Stalag VI A ist nach Kriegsende in ein Straf- und Umerziehungslager für mutmaßliche Nationalsozialisten umgewandelt worden. Von dort kam mein Großvater irgendwann, vermutlich im Frühjahr oder Sommer '46, als gläubiger Christ – so mein Vater –

wieder zurück. Es ging in dieser Familie, obzwar sie recht viel auf sich hielt, wie in vielen anderen zu: Weder von dem bellenden Schnurrbartmenschen noch von irgendetwas, was unter dessen Herrschaft geschehen war, wurde in den folgenden Jahrzehnten je gesprochen. Meine Geschwister und ich haben dieses Schweigen bis in die heutige Zeit hinein verlängert. Nicht, dass ich mich nicht getraut hätte, zu fragen. Vielleicht scheute ich mich, aber das war nicht der eigentliche Grund. Vor allem wollte ich in kindischem Trotz über diese Großeltern, die das kleine Mädchen, das ich gewesen war, nicht einmal in Augenschein hatten nehmen wollen, nichts wissen. Ich strafte sie, die von dieser lachhaften, späten Strafe nie erfuhren, indem ich mich ebenso wenig um sie scherte, wie sie sich um mich geschert hatten. Mit vierzig Jahren habe ich zum ersten Mal Fotos dieser Leute gesehen. Da waren sie schon lange tot. Weitere Jahre vergingen, in denen mein individuelles, trotziges Desinteresse oder Nicht-Nachfragen mit dem *bleiernen* der Deutschen allgemein zusammenfiel.

Erst in den letzten Jahren, weit über ein halbes Jahrhundert nach Kriegsende, redet mein Vater jedes Mal, wenn ich ihn besuche, davon, dass dieses Schweigen ihm mehr und mehr auf der Seele liege. Er verstehe es nicht mehr, er werfe es sich vor.

Aus der Normandie fahre ich zu ihm an den Rhein. Mehrmals drehen sich unsere Gespräche um die Vergangenheit während dieser zwei Tage. Ist dein Vater ein opportunistischer oder ein überzeugter Nazi gewesen?, frage ich ihn. Einer, der Karriere machen oder immerhin seine Stelle behalten wollte, oder einer, der aufrichtig an diese »Sache« glaubte? Ich frage das, als gäbe es keine dritte Möglichkeit. Vermutlich gibt es aber nicht nur eine dritte, sondern noch tausend andere Möglichkeiten, Nazi gewesen zu sein. Im Übrigen bin ich mir, die Frage stellend, nicht darüber im Klaren, was von beidem denn wünschenswerter sei. Aber vielleicht wäre mir doch ein dummer, aufrichtiger Mensch lieber als ein luzider ohne Skrupel.

Sein Vater sei ein überzeugter Nazi gewesen, antwortet er.

Meine Vorliebe für gutgläubige Dummköpfe geht nicht so weit, dass ich gejubelt hätte.

Ich frage ihn, wie er es sich erkläre, dass einer ein sogenannter »glühender« Nazi wird, dessen über alles verehrter Vater – mein Urgroßvater Sanderling – nicht nur viele jüdische Freunde hatte – keine Alibi-Freunde, sondern echte, gute Freunde, Benjamin, Buber, Scholem, Rosenzweig, Gutkind – und zudem als gläubiger Christ eine tiefe Verbundenheit zum Judentum fühlte und lebte.

Er erklärt es sich nicht. Auch dieser Bruch liegt ihm als Schatten auf der Brust. Er erzählt mir, dass sein Vater als junger Mann die jüdischen Freunde seiner Eltern gut gekannt habe und dass er mit manchen von ihnen, die das zwölfjährige Reich in der Emigration überlebt hatten, nach dem Krieg wieder brieflich habe anknüpfen wollen. Die meisten von ihnen hätten jedoch verständlicherweise abwehrend-schroff reagiert, und es sei zu keinem weiteren Austausch gekommen. Er, mein Vater, sei bei seiner ersten Reise nach Amerika Anfang der fünfziger Jahre bei Erich und Lucie Gutkind zu Besuch gewesen. Er gibt mir einen Antwortbrief an seinen Vater zu lesen, in dem sie dagegen protestieren, auf den Einreisepapieren nach Amerika ungefragt als Bürgen genannt worden zu sein, der aber dann schließt mit den Worten: *Und wenn Euer Junge einen Funken von dem alten Feuer zu uns tragen will, so wird es uns sehr freuen*. Einmal vor Ort, hätten die beiden ihn dann tatsächlich empfangen, seien sogar sehr freundlich gewesen, zwei liebe alte Leute hätten ihm da in einer winzigen New Yorker Wohnung gegenübergesessen. Und auch hier habe man geschwiegen. Mehr als ein halbes Jahrhundert später schämt sich mein Vater dafür, dass er, über das Wesentliche schweigend, erklärungslos bei ihnen gesessen und sich vermutlich sogar hat bewirten lassen, und ich liebe und ehre ihn für diese Scham. Sie ist das Wertvollste, sage ich mir, was wir haben. Ihr Brennen überdauert die Jahrzehnte, es wird weitergereicht; nicht hochgehalten wie eine olympische Flamme, sondern leise einem anderen anvertraut. Ich bin meinem Vater dankbar dafür.

Die beiden alten Leute sind freundlich. Vielleicht wissen sie nicht, dass einer der Söhne ihres alten Freundes, der Vater ihres Gastes, Nazi gewesen ist. Sie stellen keine Fragen, auch dem Sohn nicht, meinem Vater, den sie empfangen. Man wird ihnen einiges zugetragen haben. Oder auch nicht. Sie ahnen genug. Und sind doch freundlich. Weil sie zu Hass und Unfreundlichkeit gar nicht fähig sind? Weil diese paar Menschen in Deutschland, die Nachkommen ihrer Freunde, die einzige Verbindung zu ihrem einstigen Leben, ihrer geistigen Welt und ihrer Sprache sind.

Erich Gutkinds Mutter, Elise Gutkind, geborene Weinberg, ist 1942 in Theresienstadt umgekommen. Das werde ich später, zurück in der Normandie, im Netz erfahren.

Die Gutkinds, sagt mein Vater, und in dem Namen Gutkind fallen auf seltsame Weise meine Vorstellung dieses alten, *trotz allem* freundlichen Emigrantenpaars und der Titel »Siderische Geburt«, den Gutkinds mystisch-esoterisches Hauptwerk trägt, zusammen. Ich weiß nicht mehr, falls ich es je gewusst haben sollte, was *siderisch* bedeutet, aber ich kenne das französische Wort *sidérant*. Es bezeichnet eine äußerste Verblüffung, eine Art Erstarrung oder Stupor.

Die Gutkinds. Mir fällt eine Stelle in einem Buch von Karl Emil Franzos ein, das ich vor einiger Zeit gelesen habe. Es beschreibt, wie den Juden Ungarns, Galiziens und der Bukowina im 18. Jahrhundert Familiennamen aufgezwungen wurden. Dies geschah unter Joseph II.; demselben, der in Böhmen eine Festungsstadt gründete, die er zu Ehren seiner Mutter Theresienstadt nannte. Diese Namen waren oft zusammengesetzte deutsche Worte, wie eben Gutkind einer ist. Die willkürliche Namens-Oktroyierung durch k. k. Offiziere war den Juden unerträglich, denn sie trugen hebräische Namen, die ihnen heilig waren. Dazu kam die Korruption: Wer keinen Schimpfnamen haben wollte, wer nicht Galgenholz, Afterduft, Thränenvergießer oder Falscherhund heißen wollte, musste oftmals Schmiergeld bezahlen. Mir hat sich eine Stelle eingeprägt, in der von einem älteren Mann die Rede ist, der mit Frau und Tochter in einem Häuschen am Fluss wohnt. Er gibt keine Antwort auf die Frage, wie er heißen will, er weint und stöhnt. Schließlich wird er Weinstein genannt. Der nächste dann Steinwein. Usw. Ich stelle mir vor, dass sich dem Militär, der die Vorfahren der Gutkinds benennen sollte, bei ihrem Anblick dieser Name aufgedrängt hat.

Es quäle ihn auch, sagte mein Vater, dass seine Eltern noch 1944 in Bielefeld in eine Wohnung umgezogen seien, die direkt über dem Quartier des Sicherheitsdienstes gelegen gewesen sei. In die Grünstraße. Eine solche Wohnung würde man nur an eine Vertrauensperson vergeben haben, und es würde sie auch nur ein treuer Parteigenosse angenommen haben. Andersdenkender Besuch war in diesem Haus nicht zu erwarten. Aber welchen andersdenkenden Besuch hätte es wohl geben sollen? Die jüdischen Freunde waren längst ausgewandert; Benjamin hatte sich schon das Leben genommen.

Ich blicke meinen Vater an, wie er da in sich zusammengesunken in seinem von Charles Eames 1956 entworfenen *Lounge-Chair* sitzt, von dem ein Exemplar im New Yorker Museum of Modern Art und eines eben auch bei meinem Vater steht. Ich sehe ihn, den nunmehr alten Mann, ja, Greis, in seiner Gebrechlichkeit, die ihm unangenehm ist und die er versucht zu verbergen, die ihn mir aber nähergebracht hat, scheint mir. Und es ist beides in mir lebendig: die Bestürzung über sein permanentes Vor-dem-Abgrund-Stehen, über sein Dasein, das nun schon seit geraumer Zeit an einem Faden zu hängen scheint. Wenn er aufsteht und ein paar Schritte geht, scheint es, als würde er jeden Augenblick zusammenbrechen können, und man hält sich bereit, zu ihm hinzuspringen, um ihn aufzufangen. Einen Stock lehnt er ab. Von dem Rollgerät, das man vor sich herschiebt, hätte er noch nicht einmal den Namen ausgesprochen. Und zugleich ist da noch etwas anderes.

Mir kommt plötzlich der böse Gedanke, dass ihn von all dem, was ihn belastet aus der Vergangenheit, am meisten womöglich die Vorstellung schmerzt, so etwas Banales und Vulgäres wie einen Nazi zum Vater gehabt zu haben. Und dass sein Schweigen womöglich auch daher rührt. Indem er mir und vielleicht auch anderen ihm nahestehenden Menschen davon erzählt, ist ein Haarriss in dieses kleine Schweigegewölbe gekommen.

Er sagt, er habe immer Angst gehabt, jemand würde das einmal publik machen. Er sagt es zu mir, die ich die Einzige bin in seiner familiären Umgebung, die regelmäßig etwas publik macht, d.h. Bücher schreibt und veröffentlicht.

Warum soll sich denn irgendwer dafür interessieren, dass dein Vater wie Millionen anderer Deutscher Nazi gewesen ist, will ich fragen, tue es aber nicht, weil es mir frech und respektlos erscheint. Es geht schließlich um die Familie Rang, als deren letzten würdigen Vertreter sich mein Vater sieht. Ihm wurde, als dem ältesten Sohn, wie in den vorangegangenen Generationen üblich, der Familiennachlass übergeben. Ihm war es zugefallen, wie es vor ihm seinem Vater zugefallen war, Sanderlings geistiges Erbe zu pflegen, sich um eine Wiederentdeckung des seltsamen Ahnen zu bemühen. Weder seinem Vater noch ihm ist das wirklich geglückt. Dass er nicht gänzlich in Vergessenheit geraten ist, hat Sanderling wohl weniger dem Eifer seiner Nachkommen als seiner Freundschaft mit Benjamin zu verdanken. Doch hat mein Vater einige Wiederbelebungsanstrengungen unternommen. Und bei all seinen Bemühungen hat er also immer die leise Befürchtung gehabt, jemand könne dem weiteren Verlauf der Familiengeschichte auf die Spur kommen. Vielleicht hat ihn diese Sorge sogar davon abgehalten, sich mit ganzen Kräften für das Sanderling-Erbe einzusetzen.

Und jetzt komme ich, die ich kein ältester Sohn, sondern eine jüngste Tochter bin und noch nicht einmal den rechten Namen trage. Was soll ich anfangen damit? Nichts. Er erzählt mir davon, nicht damit ich etwas damit anfange, sondern weil es ihm nicht mehr aus dem Kopf geht seit einiger Zeit. Ich habe nicht vor, etwas damit anzufangen. Hätte nicht gewusst, was. Einen Großvater, der Nazi war, hat den nicht jeder? Noch nicht einmal für mich selbst ist das etwas Neues. Ich habe schon einen zweiten von der Sorte. Er ist kurz nach meiner Geburt gestorben. Er entstammt keiner bildungsbürgerlichen Familie. Um sein Nazitum hat man kein großes Aufhebens oder Geheimnis gemacht.

Ich würde und will nichts damit anfangen, wozu auch. Soll ich vielleicht eine hunderttausendste Nazigroßvater- oder -vatergeschichte schreiben? Aber ich erzähle zwei jüdischen Freunden davon. Der eine von ihnen heißt Pierre. Sein Nachname ist, was von Apatchevsky übrig blieb, nachdem Pierres aus Odessa nach Frankreich emigrierter Vater seinen Namen während der deutschen Besatzung so zusammengestutzt hatte, dass er nicht mehr als jüdischer Name kenntlich war. Pierre gleicht einer Steinstatue von den Osterinseln.

Der Vergleich leuchtet jedem sofort ein, der Pierre kennt und schon einmal Abbildungen dieser Moai-Statuen gesehen hat; leider stammt er nicht von mir, sondern von einer anderen seiner vielen Freundinnen. Ich erzähle Pierre von meinem Vater und dem Schweigen, das ihn im Alter immer mehr belastet und beschämt. Pierre ist keine zehn Jahre jünger als mein Vater. Ein großer Teil seiner Familie ist ermordet worden. Als kleiner Christ getarnt, hat er in Saint-Étienne überlebt, bevor seine Eltern sich bei Kriegsende ausgerechnet in der Stadt Vichy niederließen.

Als ich Kind war, dachte ich, es gäbe keine Juden mehr, wir hätten sie alle umgebracht. Wir Deutschen. Meine eigenen Vorfahren vielleicht. Aber sie und ihre Schuld waren zusammen mit ihren Opfern verloren in der Nacht der Zeit. In meiner Schule gab es weder jüdische Kinder noch Lehrer. Vielleicht hat es Juden gegeben in der Stadt, in der ich wohnte, ich weiß es nicht. Die ersten Juden, denen ich begegnete, lebten in Paris.

Warum erzähle ich Pierre von der Scham meines Vaters? Will ich ihm zu verstehen geben, dass die heutigen Deutschen nicht nur in unbeschwertem Wohlstand leben? Hat er denn je geäußert, dass er das glaubt? Will ich ihm sagen, dass sie, die Deutschen, jedenfalls manche von ihnen, an dem Erbe ihrer Väter mehr oder weniger schwer zu tragen haben? Zweifelt er denn daran? Er ist ein sehr kluger Mann. Wenn von diesen Dingen die Rede ist – dem Geschehenen, Unvorstellbaren, das wir uns trotzdem vorzustellen haben –, fängt er zu weinen an. Ich sitze neben ihm, erstarrt vor Hilflosigkeit und Scham. Ich weine nicht. Ich schäme mich, nicht weinen zu müssen. Ich kann nicht.

In einem Buch von Andrzej Stasiuk habe ich die Sätze gelesen: *Ich versuche, mir einen weinenden Deutschen vorzustellen, und da kann ich nur kichern. Nicht einmal eine weinende Deutsche kann ich mir vorstellen. Höchstens eine Immigrantin mit deutschem Pass. Ja, die Welt sähe ein bisschen besser aus, wenn man sich einen weinenden Deutschen vorstellen könnte.*

Bei mir wenigstens braucht sich Stasiuk keine Mühe zu geben: Ich sitze neben meinem Freund Pierre und weine nicht.

Diese Stasiuk-Sätze sind purer Hass, dachte ich, als ich sie zum ersten Mal las, vielmehr dachte ich weniger, als dass ich wie einen Schlag in der Magengrube spürte. Es sind die hasserfülltesten und zugleich dümmsten Sätze, die ich je über mich und meine Landsleute – denn solche sind sie geblieben, trotz der Entfernung und auch wenn ich mir oft genug andere gewünscht hätte – gelesen habe. Übrigens scheint Stasiuk, wie Hitler, die deutschen Juden nicht zu den Deutschen zu zählen.

Als ich Kind und junges Mädchen war – und im Grunde ist es heute noch so –, konnte ich das Wort

Jude nicht aussprechen. Es war ein Wort, das mir nicht über die Lippen kam. Was hinderte mich daran? In Frankreich, später, fiel es mir von Anfang an leicht, *juif* zu sagen. In meiner Scheu, das deutsche Wort auszusprechen, trafen auf seltsame Weise zwei verschiedene Regungen zusammen: die Ehrfurcht vor dem Unfasslichen, was ihnen, den Juden, angetan worden war; was *wir* ihnen angetan hatten. Und zugleich schwang in meiner Scheu etwas von der Tatsache mit, dass das Wort Jude im Deutschen gerade noch ein Schimpfwort gewesen war. Es schien mir, dass ich mich, sobald ich das Wort ausspräche, mit denen, in deren Mund es ein Schimpfwort gewesen war, gemein machen würde. Ich schämte mich, das Wort zu sagen. Es war nicht die persönliche, individuelle Scham, die einer verspürt, der etwas Unrechtes oder Unschönes getan hat, sondern eine Art gemeinschaftliche, umfassende Scham, die sich auf die deutsche Sprache gelegt hatte. Über diese Sprachscham, die als diffuses, nicht genauer ergründetes Gefühl in mir lebte und noch immer lebt, habe ich nie mit irgendjemandem gesprochen, und ich weiß deshalb nicht, ob außer mir noch andere sie empfunden haben. Wenn, dann ist sie vielleicht erst in meiner Generation aufgekommen. Denn wie hätte sonst in Deutschland bis in die sechziger Jahre hinein der Ausdruck »bis zur Vergasung« (für »bis zum Überdruss«) geläufig sein können?

Auch mit Pierre habe ich nie darüber geredet. Er

sitzt vor mir mit seinem schönen, in Stein gehauenen Gesicht und weint. Nur kurz weint er. Es sind eigentlich mehr Schluchzer, die er in seine Rede streut. Zwischendurch redet er weiter auf seine lebhafte, brüske Art, sieht mich an. Ich fühle mich nicht getrennt von ihm. Er sieht nicht zu mir hin, als stünde ich auf einer Seite der Geschichtsschlucht und er auf der anderen. Ich bin ihm dankbar. Mit ihm fühle ich mich weder als Deutsche noch als Nicht-Deutsche. Ich fühle mich, wie ich ihm so gegenübersitze, als wäre ich ein Mensch.

In einer französischen Tageszeitung lese ich eine Buchbesprechung über den zweiten Tagebuchband von Susan Sontag. Susan Sontag, die klügste Frau Amerikas, wenn man dem Kritiker glaubt, hatte eine Vorliebe für Listen. Beste Filme, beste Bücher, alles hat sie gelesen, alles gesehen. Und als oberste Schiedsrichterin hat sie alles in eine *Rang*liste gebracht. In der Besprechung wird aus den Listen der Dinge zitiert, die sie mag und die sie nicht mag. Alles, wovon sie sich vorstellt, dass andere Leute es mögen, mag sie nicht, und umgekehrt. Unter anderem mag sie keine Katzen, keine Taschenbücher, keine Paare. Sie mag nicht schwimmen. Zu dem, was sie mag, gehören Büromöbel, das Bezahlen von Rechnungen, Eiskunstlauf anschauen. Und Juden. Ich bin froh, einen Freund zu haben, der klüger ist als die klügste Frau Amerikas. Ich bilde mir ein, Pierre würde nie sagen oder schreiben, er möge Juden. Aber vielleicht doch?

Ich beneide dich, wie schön, wenn es ein Haus gibt, das den Großeltern gehört hat und das noch voll ist mit alten Familiensachen, sagte einmal, in einem Zug nach Frankfurt, wo ich ihr zufällig begegnet war, Gila zu mir. – Es gibt in meiner Familie kein Haus, das den Großeltern gehört hätte und voll wäre mit alten Familiensachen. Ich habe meine Großeltern nicht gekannt, aber natürlich weiß ich, was sie meint. Sie will sagen: Deine Großeltern sind unbehelligt geblieben, wahrscheinlich haben sie sogar mitgemacht, vielleicht haben sie geholfen, die meinen umzubringen. Ich stehe für sie auf der anderen Seite des Abgrunds. Ich bin auf der Seite der glücklichen Bösen, sie auf der Seite der unglücklichen Guten. Sie ist freundlich, ja, freundschaftlich zu mir, und ich glaube, ich hoffe, ich bin es zu ihr. Aber ich spüre deutlich, dass sie immer in mir zuerst eine deutsche Nicht-Jüdin und dann erst einen Menschen sehen wird. Ich kann es ihr nicht übelnehmen. Nehme ich es ihr trotzdem übel? Ich nehme es meinen Großvätern übel, dass sie für Jahrzehnte und wahrscheinlich Jahrhunderte solche Abgründe geschaffen haben. Als Kind, als junges Mädchen, noch bevor ich Juden kennenlernte, habe ich bereits an diesem Abgrund gestanden, und immer habe ich auf die andere Seite gewollt. Immer sehnte ich mich auf die Opferseite (dass man auch keiner dieser beiden »Seiten« angehören kann oder gar beiden zugleich, war mir nicht bewusst). Ich kann verstehen, dass es unter den nach dem Krieg geborenen Deutschen einige gibt, die eine Identitätswandlung vollziehen, die sich jüdische Vorfahren erfinden und den Talmud studieren, kurz, die sich mit allen Mitteln, angefangen mit denen des Selbstbetrugs, auf die andere Seite verziehen. Willst du damit sagen, dass du mich um meinen im KZ ermordeten Großvater, um meinen Vater, der Lager und Todesmarsch überlebt hat und sein Leben lang davon gezeichnet war, beneidest, fragt Gila mich höhnisch – sie fragt es mich nicht wirklich und schon gar nicht höhnisch, vielmehr stelle ich mir vor, dass sie mich so fragen könnte. Was würde ich antworten? Mir scheint, als wären meine Möglichkeiten zu antworten recht eingeschränkt. Vielleicht könnte ich immerhin sagen: Ich beneide dich nicht um deinen Vater und Großvater, sondern um eine Überzeugung, die dir aus deren Geschichte zu erwachsen scheint: die Überzeugung, auf der richtigen Seite zu stehen, auf der einzigen, die eines Menschen, die deiner würdig ist. Oder möchtest du vielleicht deine Vorfahren gegen die meinen tauschen?

Die Unterhaltung hat sich nie so, und auch nicht anders, zugetragen. Ich war nach Gilas erster Bemerkung – sie beneide mich um meine ungebrochene Familiengeschichte – verstummt, fühlte mich zugeordnet (der falschen Seite zugeordnet), weggestoßen; nicht beneidet, sondern verachtet. Aber ging nicht ein guter Teil dessen, was ich beschrieben habe, die Zuordnung, die Verachtung, weniger von ihr aus als von mir selbst, die ich diese Regungen bei ihr vorausgesetzt und ihr wie selbstverständlich zugeschrieben hatte?

Wird sie nachvollziehen können und wollen, wie mir war, wie mir ist, wenn sie diese Zeilen lesen wird? Wird sie mir endgültig meinen Platz auf der anderen Seite des Abgrunds zuweisen? Oder wird sie mir eine Hand hinstrecken? Habe ich ihr denn meine hingestreckt? Ich möchte es tun, ich tue es. Es ist ein Zufall, möchte ich ihr sagen, dass ich diese und du jene Großeltern hast, wir können nichts dazu, weder du noch ich. Gemeinplätze? Plätze, wo wir uns gemeinsam aufhalten könnten?

Ich rede mit Cécile über die Schweigelast, die meinen alten Vater bedrückt. Wir sind noch nicht sehr lange befreundet. Ich habe ein spontanes, unbedingtes Vertrauen zu ihr gefasst; mir ist, als könnte ich ihr »alles« sagen. Anfangs hatte ich schon ein schlechtes Gewissen, wenn ich sie anblickte; vielleicht habe ich es auch heute noch. Ich glaubte zu sehen, wie die Vergangenheit auf ihrer Seele lastet und sich in ihren Augen spiegelt. Ich erfuhr von ihrem im KZ ermordeten Großvater. Von den alljährlichen Fahrten, zu denen sie schon als kleines Kind mitgenommen wurde, nach Beaune-la-Rolande, zur Gedächtnisfeier. Ich glaubte zu sehen, wie jede dieser Fahrten, wie der in ihrer Familie immer wieder neu durchlittene Tag der Abholung ihr Gesicht überschattete. Aber vielleicht war auch hier wieder vor allem ich es, die diesen Schatten ausbreitete? Dabei rührte mein schlechtes Gewissen daher, dass ich von einem ähnlichen Schatten, wenn ich in den Spiegel schaute, nichts sah.

Wenn Cécile lächelt oder lacht, fällt der Schatten von ihrem Gesicht. Wo Schatten war, ist jetzt Licht; ein warmes Licht, das in den Raum hineinstrahlt und uns allen, die wir darin sitzen, gespendet ist.

Als ich sie besser kennenlernte, war ich sehr erstaunt und dabei erleichtert zu erfahren, dass sie sich in Deutschland wohler fühle als in Frankreich. Frankreich habe sich immer nur als besetztes Land gesehen, sagte sie, als Opfer der deutschen Invasoren. Es seien aber französische Polizisten gewesen, die für die Festnahme ihres Großvaters verantwortlich waren. Keine Deutschen.

Fast wäre ich den französischen Polizisten dankbar gewesen. Nicht für das Abholen, aber dafür, dass sie Franzosen waren.

Ich erzähle Cécile also von der Schweigelast und von meinem Vorhaben, Genaueres über das Nazitum meines Großvaters in deutschen Archiven zu erfragen. Wenn ich ehrlich bin, ist es noch gar kein Vorhaben, eher eine jener vagen Überlegungen, wie sie einem manchmal durch den Kopf gehen, gut, ja, vielleicht sollte ich dieser Sache mal auf den Grund gehen, und dann tut man es doch nicht, aus Trägheit oder aus Furcht. Nun habe ich diese Überlegung aber Cécile gegenüber laut, das heißt eher leise, aber doch laut genug, dass sie es hören konnte, geäußert. Sie rät mir zu, bestärkt mich in meinem Vorsatz, der noch keiner ist, höchstens der Ansatz eines Vorsatzes. Dringender als der Wunsch, mir Klarheit über meine Vorfahren zu verschaffen, ist vielleicht mein Wunsch, von ihr, Cécile, als ein Mensch gesehen zu werden, den die Vergangenheit umtreibt. Nicht als einer von denen, die behaupten, das gehe sie alles nichts an. Oder mache ich mich hier schlechter, als ich bin? Unaufrichtiges und Aufrichtiges sind, wie fast in allem Tun, untrennbar ineinander verschlungen.

Ich forsche also nach. Jetzt, nachdem ich mit Cécile darüber gesprochen habe, kann ich nicht mehr zurück. Es scheint mir, als sei ich es ihr schuldig; als müsse auch ich meine Großvaterlast auf mich nehmen und dürfe nicht weiter im Ungewissen verharren. Zugleich ist mir, je näher ich der Verwirklichung meines Vorhabens komme, bange vor dem, was ich vielleicht herausfinden werde. Ich beruhige mich aber mit dem Gedanken, diese Nachforschungen würde ich nur für mich betreiben, und außer mir und vielleicht meinen Geschwistern würden sie ohnehin niemanden interessieren. Nichts zwänge mich, sie »publik zu machen« – *jemand* könne das einst tun, hatte mein Vater befürchtet.

Ich schreibe Briefe, stelle Anträge beim Bundesarchiv und beim Landesarchiv, in diesem Fall des Landes Nordrhein-Westfalen; erstere Behörde verwahrt die Akten, die sich vor '45 angesammelt haben, letztere die Akten aus der Nachkriegszeit. Ich bin erstaunt zu entdecken, dass man meiner Nachfrage keinerlei Widerstand entgegensetzt, dass man also z. B. keinerlei Nachweis dafür verlangt, dass ich tatsächlich die Enkelin bin, die zu sein ich behaupte, ohne den gleichen Namen zu tragen. Jeder kann also offenbar jedermanns Nazi-Akten einsehen, kann sich sogar, gegen Erstattung der Vervielfältigungskosten, eine Kopie davon verschaffen. Einzige Bedingung: Man muss Geburtsdatum und -ort der Person kennen, über die man etwas wissen will. Das finde ich, da ich meinen Vater nicht danach fragen möchte, nach längerem Stöbern im Internet heraus.

Die beiden deutschen Behörden, mit denen ich es zu tun bekomme, erfüllen alle klischeehaften Erwartungen, die ich an sie habe: Sie arbeiten zügig und effizient, antworten in diskretem, nüchternem Ton. Hatte ich vielleicht erwartet, sie würden mir ihr persönliches Beileid aussprechen? Liebe Frau Weber, leider müssen wir Ihnen mitteilen, dass Ihr geschätzter Großvater … Nein, natürlich war die Antwort sachlich-neutral.

Ist aber bei aller Effizienz nicht vielleicht doch ein Irrtum möglich? Ich denke an die bekannten Geschichten von Müttern, deren Kinder man im Kreißsaal verwechselt oder ausgetauscht hatte. Kann das nicht ebenso gut, nein, viel leichter noch, mit Großvätern geschehen? Mit Menschen, die nur noch in Form von Akten und Erinnerungen weiterbestehen?

Ich denke mir die Behörde, die mir geantwortet hat, als ein Bürogebäude, nicht unähnlich wahrscheinlich dem einer Stadtverwaltung oder eines Amtsgerichts; lange Korridore, Zwischendecken, Spots, Zimmerpflanzen, ein Schild zum Notausgang. Kafka hat seinen Roman *Das Schloss* im Riesengebirge begonnen. Ich stelle mir vor, dass in der Behörde, die das Riesengebirge der deutschen Vergangenheit verwaltet, die Wände, wie in den meisten Ämtern, pastellfarben gestrichen sind. Sicher gibt es zwischen diesen pastellfarbenen Wänden auch Menschen, aber die sehe ich nicht vor mir. Wer einer Behörde schreibt, wendet sich nicht an Menschen, sondern an ein weiträumiges, undeutliches Gebilde, zugleich Wolke und Ameisenbau. Umso erstaunter bin ich, von einem Menschen, der einen Namen trägt, Antwort zu bekommen. Der Mann heißt Jens Niederhut. Ich merke mir den Namen, zum einen, weil er wie ein eigens ausgedachtes Pseudonym oder wie der Name einer Romanfigur klingt, zum anderen, weil er mich an den Namen des deutschen Autors Jens Sparschuh erinnert, dem er gewissermaßen noch eine Kopfbedeckung liefert.

Wenn da aber nicht nur eine Ameisenwolke ist, sondern auch ein Mensch mit einem Namen, gibt es dann nicht die Gefahr, dass ich mit meiner Anfrage die Sache quasi schon »publik gemacht« habe? Oder unterliegen Archivare vielleicht wie Ärzte einer Schweigepflicht? Die Befürchtung ist absurd, weil dieser Großvater nur einer von Millionen war und niemand an ihm Interesse hat; trotzdem werde ich sie nicht ganz los. Ich suche im weltweiten Netz nach Niederhut, und tatsächlich, er hat nicht nur einen Namen, sondern auch ein Gesicht. Das Bild zeigt einen jungen Mann mit Brille und kurzgeschorenem dunklen Haar, der sein Hemd bis zum Kinn zugeknöpft hat, und einen Gesichtsausdruck, wie man ihn für Passfotos annimmt. Ich finde auch eine seiner Veröffentlichungen zum Thema »Verschlusssachen in öffentlichen Archiven«, aber zu den Geheimakten, die eine »Sicherheitsüberprüfung des Antragstellers« erforderlich machen, zählt die Akte meines Großvaters offensichtlich nicht. Das ist es eben, was meinen Vater beunruhigt, und dadurch auch mich. Ich halte eine Kopie der Akte in Händen.

In der Akte spiegelt sich der Mensch. Er scheint darin auf. Ich blicke in diesen seltsamen, papiernen Spiegel eines Menschen, den ich nun vor mir liegen habe, und versuche, etwas darin zu erkennen.

Aus der Akte sieht mir ein anderer Mann entgegen als der, den mir mein Vater beschrieben hat. Auch sieht er mir zum ersten Mal unmittelbar entgegen; zwar habe ich nur eine Kopie in Händen und nicht das

Original, aber auf den Dokumenten – dem berühmten, von den Amerikanern eingeforderten Fragebogen – ist seine Handschrift zu lesen, ein flüssiger, nur sehr schwach zur rechten Seite geneigter Schriftzug. »Ja oder nein«, heißt die erste Rubrik. Ich sehe viele Neins und ein paar Jas: NSDAP, SA, NSV, Reichsschrifttumskammer, Deutsches Rotes Kreuz, Reichskolonialbund. Die Mitarbeit im Sicherheitsdienst der SS wird von ihm als eine »ehrenamtliche« bezeichnet, weshalb in der Rubrik Mitgliedschaft ein Nein stehen kann. Seltsame Ehre, denke ich.

Ich sitze über diesem Aktenspiegel mit dem nicht unangenehmen Gefühl, etwas Verbotenes zu tun: Mein Vater, dem ich nichts davon gesagt habe, würde, denke ich, missbilligen, dass ich die Nase in diese Angelegenheiten stecke. Zugleich ist da aber die beschämende Empfindung, einen Menschen in der Stunde seiner tiefsten Demütigung zu überraschen. Er liegt am Boden vor dem amerikanischen Sieger, seinem Demütiger, mit dem er sich allein glaubt; er weiß nicht, dass die Worte, die er von sich gibt, jahrzehntelang aufbewahrt und dass Spätere, Fremde sie lesen werden. Aus dem Spiegel der Akte sieht mir ein Gedemütigter, ein Sich-Schämender entgegen, und zu diesem kann ich – vielleicht mehr als mit jedem anderen, der er im Laufe seines Lebens war – eine gewisse, vorübergehende Nähe spüren.

Ich sehe die furchterregenden Namen und Zeichen:

den Kranz in den Krallen des nach rechts blickenden Adlers und darin das ebenfalls nach rechts sich drehende Kreuz; den Aufnahmeantrag in die Nationalsozialistische Deutsche Arbeiterpartei, München/Braunes Haus, in dem der Antragsteller, Dr. phil., unter anderem bescheinigt, »deutscher Abstammung und frei von jüdischem oder farbigem Rasseeinschlag« zu sein, und verspricht, »als treuer Gefolgsmann des Führers die Partei mit allen meinen Kräften zu fördern«. Kosten: drei Reichsmark.

Ich wundere mich, wie viel näher die Dinge mir rücken. Wie wenig über einen Menschen in einer solchen Akte festgehalten wird. Und wie viel dieses Wenige zugleich erahnen lässt, vielmehr, wie viel ich glaube erahnen zu können. Größe: 1,82. Gewicht: 58 Kilo, Haarfarbe: dunkel, Augenfarbe: braun. Besondere Merkmale: Blinddarm-Narbe. 1937 in die Partei eingetreten und im Oktober 1944 wieder ausgeschieden. Mitglied der SA zwischen Mai '34 und Juni '38. Rottenführer. 1918 Eisernes Kreuz zweiter Klasse für Tapferkeit. Der in der Akte Aufscheinende gibt an, in der Novemberwahl 1932 und im März 1933 SPD gewählt zu haben und im April 1933 von dem nationalsozialistischen Oberbürgermeister der Stadt Köln von seiner Stelle als Bibliothekar »mit sofortiger Wirkung bis auf weiteres beurlaubt« und dann strafversetzt worden zu sein. »Die Aufhebung der Beurlaubung gelang mir erst nach mehrwöchentlichen Bemühungen.«

Aus der Auflistung seiner Einkommensquellen geht allerdings hervor, dass sein Gehalt zwischen 1931, als er Stadtbibliothekar der Stadt Köln war, bis 1945, da er zum Stadtbüchereidirektor der Stadt Bielefeld befördert worden war, stetig angestiegen ist, und zwar von 7200 auf 10 000 Reichsmark.

Unwillkürlich versuche ich, aus den Bruchstücken einen ganzen Menschen zusammenzusetzen, doch bin ich mir bewusst, dass es ein Phantombild ist, was ich da zeichne. Dieses Phantombild setzt sich zusammen aus zwei, drei Hinweisen, die ich meinem Vater über seinen Vater habe entlocken können und die nun von dem Aktenspiegelbild überlagert werden. Der Mensch, den ich da schwach umrissen vor mir sehe, fühlte sich nicht oder nur wenig angezogen von den brüllenden Horden. Ein Stefan-George-Typ sei er gewesen, hat mein Vater gesagt, mit halblangem Haar, ein ganz und gar unmilitärischer Mensch. Es kostet mich einige Anstrengung, mir einen Stefan-George-Typ vorzustellen, der SPD wählt, aber wenn Menschen Widersprüche in sich vereinigen können, warum dann nicht auch ihre Phantombilder? Als die Hordenanführer an die Macht kamen und er drohte, herausgedrängt zu werden aus seiner beruflichen Laufbahn, beugte er sich aus Schwäche und Bequemlichkeit den neuen Anforderungen und kroch vor den Hordenanführern zu Kreuze. So mag es gewesen sein. Dass er erst 1937 in die Partei eingetreten war, lässt sich dadurch begründen, dass diese zwischen dem Sommer 1933 und 1937 keine neuen Mitglieder mehr aufnahm. Stattdessen trat er 1934 in die SA ein, und zwar kurz vor dem sogenannten Röhm-Putsch, also der Entmachtung der SA, die dem Phantombild möglicherweise gar nicht ungelegen kam, denn es war womöglich nicht darauf aus, sich in einer machtvollen Organisation besonders hervorzutun, sondern als Anhänger der Bewegung betrachtet und ansonsten in Ruhe gelassen zu werden. Tatsächlich brachte er es auch nur bis zum »Rottenführer«, also zum niedrigsten Grad, den man in der SA erreichen konnte. Vier bis acht Mann zählte eine solche »Rotte«. Er wird also regelmäßig deren braune Kniehosen und Hemden getragen haben, am linken Arm die rote Binde und auf dem Kopf das braune, unterm Kinn mit einem Band festgehaltene Käppi. Er diente sich an, soweit es nötig war, um seine Stelle zu behalten und in seinem Beruf weiter aufzusteigen. Im Juni '38 schied er aus der SA aus. Er ist jetzt Mitglied der Partei, und offenbar wird darüber hinaus kein Engagement von ihm verlangt. Wieder hat er Glück mit dem Datum: Wenige Monate nachdem er die SA verlassen hat, finden die schlimmsten Pogrome dieser Jahre statt. Die SA mordet, zerstört, brennt Synagogen und Geschäfte ab. Er macht dabei nicht mit. Die Daten erlauben jedenfalls diese Hoffnung.

Das Phantombild verwischt sich erst in den folgenden Jahren. Irgendwann kommt der Moment, wo

Opportunismus und innere Überzeugung nicht mehr deutlich voneinander geschieden sind. »WARNUNG! SORGFÄLTIG DURCHLESEN!« steht auf dem Fragebogen des Military Government of Germany vom 1. Januar 1946. »Jede Frage genau beantworten! Fragen mit ›Ja‹ oder ›Nein‹ beantworten! Falls die Frage nicht mit ›Ja‹ oder ›Nein‹ beantwortet werden kann, müssen eindeutige Angaben gemacht werden, z. B. ›keine‹ oder ›unzutreffend‹.« Was aber, wenn keine eindeutigen Angaben gemacht werden können? Was, wenn in einem Kopf keine Eindeutigkeit herrscht? Auf die Frage: Sind Sie Mitläufer oder überzeugter Anhänger gewesen?, die in dem Fragebogen nicht steht, könnte der, an den sie gerichtet werden müsste, womöglich selbst keine eindeutige Antwort geben. Irgendwann ist aus dem Opportunisten, vielleicht weil er kein solcher sein wollte, der glühende Nazi, als den mein Vater ihn kannte, geworden. Ich lese *Das verführte Denken* von Czesław Miłosz. Jedes menschliche Verhalten, schreibt Miłosz, enthalte einen Anteil Schauspielerei. Nach langer Übung identifiziere sich der Mensch so sehr mit seiner Rolle, dass er schließlich sein altes Ich nicht mehr von der Figur, die er verkörpert, unterscheiden könne. Die List der Schauspielerei, mit welcher die Mächtigen hinters Licht geführt werden sollen, verschaffe demjenigen, der sie ausübt, ein Gefühl der Überlegenheit und der Befriedigung, ja, des Genusses, denn er sehe in seinem Gegenüber einen Dummkopf, den er verhöhnt, ein gefährliches Tier, das er unschädlich macht. In Wahrheit geht er jedoch in seine eigene Falle.

Zwischen 1942 und Oktober 1944 gibt das Phantombild an, *ehrenamtlicher Kulturberichterstatter* für den Sicherheitsdienst der SS gewesen zu sein und in dieser Funktion *Berichte über Stand und Probleme des Büchereiwesens, Buchhandels, Schrifttums, Theaters, Films und verwandter Kulturgebiete* abgefasst zu haben. »Stand und Probleme des Büchereiwesens«, das klingt recht unverfänglich. Wieso aber sollte der Sicherheitsdienst der SS an Unverfänglichem interessiert gewesen sein? Publikationen aller Art wurden von »ehrenamtlichen« Mitarbeitern auf ihre ideologische Tauglichkeit überprüft. Und das Aussortieren von Schriften ging mit dem Aussortieren von Menschen einher.

Die jüdischen Freunde seines Vaters – des von mir Sanderling Genannten –, waren alle längst nicht mehr in Deutschland; einige – Benjamin – waren nicht mehr am Leben. In die Briefe, die Erich und Lucie Gutkind aus dem Exil an Sanderlings Witwe Emma schrieben, habe ich einen Blick werfen können. *Geliebtes Emmachen!* beginnen viele von ihnen, oder *Meine lieben Menschen!* Die beiden schrieben mit einer heißen, herzzerreißenden Zuneigung: an Emma, an ein verschwundenes Deutschland, an ihre eigene, ihnen für immer entrissene Welt.

In einem frühen Brief, noch während der Auswanderung 1933 aus Den Haag abgeschickt, schreibt Erich Gutkind an Sanderlings Witwe und an ihren Sohn: *Die räumliche Trennung, so schlimm sie ist, ist nicht das Schlimmste. Aber eine unheimliche Wand ist zwischen denen drin und draußen, durch welche die Sprache nicht recht dringt. Das darf nicht sein. Wir müssen uns ewig ganz nah und klar nah sein. Wir lieben Euch sehr. Ihr seid von unseren liebsten Menschen. Ihr seid unsere wunderbarste innigste Erinnerung. Ihr werdet uns immer verstehen. Wir fürchten nichts. Auch keine Wand.*

In einem späteren Brief bitten beide Emigranten inständig um ein paar Zeilen von Emmas Sohn B. – dem Vater meines Vaters; dem Phantombild. Der war zu dieser Zeit schon längst in der SA.

Dem Fragebogen, den er für die Amerikaner ausgefüllt hat, ist die Liste seiner Veröffentlichungen und Vorträge beigefügt. 1933 schrieb er noch (oder schon) einen Versuch über Kafka, 1934 ist ein Aufsatz betitelt: »Der proletarische Schriftsteller B. Traven«. Hinter Letzterem ist stolz in Klammern beigefügt: *Drucklegung wurde von der NSDAP verboten!* Danach schrieb er über Goethe, Gottfried Keller und, immerhin, Hermann Hesse. Er hielt Vorträge über Gutenberg, Mozart, veranstaltete Vorlese-Abende. Die letzten Vorträge haben zum Thema »Europa als Völkerfamilie/ Der Weg der deutschen Geschichte« (gehalten 1943 in der Ortsgruppe der NSDAP Bielefeld-Königsbrügge), »Weltanschauung und Erziehung« und »Deutsche

Ostern«. Letzterer wurde gehalten bei der NSDAP-Feierstunde am Ostersonntag 1944.

Als Anlagen sind dem Fragebogen allerlei Leumundszeugnisse beigefügt, darunter ein von seinem eigenen Bruder ausgestelltes, das manche dem Entlastungszweck dienlichen Ungenauigkeiten enthält. Dieser Bruder hatte, durch die neuen Machthaber in eine durchaus ähnliche Lage gebracht, die berufliche Zurückstufung – vom Professor zum einfachen Studienrat – über sich ergehen lassen und war nicht in die Partei eingetreten. Als erstes und gewichtigstes Zeugnis aber liegt ein Brief von Martin Buber bei. Diesen hatte der in Bedrängnis Geratene also, seine Scham überwindend, nach dem Ende des Krieges um ein Zeugnis gebeten. Soweit ich sehen kann, war er der einzige Jude, der bereit gewesen war, sich für diesen ehemaligen SA- und SD-Mann (aber wusste er überhaupt, dass der Bittsteller ein solcher gewesen war?), den er vor 1933 noch als jungen Mann gekannt hatte, einzusetzen. Großmütig hatte er auf ein Blatt mit Briefkopf der Hebrew University in Jerusalem geschrieben: *Dr. B. Rang, dem ich dieses Zeugnis ausstelle, ist der Sohn meines verstorbenen Freundes Florens Christian Rang, eines der edelsten deutschen Menschen unserer Zeit. Ich kenne Bernhard Rang von seiner Jugend her und glaube von dieser Kenntnis aus mit Gewissheit sagen zu dürfen, dass er, mag er auch den politischen Mächten gegenüber sich nicht standhaft genug erwiesen haben, im Herzen der Sache der Humanität treu geblieben ist. Es wird dieser Sache sicherlich von Nutzen sein, wenn ihm eine freiere Tätigkeit ermöglicht wird.* Einen »Persilschein« von Martin Buber ausgestellt zu bekommen: davon konnten die meisten nur träumen. Aus dem Schreiben wird allerdings deutlich, dass der derart Weiß- oder Grau-Gewaschene diesen Schein einzig Bubers Freundschaft mit seinem Vater verdankte.

Ein evangelischer Pfarrer schrieb, Herr Dr. Rang sei kein politischer Fanatiker, vielmehr sei er bemüht gewesen, treu seine Pflicht zu erfüllen *zum wahren Wohle unseres Volkes. Wenn er, wie ich jetzt mich zu überzeugen Gelegenheit hatte, inzwischen sich weltanschaulich ganz umgestellt hat, so entspricht dies m. E. nur der Aufrichtigkeit seines Wesens, die ihm von Natur immer zu eigen gewesen ist.*

Ich sitze über diesen Dokumenten und werde das Gefühl nicht los, ein unstatthafter Eindringling in ein fremdes Leben, in eine fremde Zeit zu sein.

Bin ich denn vorangekommen? Weiß ich mehr als zuvor?

Ich forsche weiter, lasse mir vom Bielefelder Stadtarchiv Auszüge aus der Personalakte meines Großvaters kommen, darunter ein Gesuch um Diensturlaub an den Oberbürgermeister der Stadt Bielefeld: *Auf Befehl des Inspekteurs der Sicherheitspolizei und des SD Düsseldorf bin ich zu einem SS-Kurzführer-Lager in Prag vom 11. 10. bis 18. 10. 43 kommandiert.* Am 28. 3. 44

bestätigt ihm der Bielefelder Oberbürgermeister, *neben seiner Tätigkeit als Leiter der Stadtbücherei Bielefeld in ganz erheblichem Umfange beim Sicherheitsdienst Bielefeld tätig* zu sein.

Bei Carsten Schreiber lese ich, dass auch die »ehrenamtlichen« Mitarbeiter des Sicherheitsdiensts SS-Ränge innehatten und SS-Uniformen besaßen, die sie unter Umständen nur zu besonderen Anlässen trugen. Zusammen mit ihrer Familie bildeten sie eine *SS-Sippe*. Sie fungierten als *geistiger Stoßtrupp der Nation*, mussten *charakterlich sauber und nationalsozialistisch einwandfrei* sein und die *innere Verjudung der Lebensgebiete* bekämpfen.

Ich bekomme heraus (*Heydrichs Elite*, von Jens Banach), dass SS-Führerlager an verschiedenen Orten in Deutschland stattfanden, aber auch an der *Reichsschule der Sicherheitspolizei und des SD* in Prag. Um zum SS-Führer aufzusteigen, mussten sich die Angehörigen der Sicherheitspolizei und des SD einer Prüfung in einem dieser SS-Lager unterziehen. Mein Großvater könnte also 1943 dabei gewesen sein, sich in seiner Elite-Organisation langsam hochzuarbeiten.

Zu allen Akten, von denen ich jetzt Kopien besitze, auch zu der vornehmen Villa Klasing in der Grünstraße, dem Sitz des Bielefelder Sicherheitsdienstes, wo er 1944 mit seiner Familie wohnte, befrage ich den Historiker Walter Pehle, weil ich sichergehen will, den Mann nicht aus Rache oder Scham mit zu viel Strenge oder Nachsicht zu betrachten. Pehles Antwort lautet, *nach alledem* sei mein Großvater *»rückhaltlos« »verstrickt«* gewesen (die einzeln gesetzten Anführungszeichen stammen von Pehle, und ich verstehe sie so, daß diese abgedroschenen Wörter das, was sie meinen, nur ungenügend bezeichnen können). Zuletzt schreibt er mir: *Sehr geehrte Frau Weber, über Ihren Herrn Großvater würde ich mir ab sofort keine Illusionen mehr machen.*

Ich hatte nicht gewusst, dass ich mir noch Illusionen gemacht hatte. Aber so war es.

Haben nicht noch die kaltblütigsten Mörder Blicke ihrer Opfer bis weit über deren Tod hinaus zu ertragen? Müssen die Folterer nicht ihr Leben lang die Bilder ihres Quälens und Mordens in sich tragen? Der Spitzel macht sich weder die Finger noch das Gedächtnis schmutzig. Er besudelt die Sprache. Seine Sprache ist fortan nicht mehr zu gebrauchen. Er merkt es nicht. Er beißt sich die Zunge nicht ab. Er macht weiterhin den Mund auf und spricht fortan Gebete.

Aber bin ich nicht selbst eine Denunziantin, wenn ich einen Mann, seine mir unbekannte, aus den Akten jedoch recht deutlich aufscheinende oder vielmehr sich durch die Akten mehr und mehr verdüsternde Person hier an den Pranger stelle, als sei ich zu seiner Richterin berufen? Mag sein. Doch ich schwöre: Wenn ich bei diesem Mann auch nur an einer Stelle, egal wie flüchtig, sei es schriftlich oder in einem überlieferten

Wortwechsel, von einer Gewissensqual Wind bekommen hätte, von einer klitzekleinen Regung der Scham oder der Offenheit – ich schwöre, ich hätte weder seine Ruhe noch die meines Vaters noch meine eigene je gestört.

Mehr als alles andere scheint für Pehle die Wohnung in der Grünstraße den Mann eindeutig zu charakterisieren und anzuklagen. Mir fällt ein Bruder meines Vaters ein, der als Sieben-, Achtjähriger mit seinen Eltern in dieser Villa gewohnt hat, während sein älterer Bruder schon Luftwaffenhelfer war. Und als hätte er gespürt, dass ich an ihn denke, als hätte er meine unausgesprochene Bitte gehört, schreibt mir dieser in London lebende Onkel Ludwig ausgerechnet in diesen Tagen zum ersten Mal seit langer Zeit. Er schickt mir ein Foto, das er beim Kramen in alten Papieren fand: Es zeigt eine schöne junge Frau im Profil: meine Großmutter.

Ich bitte ihn um weitere Fotos, stelle Fragen. Ich stelle mich *unschuldig*. Bin ich denn schuldig? Spioniere ich den Onkel aus? Vermutlich schon. Unverhüllt schreibt er, was er erinnert, schickt weitere Familienfotos. Ich vergrößere meinen Großvater, bis sein Gesicht Gesichtsgröße hat und mir kaum eine Handbreit entfernt gegenübersteht. Ich vergrößere ihn, bis er sich in Unschärfe verliert.

Zwei Bilder kommen zusammen bei mir an: Das eine, wohl Anfang der zwanziger Jahre in einem Garten aufgenommen, zeigt Sanderling in seinen letzten Lebensjahren. Aus seinen Schultern wächst Geäst, wie Ansätze von Flügeln. Er blickt zur Seite, ein Kopf wie aus denkendem Stein. Sein Blick ist in eine tiefe Ferne gerichtet und so ernst und ruhig und eindringlich, dass sich der Betrachter von diesem Profil angesehen fühlt.

Das andere Foto (*der ur-pater familias würde sich im Grabe herumdrehen*, schreibt Ludwig) ist auf der Hochzeit eines Cousins in den vierziger Jahren aufgenommen. Vor der ältlichen Braut zerläuft der Schleier zu einer großen weißen Pfütze, als sei das Kleid dabei zu schmelzen, ohne dass die Hochzeitsgäste davon Notiz nähmen. Lächelnd oder gewichtig blicken sie in die Kamera. Mehrere Männer, darunter der Bräutigam, tragen Offiziersuniformen, die älteren sind mit Orden behängt, der Bräutigam mit einem (goldenen?) Parteiabzeichen. In der zweiten Reihe ist meine Großmutter zu sehen; dahinter, an der Wand, hängen Goebbels und Göring und beäugen einander feindselig wie Fayence-Hündchen.

Ich frage Ludwig nach seinen Erinnerungen an die Villa Klasing, wo die Familie über dem Sicherheitsdienst wohnte. Er erinnert sich, dass sie die uniformierten Wachen in der Portiersloge mit Hitlergruß grüßten, *aber mit angewinkeltem Arm wie hohe Tiere es taten*. Mir war bisher nicht bekannt, dass außer Charlie Chaplin und seinem Modell noch jemand den Arm nicht ausstreckte beim Grüßen. Jedenfalls zeigt diese Erinnerung, dass die Kinder das Gefühl hatten, mit ihren Eltern zu den hohen Tieren zu gehören.

Einmal hätten er und sein Zwillingsbruder beim Spielen im parkähnlichen Garten der Villa die Krokusse zertrampelt, erzählt Ludwig, und seien vom Chef des Sicherheitsdienstes ermahnt worden. Eins, zwei, drei, ist die Blumenpracht vorbei, habe er gesagt.

Und: Sein Vater habe einmal auf einem Empfang Rücken an Rücken mit Himmler gestanden. Das sei das Einzige, was er ihm je aus dieser Zeit erzählt habe.

Rücken an Rücken. Warum hat er gerade diese Episode preisgegeben? Während er so stand und plauderte, ein Glas Sekt in der Hand, muss er die ganze Zeit über die Präsenz dieses Mannes, seines obersten Chefs, wie ein Brandeisen in seinem Rücken gespürt haben. Er muss auch stolz darauf gewesen sein. Als hätte er mitten in der Arena einem Tiger den Rücken zugekehrt. Nein, keinem Tiger. Ein Tiger tötet nur, was er fressen kann.

Bei unserem nächsten Treffen zeige ich Cécile die Papiere, die ich zusammengetragen habe, wir blättern sie zusammen durch. Für sie ist das Wichtige nicht so sehr, was bei diesen Nachforschungen herausgekommen ist, sondern dass ich sie überhaupt angestellt hatte. Dass man wissen will. Die Sache nicht auf sich beruhen lässt. Nicht gleichgültig, teilnahmslos ist. Mehr ist es eigentlich gar nicht, stelle ich mit Verwunderung fest, was sie von den Deutschen gleich welcher Generation und ebenso von den Franzosen erwartet und was sie offenbar bei Letzteren noch viel seltener als bei den Ersteren antrifft. Ich bin froh, dass ich ihre Erwartung erfüllt habe. Und zugleich bin ich mir nicht sicher, ob ich diesen Behördenweg je eingeschlagen hätte, wenn sie, Cécile, nicht gewesen wäre. Auf ihren Hinweis hin lese ich Ernst von Salomons Erfolgsbuch *Der Fragebogen* aus dem Jahr 1951, hinter dessen vielen Seiten sich eine einzige Frage verbirgt: Wie kommt ihr Amerikaner, die ihr keine Ahnung habt von uns und von dem, was wir durchgemacht haben, nur weil ihr die Sieger seid, dazu, uns einen solch demütigenden Fragebogen ausfüllen zu lassen? Der Ton, den der Autor anschlägt, ist abstoßend.

Cécile fragt mich, ob ich denn meinem Vater erzählen werde, was ich herausgefunden habe. Mein Vater ist sehr alt und gebrechlich geworden, sage ich. Habe ich denn irgendetwas entdeckt, was er nicht ohnehin schon weiß? Nein, ich will ihn damit nicht behelligen. Seine alten Tage verdunkeln. Sie sagt, eben, du hast nichts Schlimmes, vielmehr nichts Schlimmeres, als was er ohnehin schon wusste, herausgefunden, also kannst du ihm doch davon erzählen.

Ich bleibe dabei, ich will es ihm nicht erzählen. Er würde dabei wohl tatsächlich nicht viel Neues über seinen Vater erfahren, wohl aber über seine Tochter, nämlich, dass sie hinter seinem Rücken in der Familienvergangenheit gewühlt hatte. Dass sie sich über seine Ängste hinweggesetzt hat. Und dass sie nun sogar diejenige ist, die *es publik machen* wird. Denn das habe ich mittlerweile vor.

Cécile äußert nichts Derartiges, doch scheint es mir, als sei sie etwas enttäuscht von meiner Weigerung, in der sie vielleicht eine Verlängerung des langen Familienschweigens sieht. Ich glaube zu spüren, dass ich in ihren Augen, wenn ich über meine Nachforschungen nicht mit meinem Vater spreche, nur die halbe Wegstrecke zurückgelegt habe. Aber vielleicht bilde ich mir das ein. Sie versteht meinen Wunsch, den alten Vater zu schonen. Und sie sieht, wie ich, das Widersprüchliche seiner Haltung: Einerseits bedrückt ihn das lange Schweigen, das bis zum Tod seines Vaters fortdauerte. Andererseits wünscht er sich, dass weiter geschwiegen werde und niemand von dem Grund des Schweigens je erfahre. Wenn überhaupt, soll das Schweigen innerhalb der Familie gebrochen werden. Durch ihn. Aber Schweigen-Brechen und Wissen-Wollen sind zweierlei.

Das Einzige, was er würde wissen wollen, was er gerne würde lesen können, sagte er einmal, aber davon sei sicher keine Spur mehr zu finden, das sei das Gutachten, das sein Vater über die Bücher Ernst Jüngers geschrieben habe. Sein Vater habe für den Sicherheitsdienst Schriften bewertet, und er erinnere sich, dass die Bücher Jüngers darunter gewesen seien.

In dieser Aussage hatte ich einiges gehört, was er nicht gesagt hatte. Ich hörte: Das Schlimmste, was sich mein Vater hat zuschulden kommen lassen, wird es gewesen sein, für den Sicherheitsdienst Schriftgut zu begutachten, dessen Autoren im Verdacht standen, feindlich oder gefährlich, *volkszersetzend oder die Bewegung hemmend* zu sein. Ich hörte: In dieser Zeit des Grauens gab es Leute, die umgebracht und gefoltert haben, die Menschen in Züge gepfercht und Rampen gebaut haben, um sie besser aussondern und ermorden zu können. Und es gab andere, die sich mit geistigen Dingen beschäftigten. Die in ihren Schreibstuben saßen und lasen. Zu diesen Menschen gehörte mein Vater.

Der Gedanke, dass ein Mann vom Rang seines Vaters, dass ein Rang also sich zu irgendeiner Form von niederer Brutalität, ja, auch nur zum Einschlagen von Fensterscheiben, zum Beispiel, hätte hinreißen lassen können, war für ihn jenseits des Möglichen. Und auch für mich, die ich doch den Mann nicht gekannt und von ihm nur die unvergleichlich mildere Brutalität der Zurückweisung erfahren habe, ist der Gedanke schwer vorstellbar. Denn da ich ihn nie gesehen habe und wenig über ihn weiß, denke ich mir den noch im vorletzten Jahrhundert geborenen Großvater als eine würdigere, steifere, altertümlichere Ausgabe meines Vaters. Mir meinen Vater dabei auszumalen, wie er jemanden misshandelt oder ermordet, ist mir tatsächlich unmöglich. Aber geht es nicht denen, deren Väter tatsächlich Mörder waren, genauso?

Ein Büchermensch ist er also gewesen, dieser Großvater. Andere haben gemordet; er hat gelesen. Aber was hat er den Büchern entnommen? Haben sie sein Gemüt gebildet und seinen Geist geschärft, ihn empfänglicher gemacht, offener, weiter? Haben sie etwas Unnennbares in ihm angerührt? Was sind die Bücher ihm gewesen?

Ich schlage das einzige von ihm veröffentlichte Buch auf, das in meinem Besitz ist. Es ist 1954 erschienen und trägt den Titel *Der Roman*. Gewidmet ist es seinem ältesten Sohn, meinem Vater. Das erste Kapitel dieser langen Abhandlung über den Roman beginnt mit den Worten: *Was ist ein Roman? Eine simple Frage, so scheint es. Aber hinter dem scheinbar Simplen verbirgt sich oft das Komplizierte und Schwierige, ja kaum zu Fassende.* Hier will ich schon aufhören zu lesen. Nicht nur, dass ich nicht verstehe, wie einer ein ernsthaftes, jedenfalls ernstgemeintes Buch mit derartigen Gemeinplätzen beginnen kann. Ich spüre hinter diesen wenigen, kurzen Sätzen einen Menschen, der sich aufplustert, der sich aufplustern muss, wenn das Nichts oder doch das Kärgliche seiner Gedankenwelt die folgenden dreihundert Seiten füllen soll. Ich lese dennoch weiter. Komme bis Seite 14. Dort steht: *Form und Inhalt lassen sich bei dem echten Kunstwerk nicht trennen.* Ich staune, einen Sachverhalt, den ich spätestens mit vierzehn durchschaut hatte, hier als Weisheit in die Welt hinausposaunt zu hören. Der nächste Satz lautet: *Vielleicht kommen wir dem Verständnis des Romans als Kunstform und Kunstgattung näher, wenn wir nach seinen Inhalten fragen.*

Ich kann nicht mehr weiterlesen. Hier hat jemand die von ihm selbst soeben verkündete Binsenweisheit nicht verstanden. Ich blättere die übrigen zweihundertfünfundachtzig Seiten nur noch schnell durch. Sehe zweimal den Namen Ernst Jünger auftauchen. Die ehrenamtliche Arbeit für den Sicherheitsdienst der SS ist also doch zu etwas gut gewesen. Manches aus diesem Abfall hat wiederverwertet werden können.

Vielleicht war dieser Mann, der mein Großvater gewesen sein soll, einfach dumm? Zum ersten Mal geht mir dieser despektierliche Gedanke durch den Kopf. Nicht von der Art Dummheit, die man »einfachen«, unbedarften Leuten zuschreibt. Sondern von jener selbstgewissen, großsprecherischen Dummheit der Gebildeten, die in keinem Augenblick die Möglichkeit ihrer eigenen Beschränktheit in Erwägung zieht.

Nach dem Krieg wurde er fromm.

Es fängt alles mit einem Kurzschluss an.

Denn in Berlin in Sanderlings Nachlass jene lange Passage lesend, in der er von seinem Besuch in einer Irrenanstalt erzählt, glaubte ich plötzlich einen Spalt in der Zeitmauer zu sehen, die mich von ihm trennt, und hinter der Mauer einen Pfad, der dort in der Ferne, wo mein Urgroßvater steht, seinen Anfang nahm und schnurgerade bis vor meine Füße führt. Eine optische Täuschung wahrscheinlich. Aber ich weiß nicht, wie ich seine Erzählung im ersten Moment anders hätte auffassen können. Ich habe das Rätsel im Kopf, das meinem Vater und nun mir aufgegeben ist: Wie hat es geschehen können, dass aus dem Sohn eines Sanderling, eines Mannes also, der von Juden umgeben war und in ihnen seine, des Christen, älteren Brüder sah, ein Nazi wurde? Da ist sie also, die Erklärung, hatte ich gedacht. *Gesunde Menschen gaben für Geld die Arbeitskraft des Lebens her, um Arbeitsunfähigen und in höherem Sinn Lebensunfähigen ein Leben zu erhalten, das ihre Angehörigen in der Nähe nicht ertrugen und das alle wir zu feig waren auszumerzen von der Erde.* Sind die Schwachsinnigen, die Arbeitsunfähigen, die Verwirrten nicht wenige Jahrzehnte später die Ersten gewesen, die tatsächlich ermordet worden sind, noch vor den Juden? Ist an ihnen nicht das tödliche Gas ausprobiert worden, erst in Lastwagen, dann in vermeintlichen Duschräumen? *Warum vergiften Sie diese Menschen nicht?* Wie soll ich diese Sätze anders auffassen denn als Vorzeichen, als böses Omen?

Die *Abrechnung mit Gott*, die sich zwischen 1903 und 1919 in ihm zusammenbraute und aus der die Erzählung seines Irrenhausbesuches stammt, sollte eine Abrechnung mit dem Christentum werden, mit dessen verfügter Barmherzigkeit, die er als heuchlerisch und feige empfand. Er hatte kurz zuvor Nietzsche gelesen. Vielleicht hatte er Sätze gelesen wie diese: *Die Schwachen und Missrathnen sollen zu Grunde gehen: erster Satz unserer Menschenliebe. Und man soll ihnen noch dazu helfen.* Aber er hatte noch nicht jene Rede gelesen, die Walter Groß, Leiter des Aufklärungsamtes für Bevölkerungspolitik und Rassenpflege, auf dem Reichsparteitag der Nazi-Partei in Nürnberg am 1. September 1933 halten würde und in der es heißt: *Wir alle haben mit Erschrecken erlebt, dass Staat und Gesellschaft ihre Mittel mitleidig und barmherzig für die Erhaltung von Verbrechern und Geisteskranken und Schwachsinnigen und Idioten einsetzte und dafür Millionen und Abermillionen zur Verfügung stellte, während zugleich für den einfachen, gesunden Sohn des Volkes kaum Geld für ein trockenes Stück Brot da war.* Er hat sie nicht lesen und nicht hören können, weil er zu diesem Zeitpunkt schon seit knapp zehn Jahren nicht mehr am Leben war. Ebenso wenig hat er wissen können, wie schnell die richtige oder falsche Barmherzigkeit der Kirche, zumal seiner eigenen, der protestantischen, umschlagen würde in wahre Grausamkeit. Er wusste nicht, dass gerade die Innere Mission, der er nahegestanden hatte, willig mitwirken würde am Mord ihrer Schützlinge. Und auch jene andere Rede hat er nie gehört, die der Leiter der Heilerziehungsanstalt Scheuern, einer Einrichtung der Inneren Mission, schon 1933 halten würde. *Wie freudig begrüßten wir, die seit dreiundachtzig Jahren an den geistesschwachen und epileptischen Menschenkindern nach dem Auftrag unseres Heilandes arbeiten, die rassenpflegerischen Maßnahmen unseres Führers, die der Auftakt sind, die Übel von den Wurzeln an zu bekämpfen.* Karl Todt – nicht zu verwechseln mit dem Fritz Todt der Organisation gleichen Namens –, Karl Todt hieß der Mann, der aus seiner christlichen Heilanstalt die Zwischenstation vor der nahen Mordanstalt Hadamar machen würde.

Das alles, was ihm verborgen geblieben war und was er auch in seinen schlimmsten Albträumen nicht hätte sehen können, liegt nun, scheinbar glasklar, vor meinen Augen.

Nichts ist gefährlicher als das sichere Gefühl, etwas verstanden zu haben. Ist die Verbindung, die ich sehe, nicht viel zu glasklar, um wahr zu sein? Ist es denn so einfach, führt denn wirklich ein schnurgerader oder meinetwegen ein geschlängelter Weg von den alten Griechen über meinen Urgroßvater bis zu mir? Ist nicht vielmehr der einzige sichtbare Pfad zwischen uns erst durch mein Zurückschauen entstanden? Doch um das zu glauben, muss ich das Zeichen ignorieren – den kleinen Irrenhausabschnitt, den ich herausgegriffen habe aus einer Fülle von Aufzeichnungen. Denn der scheint das Gegenteil zu besagen. Ich kann es nicht ignorieren, aber ich misstraue dem Zeichen, das mir eine Brücke zu schlagen scheint.

Ich lese und lese, in der Hoffnung, wenn ich genug gelesen haben werde, nichts mehr zu verstehen.

Wütend mache ich mich daran, der Gewissheit das Wasser abzugraben; mehr und mehr sträube ich mich dagegen, in Begriffen wie Ursache und Wirkung, ja, überhaupt in Begriffen zu denken; stattdessen bewege ich mich in einem Zickzack von Widersprüchen voran. Dann erreicht mich ein seltsamer Brief: Eine große Briefsendung aus der Schweiz liegt morgens in meinem Briefkasten. Der safrangelbe Umschlag ist vom Verlag an mich weitergeleitet worden. Statt eines Absenders trägt die Rückseite dreizehnmal dieselben Initialen, als hätte hier jemand mit Entschiedenheit einen Vertrag oder eine gesetzliche Bestimmung paraphiert. Der Umschlag enthält vier durchsichtige Plastikhüllen oder Dossiers, in denen jeweils eine größere Anzahl handschriftlich beschriebener Blätter liegt, lange, in fehlerlosem Deutsch verfasste Briefe, von denen die ersten beiden an mich gerichtet, die anderen offenbar Kopien von Briefen an das Obergericht des Kantons Zürich und an ein Schweizer Spital sind. Was ich da in Händen halte, ist eine Art Leserbrief, geschrieben von einer Frau, die sich in der Schweiz in einem »Pflegezentrum« aufhält. Ich beginne zu lesen. Gleich auf der ersten Seite wird mir mulmig. *Ihr Buch ist durchaus ein Hit!*, schreibt die Frau. Sie meint eines meiner ersten Bücher, das mir heute fremd geworden ist. Gleich darauf beginnt die Verfasserin des Briefes, ausgiebig über das jüdische Volk, über Kain, Abel und Abraham herzuziehen. Mir ist sehr bald klar, dass mit dieser Frau etwas nicht stimmen muss, und trotzdem bin ich nicht vorbereitet auf den Satz, der dann auf der dritten Seite kommt: *Ihr Buch bestätigt nur, ergänzend zur Bibel, dass die Juden das charakterloseste und niederträchtigste Volk der Erde bis heute geblieben sind.* Der Brief schließt mit den Worten: *Auch sollte kein Nichtjude, keine Nichtjüdin sich damit begnügen, den unehelichen Sohn einer Jüdin als Gott zu verehren! Mit freundlichen Grüßen.*

Ich schwanke zwischen Lachen und Grauen, doch überwiegt das Grauen, nicht zuletzt, weil ich mich selbst in diesen Wahn hineingezogen und von ihm vereinnahmt sehe. Ich lese den Brief noch einmal. Beruhigend – sozusagen – ist, dass die Frau nicht nur in meinem Buch, sondern auch in der Bibel ein antisemitisches, sie in ihren Überzeugungen bestätigendes Pamphlet zu sehen scheint. Die Frau ist also völlig verrückt und ihre Pflegeanstalt wahrscheinlich kein Altenheim, sondern eine psychiatrische Klinik. Ich lese weiter. Das zweite Dossier enthält Kopien mehrerer, mit hebräischen Bibelzitaten versehener Schreiben an den Diogenes Verlag, von dem offenbar auch schon ein Buch ihrer Weltsicht entsprochen hat (auch hier: »ein Hit!«). Darauf folgt ihre Korrespondenz mit dem Zürcher Gericht und anderen Instanzen, in der sie die Diagnose der Schizophrenie anficht und unter anderem ihren Arzt wegen übler Nachrede verklagt.

Das alles ist traurig, geht mich aber nichts an, sage ich mir. Versuche ich mir zu sagen. Warum aber sind die Schriften dieser Frau in meinem Briefkasten gelandet? Gerade in diesen Tagen?

Ich lese weiter. In einem Brief an die Schweizer Ärzteverbindung heißt es, sie habe nichts anderes im Sinn, als das mosaische Gesetz zu befolgen, wofür sie sogar Hebräisch gelernt habe; dafür werde sie seit über einem Vierteljahrhundert unwiderruflich für schizophren erklärt, aus der Volksgemeinschaft ausgeschlossen und unter Bevormundung in staatlichem Gewahrsam gehalten, was einem Todesurteil gleichkomme. Die Psychiater *entbehren der Einsicht, dass der Patient ebenso viel Recht auf sein eigenes Wertsystem hat wie der Psychiater.* Wieso sie unbedingt das mosaische Gesetz befolgen will, wo sie doch von dem jüdischen Volk so wenig hält, schreibt sie nicht. Warum sie eingesperrt ist, inwiefern sie eine Gefahr für sich selbst oder für andere ist, geht aus ihren Briefen ebenfalls nicht hervor. »Entbehren der Einsicht«: schön gesagt.

Ich weiß nicht weiter. Ich ärgere mich, weil ich wie immer glaube, die Dinge hätten eine Bedeutung und ausgerechnet ich sei dazu bestimmt herauszufinden, welche. Antworten werde ich natürlich nicht. Mein Blick fällt auf die Kopie eines Antwortschreibens, das die Briefeschreiberin von einer Schweizer Behörde bekommen hat: *Wir beziehen uns auf Ihr Schreiben vom … mit diversen nicht nummerierten Beilagen. Lei-*

der ist Ihre Angelegenheit kein Fall für unsere Gutachterstelle, obwohl man Sie an uns verwiesen hat. Eine Behörde müsste man sein!

Auch von diesem Schreiben erzähle ich Cécile. Bei der Erwähnung des Satzes, der mich so erschreckt hatte (*Ihr Buch bestätigt nur …*), bin ich mir nicht sicher, ob Cécile ihn wirklich zum Lachen finden oder ob er womöglich einen Verdacht auf mich werfen wird, aber ja, sie lacht kurz auf, und so lachen wir ein knappes, mir wohltuendes Lachen zusammen. Was ich denn nun damit anfangen würde, fragt sie mich, als ich weiter von der Frau und ihrem Schreiben berichtet habe. Ich sage, ich wisse es nicht, doch scheine mir, diese Postsendung hänge unmittelbar mit dem zusammen, was mir nicht aus dem Sinn wolle in letzter Zeit. Cécile erwidert, sie sei abergläubisch und an meiner Stelle würde sie den Brief sofort wegwerfen oder vernichten. Sie würde einen solchen Brief nicht in ihrer Nähe wissen wollen. Ich kann das verstehen. Aber ich will den Brief noch einmal genauer lesen, bisher habe ich ihn mehr überflogen.

Und nun liegt er immer noch mit anderen Papieren neben meinem Schreibtisch auf dem Boden. Er liegt auf einem der Stöße mit Büchern und Unterlagen, die mit dem Nicht-mehr-aus-dem-Sinn-Gehenden zu tun haben. Immer öfter scheint mir, dass alles damit zu tun hat, weshalb die Stöße immer höher werden. Ob der Brief mir Unglück bringen wird, wie es Cécile befürchtete? Auf demselben Stoß liegt der Film »Shoah«, den ich noch nie vollständig gesehen habe und dessen fünfhundertfünfzig Minuten ich mir nun, sobald ich den Mut dazu finde, aufbürden will. Mein Blick fällt auf die Rückseite der Verpackung und auf den Umschlagtext, der – offenbar sind die DVDs in den Niederlanden hergestellt – nur auf Niederländisch zu lesen ist. Ich lese: *Shoah is een magische film over de meest barbaarse daad van de 20e eeuw.* Er ist auch *een meesterwerk* und *een schokkende film*, in dem es darum geht, *het onbespreekbare bespreekbar te maken*.

Es kommt mir der Gedanke, dass die Briefeschreiberin, hätte sie nicht in einer schweizerischen, sondern in einer deutschen oder polnischen Irrenanstalt gelebt, vermutlich zu den Ersten gehört hätte, denen der sogenannte »Gnadentod« gewährt worden wäre. Dass sie also noch vor den Juden, die sie mit solcher Verbissenheit ablehnt und hasst, ermordet worden wäre. Vielleicht ist das der Grund, warum ich glaube – obwohl ich nicht weniger abergläubisch bin als Cécile –, dass ich ihren Brief ruhig neben meinem Schreibtisch liegen lassen kann; dass er mir kein Unglück bringen wird.

Vielleicht bringt er kein Unglück, sondern nur ein bisschen Pech? Oder ist es ein Glück? Kaum, dass ich mich dazu durchgerungen habe, die Unterstützung der Robert-Bosch-Stiftung anzunehmen, falls ich sie denn zugesprochen bekäme, erhalte ich auch schon den Absagebrief. Ich habe mir inzwischen ein Buch mit dem Titel *Muster des Erinnerns. Polnische Frauen als KZ-Häftlinge in einer Tarnfabrik von Bosch* besorgt. Darin habe ich gelesen, dass das firmeneigene Konzentrationslager – in einem Berliner Vorort unweit des Wannsees gelegen – sich am Rand des Werksgeländes befand und dass die KZ-Häftlinge kaum mit den anderen Zwangsarbeitern in Berührung kamen, dass sie zwölf Stunden in Tag- und Nachtschichten arbeiten mussten und bewacht wurden von SS-Aufseherinnen. Dass sie im Keller einer riesigen Fabrikhalle untergebracht waren, in dem das Wasser die Wände herunterlief. Dass sie etwas mehr zu essen bekamen als vorher in Ravensbrück. Und dass sich der Umsatz der Bosch-Filiale Dreilinden in Kleinmachnow, die, hauptsächlich mit Hilfe von Zwangsarbeitern, für die deutsche Luftwaffe produzierte, zwischen 1938 und 1942 von 700 000 auf 33 Millionen Reichsmark erhöht hat. Schließlich erfuhr ich, dass die Firma Bosch spät, aber irgendwann dann doch, mehr als den Pflichtteil in den Entschädigungsfonds der deutschen Wirtschaft eingezahlt hat.

Dann ist ja alles gut?

In dem Buch über die Tarnfabrik von Bosch habe ich auch das Vorwort von Ise Bosch, Enkelin von Robert Bosch, gelesen. Sie schreibt von all dem, was in dem Buch anschließend ausführlich beschrieben wird, KZ-Haft bei Bosch, Todesmarsch, jahrzehntelange Weigerung »von deutscher Seite«, also von der Firma, die begangenen Verbrechen einzugestehen. Sie schreibt es so, wie es jeder andere, jeder, der nicht den Namen Bosch trägt, genauso gut hätte schreiben können. Als hätte es mit ihr selbst nichts zu tun. Nur der Name und an einer Stelle die Worte *zu Lebzeiten meines Großvaters* bezeugen eine Verbindung zum Geschehenen.

Aber hat sie denn etwas damit zu tun? Ist eine solche Vorstellung nicht genau das, was mein französischer Zugnachbar vor einiger Zeit als Sippenhaft ablehnte?

Ise Bosch scheint jedoch durchaus selbst zu spüren, dass sie »damit« etwas zu tun hat, sonst hätte sie nicht eine der gemeinnützigen Stiftungen, die sie gegründet hat, Dreilinden genannt. Auf der Homepage der Stiftung wird, soviel ich erkennen kann, nicht erklärt, worauf der Name sich bezieht. Als Stiftungszweck steht zu lesen: *Dreilinden fördert Frauen, Mädchen und Menschen, deren sexuelle Orientierung und Geschlechts-Identität der gesellschaftlichen Norm nicht entspricht.* Hiermit scheint nicht gemeint zu sein, was da steht, nämlich dass Frauen und Mädchen keine Menschen sind, sondern im Gegenteil, dass sie die besseren oder jedenfalls die für die Stiftung wichtigeren Menschen sind. Die Benutzung des Namens Dreilinden für egal welche wohltätigen Zwecke bringt mich auf. Es ist der Name eines Rüstungsbetriebs, zu dem ein KZ gehörte. Käme man auf die Idee, eine wohltätige Stiftung Buchenwald zu nennen?

Ise Bosch hat außerdem ein Netzwerk für Erbinnen gegründet. Viele Fragen stellen sich den Erbinnen, die sich armen Teufeln nicht stellen: Wie lege ich mein Geld an, wie gehe ich mit den Banken um, wie kann ich mit dem, was ich übrig habe, armen Teufeln helfen? Die Frage: Ist es richtig, ein Erbe anzunehmen, das einmal von Zwangsarbeitern und KZ-Insassen erarbeitet wurde?, wird nicht behandelt. Es ist dieselbe Frage, die ich mir als Anwärterin auf ein Stipendium der Bosch-Stiftung stellte.

Es sieht so aus, als hätte ich gerade noch einmal Glück gehabt: Mein Antrag ist abgelehnt worden. Sonst hätte ich, wie Ise Bosch, das Geld sicher genommen. Ich denke darüber nach, dem Buch eine der üblichen Danksagungen voranzustellen, die in diesem Fall lauten müsste: Die Autorin bedankt sich bei der Robert-Bosch-Stiftung dafür, sie in ihrem Schreib-Vorhaben nicht unterstützt zu haben.

Es ist seltsam: Seit ich auf dem Weg zu meinem Urgroßvater bin, dehnt sich das Riesengebirge immer weiter zwischen uns aus und lässt mich nicht an ihn heran. Ich bin unterwegs!, will ich ihm zurufen. Ich komme!

Es ist kein Gebirge, das sich überwinden lässt. Zwar gerät es für Momente außer Sicht, aber plötzlich ist es wieder da. Es ragt auf, wo gerade noch eine Ebene war. Das Meer. Ich muss an jenen Abend denken, vor nicht allzu langer Zeit – doch vor Antritt meiner Reise in die

Vergangenheit –, als ich, an eben jenem Küstenstrich der Normandie, wo ich jetzt Monate schreibend und lesend verbringe, in einem Schuppen am Strand saß. Es gibt dort eine einfache Bewirtung. Muscheln mit Pommes frites. Weißwein. Sonntagabends sitzt ein rothäutiger, alter Ire am Klavier (Jersey liegt in Sichtweite). An jenem Abend spielte er wie immer eine Mischung aus alten Schlagermelodien, Piaf- und Aznavour-Chansons und sonstiger Piano-Bar-Musik. Ich sah auf das Wasser, das sich weit zurückgezogen hatte und auf dem noch der Glanz der Sonne lag, die gerade rechter Hand hinter einem Elektrohäuschen unterging. Ich summte die Melodie mit, die der Ire spielte, und dachte mehr oder weniger geistesabwesend darüber nach, woher ich sie wohl kannte. Ich kannte sie gut und summte geradezu gemütvoll, was im Lärm der Stimmen, des klappernden Geschirrs und der Klaviermusik jedoch erfreulicherweise unterging. Dann machte der Ire eine Pause und setzte sich an den Tisch, an dem ich mit anderen Gästen Platz genommen hatte (im Schuppenlokal sitzen alle an großen Holztischen beieinander). Ob wir wüssten, was er da zuletzt gespielt hatte, fragte er lachend. Wir wussten es nicht. Wieder lachte er und sagte in seinem konturlosen, wie in Scotch aufgelösten englischen Französisch: *C'était le Horst-Wessel-Lied*.

Wie hatte es geschehen können, dass ich mitgesummt hatte? Deutschland war mir in jenem Augenblick so fern gewesen wie seine Vergangenheit. Die Melodie war mir geläufig, obwohl sie nirgendwo je zu hören ist. Sogar Bruchstücke des Textes waren mir bekannt und fielen mir jetzt wieder ein: Die Fahne hoch, die Reihen fest geschlossen. SA marschiert, mit ruhig festem Schritt.

Ob es so einfach gehen konnte? Ob man ganz unmerklich in etwas hineingeraten konnte, was man verabscheute? Man musste wachsam sein, musste den eigenen Regungen misstrauen. Ich dachte daran, dass mir, wie vermutlich vielen anderen, ganz gegen meinen Willen, wenn ich eine bestimmte Sorte seemannsliederhafter Marschmusik hörte oder Nationalhymnen (Fußballweltmeisterschaft), die Tränen kamen. Konnte man sein Hirn darauf trainieren, nur bei Partisanen- und Widerstandsliedern Ergriffenheit herzustellen und nicht bei faschistischen oder Nazi-Kampfliedern? Gab es nicht in den Rhythmen und Melodien verwirrend große Ähnlichkeiten? Die Melodie des Horst-Wessel-Liedes, das zum Kampfgesang der SA wurde, stammt aus dem 19. Jahrhundert. Sie zu singen (oder zu summen, nehme ich an) ist heute ebenso verboten wie das Verbreiten der Parolen. Ich war in eine Falle gegangen. Immerhin hatte ich nur mitgesummt, und es war mir keine Träne dabei gekommen.

Ob ich noch mehr Selbstrechtfertigung brauchte? Jedenfalls kam mir jene Stelle aus *La grande illusion* von Jean Renoir in den Sinn, bei der ich noch jedes

Mal geweint habe. Es ist die Szene, in der die französischen Kriegsgefangenen mitten in der Transvestiten-Show, die sie zum Zeitvertreib veranstalten, ihren deutschen Gefängnishütern trotzend, die Marseillaise anstimmen. Eine Situation, in der Rührung gestattet ist?

Ich will zu Sanderling zurück – aber geht es wirklich zurück, oder geht es nach vorn? *Wir wissen von der Vergangenheit nur unsere Vergangenheit; wir verstehen von dem Gewesenen nur, was uns heute etwas angeht; wir verstehen das Gewesene nur so, wie wir sind; wir verstehen es als unseren Weg. Anders ausgedrückt heißt das, daß die Vergangenheit nicht etwas Fertiges ist, sondern etwas Werdendes. Es gibt für uns nur Weg, nur Zukunft; auch die Vergangenheit ist Zukunft, die mit unserem Weiterschreiten wird, sich verändert, anders gewesen ist.* Und: *Die Vergangenheit, die lebendig in uns ist, stürzt mit jedem Augenblick in die Zukunft hinein, sie ist Bewegung, sie ist Weg. Jene andere Vergangenheit, nach der wir uns umblicken, die wir aus Überresten konstruieren, von der wir unsern Kindern berichten, die als Bericht der Vorfahren auf uns gekommen ist, hat den Schein der Starrheit, kann sich auch nicht, da sie zum Bild geworden, keine Wirklichkeit mehr ist, fortwährend verändern.*

Ich habe über verschiedene Auffassungen von Geschichte nachgedacht; es ist mir nicht gelungen, meine Gedanken und Empfindungen in eine von ihnen zu zwängen. Doch in diesen Sätzen von Gustav Landauer spüre ich eine Wahrheit. Ich verstehe sie so (also wahrscheinlich anders, als sie gemeint sind): Wir schauen zurück und sehen nichts Vergangenes. Wir können uns das Zurück-Wollen, das Imaginieren, die Versuche, zu rekonstruieren, nicht ersparen. Aber so sehr wir auch zurückstreben, am Ende bewegen wir das Vergangene, ob wir wollen oder nicht, vor uns her. Die beiden Vergangenheiten – die erstarrte, unzugängliche und die in Bewegung befindliche, gegenwärtig-zukünftige sind zwei Illusionen, die einander bedingen – und die nicht eine ohne die andere existieren.

Gustav Landauer gehörte 1913 einer *pneumatischen Gemeinschaft* an. Pneumos: Wind, Atem, Geist. Hundert Jahre später ist aus der Pneumatik eine Angelegenheit der Druckluft oder des Luftdrucks geworden. Von der pneumatischen Gemeinschaft des Jahres 1913 schreibt Martin Buber, der ihr angehörte, sie sei angetreten gewesen, *die Welt aus den Angeln zu heben*. Auch Theodor Däubler, Gutkind und Sanderling gehörten dazu. Insgesamt acht Mann. Die kleine Gemeinschaft kam nur ein einziges Mal zusammen. Noch in dem Namen Forte-Kreis, unter dem sie bis heute so gut wie unbekannt ist, drückt sich – ungewollt – eine Utopie aus. Denn in Forte dei Marmi, an der ligurischen Küste, war die zweite Zusammenkunft vorgesehen, zu der es nie kam. Die Gruppe trägt den Namen eines Ortes, den die meisten Mitglieder der kleinen

Gemeinschaft wohl nie gesehen haben dürften. Er steht für etwas Angestrebtes, nie Erreichtes. Der Erste Weltkrieg fuhr dazwischen.

Zu jener zweiten, utopischen Zusammenkunft sollten außer den bisherigen Mitgliedern der Gruppe unter anderem noch Upton Sinclair, Ezra Pound, Rabindranath Tagore, Romain Rolland und Rilke geladen werden. Sogar ein Chinese stand auf der Einladungsliste. Und zwar nicht der Kaiser von China – der hatte gerade abdanken müssen –, sondern der erste Präsident der chinesischen Republik, Sun Yat-sen.

Wie ist mein Urgroßvater in diese Versammlung geraten? Als ein Größenwahnsinniger unter Großen? In den *Preußischen Jahrbüchern* hatte er einen Versuch über Don Quijote und einen zweiten über Kleist veröffentlicht. Und jetzt mit Pound, Buber und Tagore die Welt aus den Angeln heben?

Benjamin wird sich ein paar Jahre später über seines Freundes (Sanderlings) Selbstsicherheit ärgern, über seinen *Ton des nicht-zu-diskutierenden, schlechtweg diktatorischen oder imponierenden*. Aber wer sonst als ein zutiefst Verunsicherter würde einen solchen Ton annehmen? Und wem sonst, wenn nicht einem solchen zutiefst Verunsicherten und Mehr-als-selbstsicher-Scheinenden, käme es in den Sinn, die Welt aus den Angeln heben zu wollen?

Von den acht Mitgliedern des Kreises sind fünf Deutsche, darunter drei Juden. Sanderling, *der Ger-*

mane, findet, die Juden seien zu sehr in der Überzahl. Ich versuche, mir das Riesengebirge wegzudenken, es aus meinem Blickfeld zu drängen, wenn ich mir diese Szene und ihren Fortgang vorstelle. Sanderling braucht sich nichts wegzudenken; er macht den Einwand gewissermaßen unschuldig, als einer, der teilhat an der Gnade des frühen Todes. Buber widerspricht, obwohl ihm *ähnliche Erwägungen nicht fremd waren.* Sein Bart ist noch dunkel, vielleicht von hellen Fäden durchzogen; er verdeckt die ganze untere Gesichtshälfte wie ein Schleier, und lenkt alle Aufmerksamkeit auf die Augen, die Stirn. Sie blicken einander an.

In dem Wortgefecht, das ich mir nicht hitzig, sondern ernst und bedachtsam denke, verkörpert jeder der beiden seine Religion. Aus diesem Kampf zwischen Christentum und Judentum geht keiner als Sieger hervor. Sanderling spricht von einer *jüdischen Eigentümlichkeit*, die darin bestehe, *die tiefe Wirklichkeit* nur *durch Intelligenz* auffassen zu können, *ohne sie auch wirklich ganz zu empfinden*, wie es allein die Christen könnten. Buber glaubt umgekehrt, als Jude dem Christen etwas vorauszuhaben: *Ich weiß nicht mehr, auf welchem Weg ich dabei auf Jesus zu sprechen kam und darauf, daß wir Juden ihn von innen her auf eine Weise kennten, eben in den Antrieben und Regungen seines Judenwesens, die den ihm untergebenen Völkern unzugänglich bleibe. ›Auf eine Weise, die Ihnen unzugänglich bleibt‹ – so sprach ich den früheren Pfarrer unmittelbar an. Er stand auf, auch ich stand, wir sahen einander ins Herz der Augen. ›Es ist versunken‹, sagte er, und wir gaben einander vor allen den Bruderkuß.*

Bei beiden, dem Christen und dem Juden, das Gefühl des Anders-Seins und der Überlegenheit, das aber abfällt – *versinkt.* Am Ende steht ein Mensch vor einem Menschen.

Ich spüre den Ernst der Stunde, das Eindringliche der Begegnung. Anders als ernst, anders als eindringlich kann ich mir Sanderling nicht vorstellen. Natürlich wird er hin und wieder gelacht haben. Doch aus der Vergangenheit schaut er mir als ein zutiefst Ernster, Leidenschaftlicher entgegen. Das Gegenteil des Lachens, wir wir es heute kennen, ist nicht Weinen, sondern Leidenschaft. Und tatsächlich ist das einzige Lachen, dem Sanderling Beachtung schenkt, ein leidenschaftlich-schauerliches: *Legen wir unser Ohr auf den Boden: wir werden aus dem Rauschen des Leidenschaft-Glut-Stroms einen Stoß, einen Krampf, einen Aufschrei vernehmen – ein gräßliches Lachen: den Durchbruch des menschlichen Hohngelächters.*

Es ist das Lachen des Karnevals. Wer hierbei an Konfetti, Spaß und Büttenreden denkt, liegt nicht daneben, sondern genau am Gegenpol dessen, was gemeint ist in Sanderlings *Historischer Psychologie des Karnevals.* Der Karneval, von dem hier die Rede ist, der griechische Dionysos-Kult, hat mehr Ähnlichkeit mit der Tragödie als mit irgendeiner Form des Schalks oder

der Lustigkeit. Hier wird einem *kannibalischen Blutdurst* gefrönt. Frauen reißen Opfertieren – einem Stier zumeist, der den Dionysos-Gott selbst vorstellt – das Fleisch mit den Zähnen vom Leib. Mütter zerreißen kleine Kinder, Glied um Glied, und fressen sie auf. Das ist das Lachen, an dem mein Urgroßvater Gefallen fand! Ein schauriges, bestialisches Gelächter, dem Gott und der Menschlichkeit zum Hohn. *Zähnebleckend gegen die Götter lacht der Mensch Göttermord.*

Ich lese das Buch mit Staunen und immer wieder mit Grauen. Bis zu einem bestimmten Punkt kann ich seinem Verfasser folgen. Wenn er etwa in der Geschichte des Lachens *eine Geschichte wachsender Harmlosigkeit* sieht. Ich sehe ein, wie harmlos noch das Lachen ist, das wir Jetzigen »subversiv« nennen, verglichen mit dem barbarischen, irrsinnigen Lachen der Babylonier. Die Sehnsucht nach Rausch, Gesetzlosigkeit, Entgrenzung, die Abscheu vor Vernunft, Nüchternheit und Skepsis: Vielleicht ahne ich, woher sie rühren könnten, doch meine Ängstlichkeit und Vorsicht – und nicht zuletzt das Riesengebirge, das sich zwischen uns erhebt – hindern mich daran, seine Faszination für den Leidenschaft-Glut-Strom bis ins Letzte nachzuvollziehen. Denn dieser ist für ihn nicht ferne Vergangenheit oder totes Studienobjekt. Sein Brausen, will er uns zu verstehen geben, war lange nur gedämpft wahrzunehmen, hat aber nie ganz aufgehört. Jetzt hört er es immer mächtiger werden.

Mit Unbehagen lese ich die 1909 verfasste, nach dem Großen Krieg überarbeitete, aber nicht abgeschwächte Schrift. Dieser Krieg war der große, letzte Karneval noch nicht.

Mir ist, als läse ich einen ärztlichen Befund zur Lage der Nation. Die Krankheit (eine gefährliche Epidemie) ist noch nicht richtig ausgebrochen, aber die ersten furchterregenden Symptome sind schon zu spüren. Der Arzt, der den Befund erstellt, ist selber befallen. Und das Eigenartigste: Er scheint die Ausbreitung der Krankheit eher fördern als einschränken zu wollen. Ja, er kann ihren Ausbruch gar nicht mehr abwarten, so unerträglich ist ihm dieses Inkubationsstadium.

Unser ganzer Zustand scheint aufbrechen zu wollen. Sind wir eine Geburt? sind wir ein Geschwür? Wie ein Alp liegt's uns über; wir atmen keuchend, beklommen, stoßweise, angstweise; wir ersticken im Druck. Und: *Unser Blut hämmert in den Adern, als wollte es durch die Haut brechen; alle alten Narben schmerzen. An den alten Bruchstellen, da bricht der Blutsturz durch, wenn uns Fieber hinreißt.*

Das Buch klärt uns weniger über den Ursprung des Karnevals in der Antike auf als vielmehr über die Verfassung Deutschlands zu Beginn des 20. Jahrhunderts. Wie jedes Buch klärt es über die Verfassung seines Autors auf. *Wir werden einmal ausbrechen*, schreibt er an anderer Stelle. *In Vatermord. In Christus-Gott-Vatermord.* Mit »wir« meint er die Deutschen. Und mit den

Deutschen meint er die Preußen. Die Preußen sollen die Grundfesten zerschmettern. Wir fangen noch einmal ganz von vorne an.

Er meint es ernst.

Mit allem, was er je begann und äußerte, meinte er es ernst.

Erschreckend ernst.

Als Gott sich aus unserer Welt zurückzog, hat er den Ernst mitgenommen. Wo wäre ein solcher noch zu finden? Bei fanatischen Muslimen, christlichen Sekten, orthodoxen Juden? Ist sein Verschwinden zu begrüßen oder zu beklagen? Zu begrüßen *und* zu beklagen?

Wenige Monate nach dem Bruderkuss zwischen Buber und Sanderling bricht der Erste Weltkrieg aus. Mit dem gleichen Ernst, den sie in ihre Glaubensfragen legen, blasen die beiden Männer in die Kriegstrompeten.

Die Welt braucht sie nicht. Sie hebt sich selbst aus den Angeln.

Ich fahre nach Braunfels an der Lahn, wo Sanderling von 1920 an seine letzten Lebensjahre in einem schlichten, spitzgiebeligen Siedlungshäuschen verbrachte, dem er den Namen »Im Gottesgrund« gab. Aus *seinem* Leben hat sich Gott nie entfernt. Er konnte sein Feind sein. Ein *Hund*, ein *Schurke*, ein *Quälgeist*. Aber er blieb doch sein Gott. Oder schimpfte er vielleicht deshalb so furchtbar mit ihm, weil er ihn entweichen sah?

Der Hecksbergweg heißt heute Hecksbergstraße. Die Hausnummern haben sich geändert. Ich habe kein Foto des Hauses, weiß nur, dass es einstöckig, spitzgiebelig und bescheiden gewesen sein soll. Ich sehe eines oder zwei, die in Frage kämen. Fotografiere eines davon, aus dem sogleich ein Mann springt und mich fragt, was ich denn hier zu fotografieren hätte.

Das Haus, welches es auch gewesen sein mag, liegt tatsächlich in einem *Grund*, auch wenn es nicht mehr der Gottesgrund ist. Über ihm ragt der Ort auf, und über dem Ort das Schloss. Über diesem wiederum steht an jenem Vormittag die sommerheiße Sonne und macht aus dem Schloss eine dunkle Konturenkulisse, die im Gegenlicht mittelalterlicher wirkt, als sie es im Mittelalter gewesen sein mag.

Ja, so sieht ein Ort des Rückzugs aus. Rückzug aus dem Lärm der Städte, Rückzug aus einer Welt der Fabriken und der Massen, die nichts mehr über sich haben, keinen Himmel, keinen Kaiser, keinen Fürsten. Hier sieht man noch zu allen dreien auf, könnte man denken. Rückzug in eine herbeigesehnte heile Welt? In die Vergangenheit? Wäre »Im Gottesgrund« der Name einer genügsamen, frommen Behaglichkeit? Etwas wie »Mein trautes Christen-Heim«? Fast hätte ich es selbst eine Sekunde geglaubt. Hört es sich nicht für heutige Ohren so an? Aber nein. Von einer Behaglichkeit, sei es einer frommen, ist Sanderling ebenso weit entfernt wie vom Planeten Jupiter.

Sein »Gottesgrund« hat nichts mit miefiger Gemütlichkeit zu tun. Sondern?

So wahr der Vater mit seiner einfachen Natur den Sohn natürlich gebiert, so wahr gebiert er ihn in des Geistes Innigstem, und das ist die innere Welt. Hier ist Gottes Grund mein Grund und mein Grund Gottes Grund. Aus diesem innersten Grund heraus sollst du deine Werke wirken ohne ein Warum.

Der Mann, der dieses Kapitel »Vom innersten Grunde« der *Mystischen Schriften* Meister Eckharts aus dem Mittelhochdeutschen übertragen hat, ist Gustav Landauer: einer der sieben Männer, mit denen Sanderling die Welt aus den Angeln heben wollte. Sanderling hat Meister Eckharts Schriften in Landauers Fassung und sicher auch im Mittelhochdeutschen gelesen; auch Eckharts Predigt *Beati pauperes spiritu*, Selig, die arm sind an Geist, ist in ihn eingedrungen. Der Gottesgrund, den er meint und in dem er wohnen will, bezeichnet die tiefste aller Tiefen. Sein Wunsch nach einem Zurück gilt keiner heilen Welt, sondern einem Ursprung, nein, *dem* Ursprung schlechthin. Es ist ein Zurück an einen Ort, wo es noch kein Warum und kein Wozu gab. Es ist ein Zurück zu einem Zustand, in dem ein Mensch, in dem er, Sanderling, nicht mehr als Einzelner, Verlorener dastünde, nicht schmerzlich abgeschnitten wäre von der Welt, die ihn umfängt, und von Gott. In diesem Zustand gibt es weder oben noch unten, weder außen noch innen. Der Ursprung, der Gottesgrund, ist eine allumfassende Einheit, ein *einfach Eines*.

Sanderling benennt sein Haus nach einem unsichtbaren, inneren, anzustrebenden Ort. Ich suche in mir selbst nach einem solchen Raum, finde aber bloß das, was heute »Innenwelt« genannt wird und was vom Gottesgrund so weit entfernt ist wie die Außenwelt. Immerhin ermöglicht mir meine Innenwelt, mir von diesem Gottesgrund noch einen *Begriff* zu machen, wenn auch kein Bild, wie ich es vom Garten Eden oder vom Fegefeuer habe. Um mir diesen fehlenden Raum, um mir die ungeheure Spanne zu verdeutlichen, die mich von Sanderling trennt, stelle ich mir vor, meinem Urenkel, den ich nie haben werde, würde einst Liebe nur noch ein Begriff und nichts Gelebtes mehr sein. In meinen Briefen, die zu entziffern er Mühe hätte, in Büchern und Schriften meiner und einer früheren Zeit würde er lesen, was einmal mit dem Wort Liebe gemeint war. Er würde es ungefähr verstehen. Aber selbst nichts mehr fühlen. Für einen solchen Urenkel stünde ich so fern wie ein Steinzeitmensch. Und ich? Würde ich ihn überhaupt noch als Menschen bezeichnen können? Kämen nicht alle anderen Worte mit ins Wanken? Ist es denn so anders, was mit »Gott« geschehen ist? Mit »Gottesgrund«?

Ich lese Bücher, in der Hoffnung, sie könnten mir Sanderling näherbringen, oder vielmehr mich ihm. Doch die meisten Bücher, die Vergangenes erklären, haben In- oder bestenfalls Gehalte, kein Leben. Die Inhalte wandeln sich unmerklich, die Begriffe bleiben bestehen. Niemand merkt, dass sie längst verdorrt und abgestorben sind. Ich bin bestürzt, wenn ich den Blick um hundert Jahre zurückzuwenden versuche. Es geht mir wie jenen Alten, die bestimmte Tonfrequenzen, das Zirpen von Grillen beispielsweise, nicht mehr wahrnehmen. Ist es mit dem Vergangenen ähnlich? Haben wir noch die gleichen Sinne?

Braunfels an der Lahn. Ich gehe über den alten Dorfplatz, wo die Fachwerkhäuser und der stillgelegte Brunnen säuberlich renoviert und mit Blumenkästen versehen sind. Das Kopfsteinpflaster ist neu verlegt. Es ist eines jener Städtchen, in denen die Deutschen sich am Wochenende gerne selbst besichtigen. Die alten Ortschaften halten ihnen einen Verjüngungsspiegel hin: In ihnen können sie sich noch einmal in einem für immer verlorenen Zustand der Unschuld sehen. Sie genießen das Hier-ist-die-Welt-noch-in-Ordnung-Gefühl. Mehr: Hier sind sie selbst noch in Ordnung. Warum schreibe ich »sie«, »die Deutschen«? Warum nehme ich mich aus? Nicht, weil ich schon so lange im Ausland lebe, und noch weniger, weil ich diese Sehnsucht nicht teilen würde. Doch sind mir die Fachwerk-Idyllen von jeher unheimlich. Sie erinnern eher an Schönheitsoperationen denn an Jungbrunnen.

1920 ist Braunfels kein fragwürdiges Fachwerk-Idyll. Eine alte deutsche Ortschaft hat für niemanden etwas

Suspektes. In unmittelbarer Nähe von Braunfels wird Eisenerz abgebaut. Die Gruben gehörten der Firma Krupp. Grube Gutglück. Grube Würgengel. Ich weiß nicht, ob Sanderling von dieser unterirdischen Aktivität etwas merkt; sonntags begegnet man sicher den Bergleuten in den Gassen des Ortes. Ich weiß aber, dass seine Aufmerksamkeit nicht nur dem Geistigen gilt, vielmehr, dass er alles Praktische mit Geistigem durchdringen will. Er ist Vorsitzender des Schlichtungsausschusses in Wetzlar, vor dem die Kämpfe zwischen Arbeitern und Unternehmern ausgetragen werden.

Im spitzgiebeligen »Gottesgrund« sind mehrfach Benjamin und Buber zu Besuch. Eine Zeitschrift wird geplant, in der die Freundschaft von Christentum und Judentum gelebt und vertieft werden soll. Emma, Sanderlings Frau, hat ein Mädchen, das ihr in der Küche hilft, nehme ich an. Sanderling ist das Gegenteil von einem Genießer. Er isst, weil der Mensch sich ernähren muss; ich stelle mir vor, dass er noch nicht einmal trinkt. Glühenden Blickes sitzt er, ohne ihn wahrzunehmen, vor seinem vollen Teller, nutzlos liegen Gabel und Messer in seiner Hand. Benjamin ist klein und rund. Ihre Gespräche kreisen um Shakespeare, um Hölderlin, um das Wesen des Übersetzens. Sie sprechen von *harter Fügung*, womit sie eine bestimmte Dichtung und eine bestimmte Weise, sie zu übersetzen, meinen.

Von Braunfels an der Lahn sind es kaum mehr als

zwanzig Kilometer bis nach Hadamar. Eine andere Art der harten Fügung? In der Landes-Heil- und Pflegeanstalt Hadamar wurden zwischen Januar und August 1941 über zehntausend Menschen ermordet, die man aufgehört hatte als Menschen zu betrachten. Man sah in ihnen *Schädlinge, Ballastexistenzen, leere Hülsen*. Auf dem Weg von Braunfels nach Hadamar ist mir unbehaglich bei dem Gedanken, dass ich durch diese Fahrt eine Verbindung herstelle. Es gibt diese direkte Verbindung nur im geographischen Sinne, sage ich mir. Es gibt eine Straße von Ort zu Ort, keinen kausalen Zusammenhang. Wie zwischen Weimar und Buchenwald? Oder wie sonst?

Warum vergiften Sie diese Menschen nicht? Diese von einem evangelischen Pfarrer an einen Arzt gerichtete Frage, die ich in Sanderlings Bericht über seinen Irrenanstaltsbesuch gelesen habe, wie soll ich sie wieder vergessen? Vergeblich versuche ich sie zu verscheuchen, indem ich mir bewusstmache, dass diese Stelle, auf die ich zufällig stieß, vermutlich die einzige ist in Sanderlings hinterlassenen Schriften, die in unerträglicher Eindeutigkeit und Brutalität auf das Kommende hinzuweisen scheint. Scheint? Ja, scheint. Denn ich habe zwar gelesen, was da geschrieben steht, aber ich misstraue weiterhin dieser scheinbaren Eindeutigkeit. Ich muss noch mehr wissen.

Einstweilen aber fahre ich von Braunfels in das nahe gelegene Hadamar. Auch hier gibt es ein Schloss.

Auch hier gibt es Fachwerk. Aber Hadamar sieht nicht aus wie ein Ort, den man am Wochenende besichtigen käme. Die Straßen sind öde und ganz und gar unidyllisch. Vom Parkplatz aus sehe ich zu einem bedrohlichen, festungsartigen, mit Stacheldraht umgebenen Gebäude hoch. Ob das die psychiatrische Klinik ist? Denn eine solche ist die einstige Heil- und Pflegeanstalt weiterhin. Aber nein, so sieht doch heute keine psychiatrische Klinik mehr aus. Vielleicht ein Gefängnis? Wahrscheinlich beides. Ein Teil der Klinik ist eine geschlossene Anstalt, in der zum Beispiel drogensüchtige Einbrecher oder Gewalttäter einsitzen im sogenannten Maßregelvollzug. Forensische Psychiatrie nennt sich das.

Es ist zwei Uhr nachmittags, ich habe Hunger und bekomme in dem einzigen geöffneten Café, das ich finde, die dickste und deutscheste (deutsch, deutscher, am deutschesten) Crêpe, die ich je gesehen habe, belegt mit ebenso dicken Mozzarella- und Tomatenscheiben. Die Kellnerin, sehr freundlich und sehr tätowiert, weiß nicht, wo es zur Gedenkstätte geht. Sie wohne jetzt schon siebenundvierzig Jahre hier und habe es noch nie dorthin geschafft. Immer nur morgens um acht ins Café, und abends sei sie froh, zu Hause die Füße hochzulegen. Noch nicht einmal im Rosengarten sei sie gewesen, und der müsse wirklich was ganz Tolles sein. Sie will mir erklären, wo der Rosengarten liegt.

Die Gedenkstätte ist Teil der psychiatrischen Klinik

und leicht zu finden. Das Schild zeigt auf den Haupteingang, den man auch nimmt, wenn man zur Anmeldung will. Innen klingele ich rechter Hand an einer Tür. Ein junges Mädchen lässt mich ein und erklärt mir, wo ich mich hinbegeben muss und was es zu sehen gibt. Ich bin die einzige Besucherin. Es geht durch einen langen, lichten, mit bunten Kinderzeichnungen behängten Gang; durch die heiter-human anmutende Psychiatrie von heute zur Mordpsychiatrie von gestern. Dann muss ich mich entscheiden, ob ich erst links zu den Sälen will, in denen auf Ausstellungstafeln das Geschehene dokumentiert ist, oder die Treppe hinunter. Ich entscheide mich für die Treppe.

Die Gaskammer ist ein 12 m^2 großer, gekachelter Kellerraum mit zwei einander gegenüberliegenden Türöffnungen, in denen keine Türen mehr sind. Man darf die Gaskammer nicht betreten. Nicht, dass ich sie betreten wollte. Man kann in sie hineinschauen. Ich sehe hinein. Vor den Öffnungen versperren Seile oder Riemen den Zugang wie vor dem kostbar möblierten Schlaf- oder Musikzimmer im Schloss eines Fürsten. Die Ermordung wurde von Ärzten überwacht, die, wie ich jetzt, vor der Tür standen und, anders als ich, durch ein Guckloch zusahen, wie die Menschen langsam und qualvoll starben. Ich denke an zwei mir nahestehende Menschen, die, hätten sie ein paar Jahrzehnte früher gelebt, vermutlich hier oder anderswo ermordet worden wären.

Der Raum ist kahl. Ein Schild erklärt, wo das Gas eingeleitet wurde. In den Raum passen dichtgedrängt vielleicht fünfundzwanzig oder dreißig Menschen. Innerhalb von sieben oder acht Monaten sind über zehntausend Menschen lebend hineingezwängt und tot wieder herausgezogen worden. Bis 1945 sind es fünfzehntausend. Ich habe die siebenhundert Seiten des »Euthanasie«-Buches von Ernst Klee gelesen. Ich weiß, dass unter den Ermordeten nicht nur psychisch Kranke, sondern allgemein als arbeitsunfähig Eingestufte, Epileptiker, Kriegstraumatisierte, später tuberkulosekranke Zwangsarbeiter aus Polen und Russland waren. Ich weiß, dass die Geisteskranken noch vor den Juden in Bussen und in als Duschraum getarnten Gaskammern durch Kohlenstoffmonoxid vergiftet wurden und dass dasselbe Personal später in den großen Ermordungslagern weitermachte. Ich habe, in diesem Kellerraum stehend, die Aussage des Leichenverbrenners Nohel im Kopf: *Nachdem die Leichen verbrannt waren, wurden die Knochenreste, die durch den Rost des Ofens gefallen waren, in eine Knochenmühle gegeben und dort zu Pulver zermahlen. Das so gewonnene Knochenmehl wurde an die trauernden Hinterbliebenen als sterbliche Überreste versandt. Für jeden Toten waren drei Kilogramm solchen Mehles berechnet*. Und ich kenne die Aussage der Bürokraft Hedwig Hackel: *Die Formalinlösung für die Zähne stand in dem Zimmer, in dem ich meine Schreibarbeiten verrichtete. Es war eine recht unappetitliche Angelegenheit, denn die Lösung war meines Erachtens gar nicht stark genug, um alle Spuren zu beseitigen. Die Zähne verbreiteten im Büro einen unangenehmen Geruch.* Ich weiß, dass es für das Personal Weihnachtsgratifikationen in Form von Zahngoldzuteilungen gab. Ich weiß, dass in Hadamar die zehntausendste Leiche, ein Mann mit Wasserkopf, *unter Musik* gefeiert wurde.

Ich stehe vor der versperrten Türöffnung und sehe in den leeren Raum. *Warum vergiften Sie diese Menschen nicht?* Ich schaue auf das Schwarzweiß der Kacheln am Boden. Jemand hat einen solchen Gedanken. Dann kommen welche, die tun es einfach. Leitet sich daraus ein Zusammenhang ab? Auch wenn es noch so sehr danach aussehen mag, ich wehre mich gegen die Vorstellung, dass es einen direkten Weg gibt von Sanderling zu seinem Sohn und Sohnessohn, und schließlich zu mir, dem Kindeskindeskind. Und doch: *gesunde Menschen gaben für Geld die Arbeitskraft des Lebens her, um Arbeitsunfähigen und in höherem Sinn Lebensunfähigen ein Leben zu erhalten, das ihre Angehörigen in der Nähe nicht ertrugen und das alle wir zu feig waren auszumerzen von der Erde.* Ich kann es nicht leugnen, das sind seine Worte. Ich kann es auch nicht nur auf Nietzsches unheilvollen Einfluss schieben. Aber ist es nicht ein Unterschied, frage ich wütend einen imaginären Ankläger, ob ein Mensch in höchster Bedrängnis, in einem Moment schrecklicher Zweifel –

er ist fast vierzig und steht kurz davor, den spät ergriffenen Pfarrerberuf, den er nicht mehr als Berufung, sondern als Fluch und Qual erlebt, wieder aufzugeben, eine Entscheidung, für die er von den Kreisen, in denen er bislang verkehrte, von seinen Glaubensbrüdern, die es sich längst nicht so schwer machen im Leben, geächtet werden wird – ist es nicht ein Unterschied, frage ich also den imaginären Ankläger, ob ein Mensch in einer bestimmten Lebenslage einen derartigen Gedanken hat und äußert oder ob angestellte, bezahlte Mörder fühllos und methodisch alle Hilfsbedürftigen oder auch nur Schwachen umbringen und ihre Knochen in Knochenmühlen mahlen?

Das ist ein großer Unterschied, erwidert der imaginäre Chefankläger. Keiner hat je behauptet, es sei dasselbe. Nur: Musste dieser Gedanke nicht erst einmal gedacht werden, bevor er in die Tat umgesetzt werden konnte?

Nein. Der Ankläger liegt falsch. Sanderling achtete in den Wahnsinnigen ein Unglück, das über das gewöhnliche Maß weit hinausging. *Aber der inwendig höchste Mensch, den ich heute gesehen, das war der wahnsinnige Herkules*, so endet die Passage. Der Anblick der Irren traf ihn umso tiefer, als er sich selbst – einen äußerst gefährdeten, dicht am Abgrund balancierenden Teil seiner selbst – in ihnen gespiegelt sah. *Ach, meinem Vater Hesekiel war wohl niemals der Gedanke gekommen, ob nicht auch er wahnsinnig werden könne. So leidenschaft-*

lich hatte sein Leben nicht gestürmt. Und darum traktierte er vom sicheren Port Barmherzigkeitsdünkel aus die Wahnsinnigen als arme Unglückliche.

Am wenigsten wahnsinnig, behauptet der Chefankläger, ist doch wohl einer, der klaren Geistes bei sich selbst eine solche Gefahr erkennt. Leidenschaftlich mag er ja gewesen sein, dein Sanderling. Aber wahnsinnig?

Nicht allein er selbst hat diese Gefahr erkannt. *Cet homme est fou:* Romain Rolland. *Sein Geist war von Wahnsinn durchzogen wie ein Massiv von Schluchten*: Benjamin. Ist das nicht, was alle seine Nachfahren, mich eingeschlossen, am meisten von ihm trennt? Seine verzweifelte Suche nach Halt, seine Unbedingtheit noch im Kleinsten, sein Ernst, die bis an den Rand des Wahnsinns reichen?

Von draußen dringen ferne Stimmen in die Unterwelt. Ich löse mich von der leeren Türöffnung, vor der ich immer noch stehe, dringe tiefer in die Kellerräume ein. Auf einer Tafel wird erklärt, wie der nicht mehr vorhandene Verbrennungsofen funktionierte. Ich blicke in einen weiteren mit einem Riemen abgesperrten Raum, dessen Backsteinwände weiß übertüncht sind. Bis auf einen Seziertisch aus Beton mit einem Abfluss am Fußende ist er ebenso kahl wie der vorige. Auch der Boden ist aus Beton. Aus einem hohen Fenster kommt Sommerlicht herein. Gedenkstätte. Wer kann Tausender von Toten gedenken? Millionen? Ich stehe und atme den modrigen Kellergeruch. Etwas von dem, was hier geschehen ist, dringt für Sekundenbruchteile als Schwall glühender, ineinander verschmolzener Bilder und Empfindungen in mein Bewusstsein ein und ist einen Moment später schon wieder erkaltet: Beton und Stein.

Ich verzichte darauf, die Busgarage zu besichtigen, die eigens gebaut worden war, damit die aus den Bussen aussteigenden Kranken von niemandem erkannt werden konnten. Als Rauchwolken sahen die Ortsbewohner sie wenig später in den Himmel steigen. Im Ausstellungssaal ist auf einem vom Ort aus aufgenommenen alten Foto die dichte, nach oben immer breiter werdende schwarze Rauchsäule zu sehen, die über dem Gebäude aufsteigt.

Ich betrachte ein Plakat, das einen blonden, unter einer gewaltigen Last gebeugten Hünen zeigt. An jedem Ende des Brettes, das er schleppt, sitzt ein kleiner, dunkelhaariger Mann. Der linke trägt einen Hut und wirkt nicht schwachsinnig, sondern angsterfüllt. Der rechte hat abstehende Ohren, eine flache Stirn und eine eingedrückte Nase. *Ein Erbkranker kostet bis zur Erreichung des 60. Lebensjahres im Durchschnitt 500 000 RM*, steht über den dreien. Und wieder stechen mir Sanderlings Worte ins Fleisch: *warum leitet ihr euer Gold, euere Dienste, euere Lebensarbeit nicht zur Erhöhung des Lebens, das erhöht werden kann, sondern zur Bewahrung des Lebens, das nichts leisten kann.*

Der Chefankläger lauert schon wieder. Auch er hat Klees »Euthanasie«-Buch angelesen, und so weiß er, welche Entwicklung die Innere Mission, der Sanderling nahestand, in den dreißiger und vierziger Jahren genommen hat. Er kennt die Worte des ärztlichen Referenten des Central-Ausschusses für die Innere Mission der Deutschen Evangelischen Kirche, Hans Harmsen: *Dem Staat geben wir das Recht, Menschenleben zu vernichten – Verbrecher und im Kriege. Weshalb verwehren wir ihm das Recht zur Vernichtung der lästigsten Existenzen?* Er weiß von dem hauseigenen KZ der Heil- und Pflegeanstalt des Landesvereins für Innere Mission in Rickling, in Schleswig-Holstein. Er weiß, dass aus der Heilerziehungsanstalt Scheuern, einer weiteren Einrichtung der Inneren Mission, ein Zwischenlager wurde für Kranke, die man von dort nach Hadamar brachte und ermordete.

All das ist richtig. Trotzdem verläuft da kein direkter Weg. Etwa von Nietzsche, Darwin, Sanderling zu den Mördern von später. Noch nicht einmal von einem Vater zu seinem Sohn, geschweige denn zu seiner Tochter. Es ist unfassbar viel komplizierter und verschlungener.

So kann man sich immer rausreden, sagt der Chefankläger.

Er hat recht.

Aber nimm den sogenannten Gnadentod, werfe ich ihm mit letzter Anstrengung hin. Das Wort wurde von dem bellenden Schnurrbartmenschen dazu gebraucht, die Ermordung aller Kranken und im weitesten Sinne Arbeitsunfähigen anzuordnen. Würdest du deshalb ernsthaft behaupten, dass nie, in keiner Situation in mir die Frage aufkommen darf, ob ein Mensch oder ein Tier nicht von seinem Leiden befreit werden sollte oder müsste?

Anders als ich ist der Chefankläger noch nicht am Ende seiner Argumente, aber ich lasse ihn an dieser Stelle einfach stehen und setze mich ins Auto. Von Hadamar wegfahrend, gerate ich auf die Autobahn in Richtung Frankfurt, wo ich nicht hin will. Ich nehme die erstbeste Ausfahrt und lese unvermittelt auf einem Straßenschild den Hinweis zur Klinik Hohe Mark. Ohne dass ich es wollte, hat mich der Wagen bis an den Ort geführt, wo Sanderling 1924, mit sechzig Jahren, an Rückenmarkkrebs starb. *Es ist kein Wunder, dass auch das Leben diesen Exzentriker nicht allzu lang in seiner Mitte halten wollte*, habe ich mit Staunen bei einem gelesen, der Sanderling als *Mann ohne Mitte* darstellt. Stirbt man denn an fehlender Mitte? Was ist die Mitte eines Menschen? Ist es gut oder schlecht, keine zu haben? Ist es besser, bequem in sich, in seiner »Mitte« zu ruhen oder ohne Rast und Ruhe sein Leben lang auf der Suche zu sein, wie es Sanderling war? Kein Wunder, dass das Leben ihn nicht länger haben wollte – kann das wirklich von einem solchen Menschen gedacht werden? Es mag damit zusammenhängen, dass es hier um meinen Urgroßvater geht, aber ich wehre mich gegen einen solchen Satz. Er war auf gutem Wege, Großes zu schaffen, behaupte ich. Aber weil mir natürlich wieder einmal keiner glaubt, ziehe ich meinen Trumpf aus der Tasche und rufe Benjamin auf als Bürgen. Denn der schrieb nach Sanderlings Tod, er habe *das wunderbare menschliche Klima dieser Gedankenlandschaft ja gekannt: es war andauernd die Frische des Sonnenaufgangs.*

Das Waldsanatorium Hohe Mark ist heute eine psychiatrische Klinik. Sanderlings Grab auf dem Alten Friedhof von Oberursel, wo, nach seinem eigenen Wunsch, auf einem einfachen Holzkreuz unter seinem Namen und seinen Lebensdaten die Worte *Lebt in Gott* zu lesen waren, ist nicht erhalten.

Wenige Tage später bin ich am Rhein bei meinem Vater zu Besuch. Die Haltung, in der er im Garten auf mich wartet, ist die eines Kindes, das zum ersten Mal frei steht: die Beine leicht gespreizt, nach vorne gebeugt, wie erstaunt, eine Weile so aufrecht, den Kopf in schwindelerregender Höhe, verharren zu können. Aber wie lange? Ich beeile mich, die Stufen zu ihm hinaufzuspringen. Wir setzen uns ins Haus. Bald schon fange ich an, ihm von meinem Besuch in Braunfels zu erzählen. Dass ich auch in Hadamar war, erzähle ich nicht. Er würde mich davor warnen, einen Zusammenhang herzustellen, wo es keinen gibt. Ich würde antworten: Es sind zwei nah beieinandergelegene Orte.

Er würde in dieser Nähe eine zufällige sehen. Ich doch auch!, würde ich vergeblich sagen. Ich habe einfach hinfahren wollen, erst zum einen Ort und dann zum anderen. Das ist alles. Er würde mir nicht glauben und mein ganzes Vorhaben missbilligen.

Ich erzähle also nichts Derartiges. Trotzdem fragt er: Was interessiert dich eigentlich an diesem Florens Christian? (Der Name Sanderling ist bisher nur in meinem privaten Gebrauch.)

Er wirft mir einen abfälligen Blick zu.

In jenen Jahren, zu Beginn des vorigen Jahrhunderts, habe es solche exzentrischen Figuren wie diese zu Dutzenden gegeben, sagt er. Da sei gar nichts Besonderes dabei.

Ich frage, warum er und sein Vater denn ihr Leben lang einem regelrechten Florens-Christian-Kult gefrönt hätten.

Er sei davon in den letzten Jahren wieder abgekommen. Es sei ein versponnenes Zeug, was der Mann da zusammengeschrieben habe. Und diese Kriegsbegeisterung, dieses Hurrah-Hurrah-Hurrah, geradezu ekelhaft sei das gewesen. Er habe zu diesem Großvater, wie auch zu seinem Vater, zuletzt immer mehr Abstand gewonnen.

Wie er es sich denn erkläre, frage ich, dass Benjamin, der im Allgemeinen nicht als der letzte Hohlkopf gehandelt wird, ihm solch ungeheuren Respekt erwiesen habe.

Der kann sich auch mal irren, ist die Antwort.

Ich frage, warum er sich denn solche Mühe gebe, mir den Mann madig zu machen und mich von meinem Vorhaben abzubringen.

Was denn bei alldem überhaupt herauskommen solle, will er wissen.

Man wird sehen.

Was wird man denn da schon sehen können, sagt er jetzt mit unverhohlener Verachtung. (Vielleicht auch wütend, weil er ahnt, dass ich ihm etwas verschweige?)

Es ist eine Spannung zwischen uns, ein Kräftemessen. Böse lächeln wir einander an.

Er sagt: Du willst dich in die Familie einschreiben.

Mit erzwungen ruhiger Stimme erwidere ich etwas, was ein beleidigender Gegenschlag sein soll, aber nur lächerlich ist. Ich verliere Punkte. Wozu verausgabe ich mich? Der Vater ist alt und muss geschont werden.

Er hat einen nicht enden wollenden, bedrohlich rasselnden Hustenanfall. Irgendwann muss jeder mal sterben, sagt er, als er wieder sprechen kann. Du auch!

Schadenfreude liegt in seiner Stimme; die Genugtuung des Greises, der weiß, dass die anderen auch bald drankommen.

Er nimmt den Faden wieder auf, den ihm der Hustenanfall abgeschnitten hat: Du warst aus dieser Familie ausgeschlossen, das ist dein Problem und wird es dein Leben lang bleiben.

Er sagt es im kühlen Ton leichten Bedauerns, als

spräche er von einem Geburtsfehler, den ich nun einmal mitgebracht hätte.

Bei jedem fremden Forscher würde er eine Beschäftigung mit diesem in Vergessenheit geratenen Vorfahren begrüßen, sage ich. Es würde ihn nicht wundern, dass jemand an diesem leidenschaftlichen, zerrissenen, um Wahrheit ringenden Menschen, der mit Benjamin, Hofmannsthal, Buber usw. befreundet war, Interesse zeigt. Mir aber erkenne er als einzigen Beweggrund zu, mich in die Familie einschreiben zu wollen.

Er erwidert darauf nichts. Die Spannung legt sich allmählich wieder.

Zweimal erwähne ich in diesen Tagen, ich hätte Schwierigkeiten, an bestimmte, in Zeitschriften veröffentlichte Schriften Sanderlings zu kommen, und das Bauhütten-Buch zur Philosophie der Politik sei nur noch antiquarisch für viel Geld erhältlich. Ob er denn diese Sachen nicht habe. Er hat sie vermutlich. Aber er macht keine Anstalten, sie mir ausleihen zu wollen.

Ich insistiere nicht. Ich ärgere mich über sein Misstrauen und kann es verstehen, kommen mir doch selbst jeden Tag aufs Neue Zweifel, ob ich Sanderling und dem, was zwischen uns liegt, auch nur annähernd gerecht werden kann.

Wie nun bei jedem Besuch reden wir über das Schweigen der Nachkriegsjahre und die »Verirrungen« seines Vaters. Von den vier Söhnen Sanderlings ist er der einzige, der Nazi wurde. Kein schlechter Durchschnitt für eine deutsche Familie, möchte ich meinem Vater sagen. Doch was kümmert ihn der Durchschnitt; er schämt sich, dass das braune Schaf ausgerechnet sein Vater war.

Unbestreibar erwiesen ist die Unbeflecktheit des ältesten Sohnes: Er ist 1915 in der Champagne getötet worden. Ein weiterer Sohn, der Zwillingsbruder meines Großvaters, hatte die gute Idee, sich ganz der Botanik zu widmen; der habe immer nur über seinen gepressten Blättchen und Kräutlein gesessen, sagt mein Vater, in einem Ton, als spräche er von einem liebenswerten Trottel. Eine Frau hat er keine gehabt. Tuberkulosekrank ist er aus dem Krieg wiedergekommen. Bis zu deren Tod lebte er bei seiner Mutter, Sanderlings Witwe Emma. In der großen digitalen Fundgrube werde ich ein paar Tage später einen Artikel dieses unbescholtenen Mannes über »Die Küchenschelle« aus der *Zeitschrift für Rheinische Heimatpflege* finden. In einer Nummer aus dem Jahr 1939. Die Küchenschelle gehört zur Familie der Hahnenfußgewächse, bringe ich in Erfahrung, ihr lateinischer Name ist Pulsatilla vulgaris. Sie hat die Form eines sechszipfeligen Glöckchens, aber: *Im Gegensatz zu anderen Arten der Gattung Pulsatilla, die nickende Blüten besitzen, stehen die Blüten der Echten Küchenschelle aufrecht*. Die Küchenschelle ist giftig.

Ich kann mir nicht helfen, aber mir ist, als hätte ich eine Kurzbeschreibung dieses Mannes in die Hände bekommen. Zuweilen Hasenfuß, aber aufrecht und im Notfall giftig.

Der jüngste Sohn hatte nicht das Glück, ganz im Pflanzenreich zu leben. Wie der Vater meines Vaters wurde er 1933 aus seiner Stellung entlassen. Statt sich aber wie dieser bei den neuen Mächtigen einzuschmeicheln und in ihre Organisationen einzutreten, blieb er standhaft. Er, der zwei Jahre zuvor eine Professorenstelle bekommen hatte, blieb nun bis zum Ende des Krieges Studienrat. Wenn mein Vater, der selbst emeritierter Professor ist, *einfacher Studienrat* sagt, hört es sich wie ein großes Opfer an, und ich bezweifle auch nicht, dass es das war. Warum sollte ein Mensch keine Ambitionen haben dürfen? Warum sollte es ihn keine Überwindung und moralische Standfestigkeit kosten, diese Ambitionen sausenzulassen? Für einen Abkömmling der Familie Rang wird es ein größeres Opfer als für einen anderen gewesen sein. Als einer, der die Zurückstufung zum Studienrat hingenommen hat, wird er nach dem Krieg seinem älteren Bruder ein Leumundszeugnis ausschreiben können.

Das Leumundszeugnis steckt in der Akte, die ich in meinem Gepäck mit mir trage und von der ich meinem Vater nichts sage. Vielleicht würde ich es tun, wenn ich sicher sein könnte, ihn damit nicht zu sehr zu ärgern oder zu verstören. Es ist mir aber schon unwohl bei dem Gedanken, die Akte überhaupt in sein Haus getragen zu haben. Was würde er denken, wenn er in meiner Tasche wühlte und darauf stieße? Das würde er nie tun. Aber hätte er nicht recht, sich zu ärgern? Was geht mich das Leben eines Mannes an, den ich nicht gekannt habe und der mein Großvater nie hat sein wollen?

Ich entscheide, dass es mich etwas angeht. *Du willst dich in die Familie einschreiben.* Wer ausgeschlossen wird, möchte dazugehören. Ich entsinne mich, dass mein Vater, als ich ungefähr fünfundzwanzig war, mir seinen Namen anbot. Ich lehnte ab. Wer ausgeschlossen wird, will erst recht nicht dazugehören. Er verschmäht die ihn ausschließende Gemeinschaft. Irgendwann kommt ihm das kindisch vor.

Ich lese noch einmal das Leumundszeugnis des einfachen Studienratbruders. *Ich bin sowohl aus der Kenntnis des Charakters und der Gesinnung meines Bruders wie aus seinen zahlreichen offenen Äußerungen mir gegenüber immer der Überzeugung gewesen, dass er niemals zu den Nazis gehörte, mit denen er sich in der falschen Hoffnung, etwas bessern zu können, eingelassen hat, sondern stets nur im wahrhaft humanen und volkserzieherischen Sinne zu wirken bemüht war.* In einem wahrhaft humanen und volkserzieherischen Sinn wollte er in der SA und im Sicherheitsdienst der SS etwas bessern?

Statt Büchereidirektor zu werden, hätte er wissenschaftliche Hilfskraft an einer Bibliothek bleiben können – das Pendant zum *einfachen Studienrat* seines Bruders. Dann hätte er sich die Kompromittierung erspart. Aber eine Hilfskraft sein auf unabsehbare Zeit? Er war zum Dr. phil. promoviert. Der fehlende christliche Glaube sei schuld gewesen, steht in dem Leumundszeugnis, das sein Bruder ihm ausstellte. Nach dem Zusammenbruch ist er dann sehr fromm geworden.

Der einfache Studienrat wird nach dem Krieg schnell wieder Professor. Professor der Pädagogik, wie später sein Neffe, mein Vater. Ob sie gute Theoretiker gewesen sind, weiß ich nicht. Ob sie gute Praktiker der Pädagogik gewesen sind, könnte ich nur von dem Jüngeren der beiden sagen. Von dem Älteren erzählt mir mein Vater während meines Besuches, einer seiner Söhne aus erster Ehe habe sich umgebracht. In Lübeck habe er sich vor einen Zug geworfen. Mit seinem kaum sichtbaren, ironischen Lächeln fügt mein Vater hinzu, der Selbstmörder habe einen Abschiedsbrief an seinen Vater hinterlassen, der mit den Worten »Sehr geehrter Herr Professor« begann.

Vor Schreck lächele ich zurück. Ein kurzes Schweigen tritt ein. Keiner von uns kommentiert die Mitteilung. Ich brauche mich in diese Familie nicht einzuschreiben, denke ich. Ich bin schon längst eines ihrer Schattengewächse. Sehr geehrter Herr Professor. So hätte ich auch einen Brief an meinen Vater beginnen können. Auf alle Briefe, die ich ihm schickte als Kind, und das waren viele, musste ich vor den Namen schreiben: Prof. Dr.

Früher oder später kommen wir jedes Mal auf das Thema Standesdünkel. Diesmal also über die Erwähnung dieses schauerlichen Selbstmordes.

Immerhin gehe sein Standesdünkel nicht so weit, sagt er, dass er Kafka übelnehme, einen mit feiner Wäsche handelnden Grobian zum Vater gehabt zu haben.

Nein, Kafka nicht. Aber jedem anderen als einem Genie würde er es sehr wohl übelgenommen haben. Er würde seinen Sprechgewohnheiten angemerkt haben, aus welchem Teil der Gesellschaft er kommt, und ihn für seine Floskeln und für seine falschen Konjunktive verachtet haben.

Kann man sich aus einer Familie auch herausschreiben?

Vielleicht liege ich völlig falsch. Aber mir geht der Gedanke nicht aus dem Kopf, dass die Verfehlungen seines Vaters auch mit Stolz zu tun gehabt haben könnten. Mit einer Variante des Standesdünkels einerseits: Ich, ein Rang, ein Dr. phil., soll einfache Hilfskraft bleiben? Aber auch mit dem, was Czesław Miłosz (nach Gobineau) mit dem persischen Namen *Ketman* bezeichnet: die Fähigkeit, seine wahren Überzeugungen listig zu verschweigen. *Der Ketman erfüllt denjenigen, der ihn einsetzt, mit Stolz.* Er fühlt sich dem Teufel überlegen, dem er seine Seele verkauft und den er geschickt zu täuschen glaubt. Bis er keine »wahren Überzeugungen« mehr hat.

Wir sitzen am Biedermeiertisch und sehen auf das

andere Rheinufer hinüber. Am nächsten Tag verpasse ich in Köln den Zug nach Paris und muss vier Stunden auf den nächsten warten. Es ist ein heißer Tag, die Straßen und Plätze sind voller halbnackter Menschen. Im Museum ist es kühl. Die Bilder des Wallraf-Richartz-Museums hat Sanderling bereits gesehen, mit sechzehn Jahren, 1880, allerdings in einem anderen Gebäude, von dem Ende Juni 1943 nichts mehr übrig war. Ich bin schon oft hier gewesen; vor ein paar Jahren, als er noch aus dem Haus ging, auch mit meinem Vater. Am Eingang hängt ein Plakat für eine Wilhelm-Leibl- und August-Sander-Ausstellung. Früher, als er noch in Berlin lebte, habe ich mehrmals mit meinem Vater vor einem Bild von Wilhelm Leibl gestanden, das ihm besonders naheging. Es stellt einen Bauernjungen dar auf einem Stuhl. Die Füße des Jungen reichen nicht auf den Boden. Unbeholfen hängt er am Rand des Sitzes und weiß nicht recht, was anfangen mit seinen Gliedern. Mehr als für alles andere, scheint mir jetzt, war mein Vater in Museen immer für das Menschliche empfänglich. Für die besondere Weise, wie die Hand einer Mutter auf dem Kopf ihres Kindes ruht. Wie in Farben und Formen ein zögernder, sorgenvoller, fühlender, verträumter Mensch zutage tritt, menschlicher womöglich als in seiner wirklichen, lebendigen Gestalt. Wie manche Maler das Menschliche aus ihren Bildern herausleuchten lassen, habe ich von meinem Vater gelernt. Nein, nicht gelernt. In Museen war er ein guter Pädagoge. Nie hat er mir Bilder erklärt. Neben ihm sehend, *mitsehend*, habe ich etwas empfangen.

Tue ich ihm und seinem Vater und Großvater unrecht, wenn ich über ihnen von Anfang an das Wort Polen schweben sehe als dunkle Unheilsmasse? Wenn ich sie nicht loslöse davon? Ist das gerecht, oder ist es nur eine persönliche Rache? Und sein böses: *Auch du wirst mal sterben* – seine vorweggenommene Rache für dieses Buch?

Die Leibl-Ausstellung ist wegen eines Wasserschadens geschlossen. Ich trage meine Fragen und Zweifel, trage Polen und das deutsche Gebirge in die abgedunkelten Säle der mittelalterlichen Sammlung hinein. Es ist angenehm kühl und still hier drinnen. Ich bleibe vor Stefan Lochners *Weltgericht* stehen. Christus sitzt auf einem Regenbogen; ein zweiter, niedrigerer Regenbogen dient seinen Füßen als Stütze. Neben ihm fliegen blaugewandete blonde Engel, die Marterwerkzeuge in den Händen tragen: Hammer, Nägel, Zange, Essigschwamm. Die Werkzeuge der Kreuzigung. Die Verdammten nehmen drei Viertel des Bildes ein. Ich betrachte die fledermausartigen Gestalten der Dämonen, die sie malträtieren und in Ketten gelegt hinter sich herziehen. Einem der Dämonen hängen schwarze Hängebrüste am Bauch herab, ein anderer hat eine Fratze am Unterleib und anstelle der Schulter- und Kniegelenke. Von den Seligen sind meist nur die wohlfrisierten Hinterköpfe zu sehen. Sie müssen durch eine sehr schmale Pforte, hinter der sie sich in ein tiefenloses Kopfmuster auflösen. Ein großer weißer Engel fällt mir auf, der zärtlich einer der geretteten Blonden den Arm um die Schulter legt. Wie zwei Verliebte sehen die beiden einander in die Augen, Stirn an Stirn. Über allem schwebt Christus auf seinem Regenbogensitz. Er hat den Kopf von den Verdammten abgewendet, die Arme weit ausgebreitet. Mit der rechten Hand segnet er die einen, mit der linken verflucht er die anderen.

Ich stehe und schaue; meine Gedanken schauen woandershin. Und plötzlich wird hinter dem alten Gemälde mit dem golden leuchtenden Hintergrund ein anderes Bild sichtbar, das es verdeckt zu haben scheint. Auch auf diesem sind angsterfüllte Gesichter zu sehen. Auch auf diesem weist jemand den einen diese, den anderen jene Richtung. Menschen, die aus einem Zug steigen und an eine Rampe geführt werden. Auf der einen Seite geht es in den Tod, auf der anderen in die Lebenshölle.

Ich erschrecke vor diesem Bild hinter dem Bild, vor diesem unerlaubten Palimpsest, oder wie nennt man es, wenn hinter der Oberfläche etwas anderes zum Vorschein kommt? Ich bin erschrocken, hinter Christus einen SS-Mann gesehen zu haben. Es war aber doch kein Vergleichen, sage ich mir zu meiner Rechtfertigung. Ich habe nicht das eine mit dem anderen gleichgesetzt, habe noch nicht einmal nachgedacht, geschweige denn Vergleiche oder Schlüsse gezogen. Aus einem Bild ist unvermutet ein anderes geworden. Es war wohl die Geste, die zu dieser Überlagerung geführt hat, es waren die ausgebreiteten Arme, der eine hierhin weisend, der andere dorthin, die Guten von den Bösen trennend, die Spreu vom Weizen. Die Starken von den Schwachen. Es war vermutlich all das, was ich in mir herumtrage seit Monaten. Denn: Wie oft habe ich in meinem Leben schon vor einem Jüngsten Gericht gestanden? (Einer Verurteilung vorerst immer entkommend.) Nie habe ich etwas anderes als einen Menschengott gesehen, der uns für unseren Lebenswandel, von dem ihm nichts entgangen ist, belohnt oder bestraft. Ich sehe die schmerzverzerrten Gesichter der Gemarterten, ihre zum Himmel gereckten bloßen Arme, die wollüstig-gierigen Fratzen ihrer Peiniger. Ich sehe, wie sie in meine Richtung gedrängt werden, wie sie unaufhaltsam auf mich zukommen. Während die Geretteten sich von mir abkehren. Wie ist das Bild unter dem Bild wieder aus meinem Bewusstsein zu verscheuchen?

Als ich vor die Tür trete, schlägt mir die Hitze entgegen. Immerhin können wir noch schwitzen, denke ich. Und als Schwitzende kann man sich uns auch jederzeit lebhaft vorstellen, ohne lachen oder weinen zu müssen; als feiste, rothäutige, schwitzende Arbeitstiere. Arbeit. Ist das deutsch? Die Frage bringt mich zu Sanderling zurück, der sich mit der *deutschen Seele* auskannte wie kein zweiter. Hätte ihn sonst wohl Benjamin den *tiefsten Kritiker des Deutschtums nach Nietzsche* genannt? *Deutschtum*: auch das ein Wort, das nur noch mit Hilfe einer Anführungszeichen-Pinzette angefasst und bis in die Gegenwart gezogen werden kann. Wieder ein Wort, das mitsamt seinem Gehalt von der Zeit verschlungen wurde und wie *Minne* oder *Sünde* nur insofern weiter existiert, als ich Heutige noch eine Ahnung davon habe, was Menschen einmal damit verbunden haben könnten. Hinter meiner Ahnung, was mit dem Deutschtum gemeint gewesen sein könnte, verstecken sich die verschiedensten Bedeutungen. Sie reichen von: deutsche Bevölkerung, deutsche Vorherrschaft (z. B. im nationalistischen, antipolnischen Verein zur Förderung des Deutschtums in den Ostmarken, später Deutscher Ostmarkenverein) bis zum innersten Wesen des deutschen Menschen, wie es wohl Benjamin und Sanderling gemeint haben. Hat in diesem innersten deutschen Wesen, in diesem deutschen *Ingenium* die Arbeit irgendetwas zu suchen?

Der anerkannte Experte und Deutschtumspezialist Sanderling verabscheute die Arbeitsmoral, wie er sie um sich her verherrlicht und verabsolutiert sah. Die Pflicht zur Arbeit und das, was er den *protestantischen Imperativ* nannte (*Arbeite, verdiene dir den Lebensunterhalt – den Himmel schenkt der liebe Gott den Gläubigen aus Gnaden obendrein*), waren ihm zuwider. Nicht, dass er faul gewesen wäre. Aber er sah nicht ein, dass die Arbeitsmoral fortan nicht nur die oberste, sondern die einzige Moral sein sollte. Er hat das 1905 in einem Versuch über Don Quijote dargetan; was Don Quijote damit zu schaffen hat, bleibt mir einigermaßen schleierhaft, doch stelle ich mit Befriedigung fest, dass in dem von Sanderling gedachten Deutschtum der Arbeit kein hoher Wert zukommt. *Denn was uns reich und groß macht inwendig, ist nie Arbeit, nie Besitz und nie Verdienst, kommt gastesweise, blitzesweise, als Zufall, Einfall* – gastesweise, blitzesweise: zu einem solchen Urgroßvater bekenne ich mich gerne.

Ob er wohl Max Scheler gelesen hat? Ich jedenfalls habe ein mitten im Ersten Weltkrieg erschienenes Buch Max Schelers über *Die Ursachen des Deutschenhasses* gelesen. Scheler war nur um wenige Jahre jünger als Sanderling; beide haben jubelnd den Krieg begrüßt, von dem sie sich eine Festigung und Offenbarung des *Deutschtums* erhofften. Es gibt in dem Buch ein Kapitel, das überschrieben ist mit »Die Vertreibung aus dem Paradies«. Den Völkern Europas, schreibt er, sei *das Bild eines neuen, sonderbaren Erzengels* erschienen. Es fehlen ihm Glanz und Strahl und Würde. Er trägt *das Gepräge eines schlichten Arbeitsmannes mit guten derben Fäusten*, der *ganz nur versunken in seine Sache still und langsam, aber mit einer von außen gesehen furcht-, ja schreckenerregenden Stetigkeit, Genauigkeit und Pünktlichkeit in sich selbst und in seine Sache wie verloren arbeitete, arbeitete und nochmals arbeitete – und was die Welt am wenigsten begreifen konnte – aus purer Freude an grenzenloser Arbeit an sich – ohne Ziel, ohne Zweck, ohne Ende.* Dieser arbeitsame Deutsche, in dem Scheler den Ahnen *neuer Adelsgeschlechter* sieht, vertreibt die Welt aus ihrem Paradies.

Von jeher beschäftigt mich der Gedanke, dass die Zukunft auf uns *wartet.* Dass sie Geschehnisse, Zwischenfälle, Todesarten für uns bereithält, von denen wir nichts wissen, die aber schon *da sind* und nur noch eintreten müssen. Das auf uns Wartende wird all unser bisheriges Leben und Denken auf den Kopf stellen, wird ein neues, nie gesehenes Licht darauf werfen. Weil wir die Augen geöffnet haben, glauben wir, klar zu sehen. Was auf uns wartet und bald schon alles Geschehene und Gedachte umdeuten und umwälzen wird, sehen wir nicht. Ich meine zu verstehen, was Landauer meinte: Das Vergangene ist *keine Kette hintereinander folgender Posten, die alle außer dem Letzten still und angewurzelt feststünden.* Alle Glieder dieser Kette sind ständig in Bewegung.

Als Sohn einer orthodox-jüdischen Mutter wäre Max Scheler, wenn er nicht schon 1928 mit dreiundfünfzig Jahren gestorben wäre, vermutlich an einen jener Orte gebracht worden, über dessen Toren in schmiedeeisernen Lettern die Worte *Arbeit macht frei* zu lesen waren. Er hätte den deutschen Arbeitsmann nun tatsächlich *von außen gesehen,* wie er mit *furcht-, ja schreckenerregender Stetigkeit, Genauigkeit und Pünktlichkeit* die

Arbeit des Mordens verrichtete. Er wäre sein Arbeitsmaterial gewesen.

Im Kopf des Zurückblickenden ist alles gemeinsam zugegen: Schelers Lob auf den deutschen Arbeiter, die Losung über den Toren der *Metropole des Todes*, der bis heute unverminderte deutsche Fleiß. Der Lauf der Geschichte, die Kette der aufeinanderfolgenden Ereignisse, Worte und Bilder: Im Zurückblickenden finden sie sich in einem Punkt gesammelt. Indem er sie gleichzeitig denkt, hebt er die Zeit auf. In seinem Geist gibt es die Zeit nicht als Trennung, sondern nur als eine der Erscheinungen, wovon er weiß. Er fühlt sich als einer, der von einem höheren Standpunkt aus eine Landschaft überschaut und ihre verschiedenen Elemente, Wald, Felder, Fluß, Himmel, gleichzeitig erfasst. Er glaubt, etwas zu überblicken, und weiß nicht, dass dieser Aussichtspunkt, an dem er steht, sein ganz persönlicher ist, zu dem kein anderer Mensch je Zugang hat. So wie sie da ausgebreitet liegt, gibt es diese Landschaft nur für ihn. Er ist der Einzige, der sie je sehen wird. Aus den paar Bestandteilen, über die er verfügt, hat er sie selbst hervorgebracht. Da steht er nun und schaut; da stehe ich. Und das dumpfe Gefühl will mich nicht verlassen, dass außerhalb meines Blickfelds das zu Gewärtigende, das auf mich, auf uns Wartende, schon da ist. Das Vergangene erschaffe ich. Das Kommende ist schon erschaffen.

Was wartet auf uns?

Seit Schelers Buch erschienen ist, sind bald hundert Jahre vergangen. Noch immer sind die Deutschen für ihre Arbeitswut verhasst. Aus dem Deutschtum, womit einmal etwas wie das tiefe Wesen des Deutschen gemeint war, ist unter den Nazis ein Deutsch-Tun, ein deutsches Gehabe, und schließlich, nach dem Krieg, ein *made in Germany*, ein in Deutschland Getanes geworden. Deutsche Qualitätsarbeit. Ein Gütesiegel. Heute höre ich in diesem *made in Germany* zum ersten Mal einen Ausruf, mit dem wir uns selbst in aller Welt brandmarken, uns öffentlich als Verbrecher und Mörder anprangern. Seht, das wurde in Deutschland getan!

Fange ich an zu spinnen? Das Vergangene, das in Deutschland als Vergangenes Gegenwärtige, ist ein Spinnennetz, das überall, in alles Denken und Handeln hineinreicht.

Damit es etwas wie ein Deutschtum geben kann, müsste es erst einmal Deutsche geben. Gibt es die Deutschen denn überhaupt? Ich meine, als von anderen sich deutlich Unterscheidende? Gibt es etwas wie ein deutsches *Wesen*, hat es das früher einmal gegeben? Ich kehre zu Sanderling zurück, der von der Besonderheit der Deutschen – wie auch der Franzosen, der Engländer, der Spanier – überzeugt war. Wie sieht diese Besonderheit aus? *Wir sind ein harsches Volk; der* furor teutonicus *ist keine Sage. Wir haben eine gewisse Glaubenswütigkeit. Das ist noch unser Bestes. Ohne diese*

Wildheit, die nach dem Zusammenschluss von Ideal und Leben giert, sind wir faule Bäuche. Die Wildheit ist uns vergangen, oder sie ist vorläufig gebändigt. Arbeitstiere sind wir geblieben. Ein künftiger deutscher Dichter, ein noch nicht geborener deutscher Cervantes wird uns lehren – wird uns *gestatten, zu wissen*, schreibt Sanderling zu meinem Entzücken –, *daß Arbeitskraft bei weitem nicht unsere ganze Seelenkraft, er wird uns locken, alle Moral und allen Glauben an sie zu verlachen, die über den Zweck des Tuns heraus den Seelengrund beherrschen will – und uns zu Spiel und Ruh und Lachen locken im ungebundenen Glauben an die Güte unserer Natur.*

Arbeit ist es folglich nicht allein, was unsere *deutsche Seele* ausmacht. Hier ist unerwartet von Heiterkeit die Rede, von Spiel und vor allem von der *Güte unserer Natur* – bei aller Wildheit besäßen wir Güte. Allerdings eine Güte jenseits von Gut und Böse? Die Nietzsche-Lektüre liegt noch schwer auf Sanderlings Magen. »Güte« kommt ihm nicht mehr von »gut«.

Trotzdem: Ich klammere mich an *Spiel und Ruh und Lachen* und hoffe, das Deutschtum möge es mit diesen dreien halten und es dabei belassen. Unruhig fahre ich in dem Cervantes-Aufsatz fort, der sich merkwürdigerweise immer um die deutsche Seele dreht. (Im Hintergrund sehe ich Don Quijote mit seiner Lanze fuchteln, aber die deutsche Windmühle dreht sich ungerührt.) Der kommende deutsche Dichter, lese ich, wird uns die *neue Menschenliebe* lehren. Menschenliebe klingt gut, und doch ist mir nicht wohl dabei. Warum *neu*? Und hier steht es auch schon: Es ist eine *Liebe ohne Barmherzigkeit*. Bedenkenlos wird diese Erfindung Cervantes in die Schuhe geschoben. (Don Quijote geht jetzt auf die Hammelherde los, eine gewaltige Staubwolke hüllt ihn und die wildgewordenen Hammel ein.) Es ist eine Liebe, *die unser Tun freigibt, auch wenn es Kampf, Rauben und Töten ist*. (Don Quijote liegt staubbedeckt am Boden.) Eine Liebe, die zum Töten und Rauben ermächtigt? In früheren Zeiten habe uns Cervantes geholfen, uns *mit dem Ungroßen in unserer politischen Jammerzeit halbironisch abzufinden. Heute bedürfen wir so demütigender Selbstentschuldigung nicht mehr. Wir sind uns nicht mehr komisch*.

Wären wir es doch, wenigstens für Augenblicke, geblieben! Wir sind uns nicht mehr komisch. Ist dieser Satz ein Schlüssel? Das Deutschtum, wenn es etwas Derartiges geben oder gegeben haben sollte, wandelt sich. In manchen Epochen sind wir uns (ein bisschen) komisch, in anderen nicht. Zur Zeit des kleinen Schnurrbartmenschen war uns jeglicher Sinn für die eigene Lächerlichkeit abgestorben. Dabei war jede der selbstgefälligen Gesten dieses Mannes, jeder Festigkeit demonstrierende Schritt, den er tat, jedes Brustvorrecken, jedes Handschlenkern, jede böseböse Miene die Lächerlichkeit selbst. Und wäre es auch ohne

Chaplin gewesen. Auf jedem seiner rollenden »r«-s hätten wir ihn jederzeit ausrutschen und der Länge nach die Podest-Treppe heruntersegeln lassen können. Stattdessen haben wir ihm ernst, ja, ehrfürchtig gelauscht. Wir waren uns nicht mehr komisch. Ich schreibe *wir*, weil es nicht genügt, ein paar Jahre später geboren und überdies vielleicht noch ausgewandert zu sein, um nicht dazuzugehören. Das wäre schön, wenn man einfach sagen könnte: Ich bin nicht deutsch. Ich schreibe außerdem *wir*, weil ich auch damit meine: wir Menschen.

Was mir an dieser Stelle in den Sinn kommt, ist kein Vergleich, oder wenn es doch einer sein sollte, so berührt er nur einen bestimmten Punkt, den der Zugehörigkeit: Haben nicht viele der von (anderen) Deutschen Verfolgten und Gequälten immer wieder geäußert, sie hätten sich selbst nie als Juden betrachtet und nur die Deutschen (eben jene anderen Deutschen) hätten sie so gesehen? Es sind die anderen, die bestimmen, ob man einer Gemeinschaft angehört und, wenn ja, welcher, und es ist dabei völlig gleichgültig, ob man nun deren Zuordnung anerkennt oder sich dagegen sträubt. Die anderen sind stärker.

In mir sehen die anderen, und damit meine ich hauptsächlich die Franzosen, mit denen ich täglichen Umgang habe, eine Deutsche. Was aber meinen sie, wenn sie *deutsch* denken? Sie meinen alles Mögliche, eine variable Mischung von Stereotypen, von denen die wenigsten so sind, dass man sie gerne verkörpern würde. Immer aber meinen sie: *zu dem Volk gehörig, das* ... Ich behaupte nicht, dass sie mit vollem Bewusstsein diese Verbindung herstellen. Es ist in etwa, als würde ich mit jemandem reden, von dem ich weiß, dass sein Vater wegen Mordes verurteilt worden ist. Gewiss würde ich diesen Mördervater nicht in jeder Sekunde im Sinn haben, wenn wir, sagen wir, über den angekündigten Metro-Streik oder über die beste Art, frische Sardinen zuzubereiten, sprächen. Und doch wäre er anwesend; in meinem Hinterkopf säße er immer dabei.

Wenn ich das einem jener *anderen* erzähle, widerspricht er mir gerne; höflich und vielleicht auch ehrlich sagt er: Aber nein, das bildest du dir ein, niemand sieht in dir oder in irgendeinem jüngeren Deutschen den Sohn oder die Tochter eines Mörders.

Ich glaube das zwar nicht, das *niemand* schon gar nicht, aber ich will es gelten lassen und davon ausgehen, dass ich mich nur selbst so sehe und diese Sichtweise auch anderen unterstelle. Eine Projektion. Mag sein. Es ist letztlich gleichgültig, *wer* das so sieht: diese Sicht ist in der Welt. Sie ist es, die mich, die uns von den anderen trennt. Und wenn es heute noch ein *Deutschtum* gäbe, wenn es etwas gäbe, was die Deutschen kennzeichnet und von allen anderen deutlich unterscheidet, dann wäre es wohl das Bewusstsein des in Deutschland Getanen, dieser besonderen, tödlichen

Art des *made in Germany*. Dieses Bewusstsein lebt in allen, ob sie es – das in Deutschland Getane – leugnen, ob sie endlich davon verschont werden und nichts mehr davon hören wollen, ob sie zu Gedenkstätten pilgern und in den Gedenkstätten-Cafeterien sitzen und Kuchen essen, ob sie Judaistik studieren, ob sie nächtens Hakenkreuze auf Friedhofsmauern schmieren oder nie einen Gedanken daran *verlieren*. Das Bewusstsein davon können sie nicht verlieren, ebenso wenig wie man sich von einem Herzfehler lossagen kann.

Geschichte ist etwas Angeborenes.

Manche deutsche Lebensgeschichten sind ein einziger verzweifelter und vergeblicher Versuch, sich von seinem Herzfehler zu befreien. W. G. Sebald zog jung nach England und widmete sich jüdischen »Schicksalen« (ich setze dieses gerne in diesem Zusammenhang verwendete Wort in Anführungszeichen, weil es die Idee einer Unvermeidlichkeit und Notwendigkeit in sich trägt, die einem millionenfachen Morden nicht innewohnen kann). Er kürzte seine Vornamen Wilfried und Georg ab und betrachtete fortan Deutschland und die deutsche Geschichte aus dem Blickwinkel eines Außenstehenden.

In seinem Roman *Austerlitz* gibt es zwei Figuren: den tschechischen Juden Austerlitz und einen Mann, dem Austerlitz seine Geschichte erzählt und der sie an uns weitergibt. Wer ist dieser Weitererzähler? Er ist ein offenes Ohr und ein unbeschriebenes Blatt: Er ist Sebald selbst, sein literarischer Stellvertreter. Natürlich ist kein Schriftsteller gezwungen, seine eigene Person anders als eine geistige Präsenz mit ins Spiel zu bringen; Eleganz und Diskretion verlangen eher das Gegenteil. Und doch ist der Fall wohl ein besonderer, wenn die eine Figur (die Menschen, aus deren Erzählungen Sebald die Austerlitz-Geschichte zusammengesetzt hat) der einzige Überlebende einer jüdischen Familie, die andere (die sich hinter dem Erzähler verbirgt) ein nicht-jüdischer, 1944 geborener Deutscher ist. Letztere erscheint im Buch als ein Mensch ohne eigene Geschichte, ohne Herkunft. Diese Leerstelle wird von Austerlitz ausgefüllt, der seinerseits sehr wohl eine Geschichte hat und eine Herkunft, aber gewissermaßen keinen eigenen Kopf. Den Kopf, und damit seine Sprache und deren Rhythmus, bekommt er, wie jede Romanfigur, vom Autor geliefert.

Dies ist keine Beurteilung eines Buches und erst recht keine Verurteilung seines Autors. Wer gibt sich schon solche Mühe, nicht der zu sein oder wenigstens nicht zu erscheinen, als der er, ohne es zu wollen, geboren wurde, wenn nicht einer, der unter seiner Herkunft tief leidet? Der sie mit seinen Gedanken und mit seinem Körper nicht tragen kann, nicht erträgt?

Das Deutschtum, wenn es etwas Derartiges in den letzten Jahrzehnten gegeben haben und bis heute geben sollte, müsste auch ein Name sein für den Drang, in manchen Fällen die Lebensnotwendigkeit, einer Flucht aus allem Deutschen.

Noch einmal beuge ich mich über eine der Sanderling'schen Schriften. Es geht um Kleist. Über Kleist und Cervantes – eigentlich aber über Preußen-Deutschland – hat Sanderling in den ersten Jahren des Jahrhunderts nachgedacht, kurz nach seiner Abkehr vom Pfarrerberuf und seiner Rückkehr aus dem Osten. Es ist die Rede vom *despotischen Lebenswillen* eines Staatsgebildes, das gerade noch als *Länderbröckelmasse* vom Niederrhein bis zur slawischen Grenze *herumlag*. Vom preußischen Alles oder Nichts. Von *dämonischer Empörung* und *Willenswut*. Es kostet mich meinerseits einige Kraft und keine geringe Willenswut, dieses erneute Aufwallen des teutonischen Furors über mich ergehen zu lassen.

Kleist war dazu nicht da, die Welt mit Lächeln zu betrachten, lese ich. Gewiss. Nach mehreren Jahrtausenden des Nachdenkens sind wir der Klärung der Frage, wozu ein Mensch da ist, noch nicht näher gekommen. Als sicher kann aber angenommen werden, dass kein Mensch dazu da ist, die Welt so oder so zu betrachten. Und kaum einer, auch Kleist nicht, wird sie sein Leben lang in derselben Weise, sei es mit Lächeln oder Empörung, betrachten können. Woher aber rührt diese Abscheu vor aller Milde, allem freundlichen Belustigt-Sein? Spricht daraus der bittere Ernst einer Zeit oder der eines Individuums? Beides? Lassen wir

Kleist und Cervantes beiseite, wie es Sanderling im Grunde auch tut: Nicht um die beiden geht es ihm, sondern um Preußen, um Deutschland, um das *Deutschtum*. Sein Ernst ist es, nicht der ihre, der jedes Lächeln verscheucht. *Weltfreude starb hin im großen Zorn*. Was hat diesen Zorn ausgelöst? Das Preußentum. (Das Preußentum scheint eine Art höheres Deutschtum, seine Quintessenz zu sein.) Der große Zorn Sanderlings – den er Kleist zuschreibt – rührt daher, dass Preußen noch nicht die leidenschaftlich angestrebte Größe hat, dass es noch nicht das ersehnte *Gebilde neuer Art*, die Staatsgewalt ist. Es ist noch nicht preußisch genug.

Aus der Entfernung gesehen, ähnelt dieser große Zorn dem Wutanfall eines Kindes, dem etwas Versprochenes oder Erhofftes am Ende versagt wurde. Der große Zorn! *Nun mag ich auch nicht länger leben, / Verhasst ist mir des Tages Licht; / Denn sie hat Franze Kuchen gegeben, / Mir aber nicht*.

In allen großen Gefühlen, allen Gemütserschütterungen der vorher Dagewesenen sehen wir unwillkürlich die Regungen eines Kindes. Wir fühlen uns erwachsener als unsere Vorfahren, deren Koller und Freudentänze wir von unserer späteren (wir meinen: höheren) Warte aus belächeln. Die Wutausbrüche dieses Ahnen-Kindes sind uns versperrt. Mit unserem liebevollen Schmunzeln bringen wir es erst recht zur Weißglut (vielmehr brächten wir es zur Weißglut: das

Kind ist tot). Seine tiefe Trauer, seine Raserei, seinen Furor nehmen wir nicht ernst; das, was wir für ein Missverhältnis halten zwischen Anlass und Reaktion, löst zärtliche oder besorgte Belustigung bei uns aus.

Ich fühle mich Sanderling gegenüber als Spätere, als Erwachsene, auf eine Weise, die mir nicht recht ist, an der ich aber schwer etwas ändern kann, ebenso wenig wie ich in das Kind wieder zurückschlüpfen kann, das ich einmal war. Es ist ein eigenartiges Bild: Der da vor mir steht oder vielmehr auf dem Rücken liegt und brüllt und strampelt in großem Zorn, ist ein imposanter, hochgebildeter Mann, einer, der sich mit Benjamin duzte und unter Griechen und Römern, zwischen Shakespeare, Goethe und Dante zu Hause war. Warum bin ich trotzdem so viel älter und erwachsener? Das Riesengebirge hat meine Unbefangenheit und Kindlichkeit unter sich begraben. Der bittere Ernst, der große Zorn sind mir versagt. Zu viel Raum hat sich aufgetan zwischen mir und den Dingen, zwischen mir und mir. Der Sicherheitsabstand des Lächelns. Das manchmal gefriert.

Denn je weiter ich lese in der Kleist-Schrift, umso mehr vergeht mir Allzu-Erwachsenen das Lächeln. Ich lese von einer Fähigkeit, *sich in den Untergang zu werfen*. Von einer hohen Kunst, der höchsten gar: dem *Rausch der dionysischen Todesleidenschaft*. Sanderlings Stimme schwillt an, überbietet sich in Forschheit und Festigkeit und überschlägt sich am Ende fast. In einem gewaltigen Crescendo, vom Paukenschlag eines Ausrufezeichens zum nächsten ausholend, schleudert sie mir Kleists vermeintliches Vermächtnis entgegen: *Höchstes Glück der deutschen Männer ist: Vollstrecker des Geschicks zu sein, der Leidenschaft, die ihre Freiheit haben will, des Dämons »Willen«, der die Welt regiert, Funktion des Herrscherwillens, der die Kohle verzehrt, an der er sich entzündet.*

Ich meine allmählich genug vom Deutschtum zu wissen. Geräuschvoll wurde es mir beigebracht. Ich ahne, was ich von diesem verschollenen Wort nie werde wissen können: wie es geschmeckt haben mag mit einem Kindergaumen, wie es geklungen haben mag in Kinderohren. Ich bin zu alt für dieses Wort. Ich höre in ihm: Massengrab. Ich höre die Stille nach dem Tusch. Ich höre millionenfaches Geflüster.

Wieder sehe ich einen geraden Weg von hier nach da, von Untergangswollust und Herrscherwillen bis zum deutschen Riesengebirge. Aber ich irre mich! Ich lese weiter, kämpfe mich durch das Dickicht der Zeit und merke, dankbar: Diesen geraden Weg, den ich doch gerade noch ganz deutlich sah, gibt es auch hier nicht, er war eine Sackgasse, die bald endete und zu keinem Gebirge und noch weniger bis zu mir weiterführte. Sicher, für eine kleine Weile, ein paar Jahre nur, ist er noch zu erkennen: Sanderling – weiß Gott nicht er allein, auch Buber, auch Gutkind, Max Weber, Thomas Mann und Abertausende mit ihnen – gerät in

Kriegsverzückung. *Ich bin mit Mobil gemacht, hurrah! und darf an diesem Kampfe des edelsten und friedfertigsten Volkes gegen Neid und Rachsucht, die ihm die Kehle zuschnüren wollen, im Felde mittun – Gott sei gedankt.* Mit fünfzig meldet er sich als Freiwilliger, ist aber vermutlich zu alt zum Soldaten, jedenfalls tut er anders mit als mit Waffen, kämpft nicht im Feld, sondern wird zum Chef der Zivilverwaltung der V. Armee im lothringischen Montmédy ernannt. Kurz vor Kriegsanfang hatten die Franzosen die Eisenbahnlinie von Montmédy nach Verdun eröffnet, die jetzt von den Deutschen genutzt wird, um die Front zu beliefern. *Die Weltglocke hat zwölf lange Schläge zu schlagen. Aber schon der erste kündet, wie sie schlägt: hart! ehern! unbesiegbar!*

Sanderlings Hurrah-Hurrah! ist der Höhe- und zugleich Wendepunkt seiner kläglichsten Epoche. Das sieht nicht nur aus einem Jahrhundert Entfernung so aus; manche der in den Genuss derselben Zeit Gekommenen haben es auch schon so gesehen, allen voran der kluge Landauer: Was sich da *wie ein Großinquisitor gebärdet und seine eigene Armseligkeit für ein göttliches Gesetz ausgeben möchte, ist weder deutsch, noch menschlich, noch göttlich, sondern ein unter dem Pfaffenmantel versteckter unsicherer, mit sich selbst innerlich hadernder und darum nach außen selbstsicher und gebieterisch auftretender Dilettant.* Bien envoyé, rufen die Franzosen aus ihren Schützengräben: Das sitzt. Ein scharfsichtiges psychologisches Porträt, eine durchaus treffende Charakterisierung. Die aber nur den halben Sanderling trifft. Denn er ist eine Kippfigur. Das zeigen die überkommenen Beschreibungen seiner Person. Er ähnelt einem jener Bilder, die, je nachdem, wie man auf sie schaut, einen Hasen- oder einen Entenkopf erkennen lassen. Aber anders als bei der Kippfigur sind bei Sanderlings Anblick Hase und Ente immer gleichzeitig zu sehen. Sie gehen nicht wie Dr. Jekyll und Mr. Hyde einer ohne den anderen aus. ... *und so kann es kommen, dass ein von Haus aus gütig Fühlender die Sprache seiner Vernunft zum Allerbösesten und Anmaßendsten missbraucht*. Auch das schreibt Landauer.

Sicher, es ist die banalste Sache der Welt, dass jeder Mensch und jedes Ding diese und jene Seiten hat und so oder so gesehen werden kann. Nur klaffen bei Sanderling die zwei Hälften seines Wesens weiter auseinander, als es gemeinhin vorkommt. Und weiter wohl, als es für einen Menschen erträglich ist.

Aus einem Traum aufgewacht. Aus einem Rausch. Schon in den ersten Januartagen des Jahres 1915 kommt er mit schlimmem Kater wieder zu sich – zu seinem anderen »sich«. Dieser Kater ist keiner, der wieder vergeht. Wenige Wochen später kommt sein ältester Sohn Wilhelm in der Champagne um.

Ich habe in diesem Krieg zwei Menschen auf dem Gewissen. Der eine war ein Schweinehirt, den ich auf einer vielleicht falschen Spur, auf die mich zwei meiner Polizisten brachten, nicht allein in Verdacht hatte, sondern ich habe ihn auch unbedacht und ohne überlegene Ruhe mit Worten und Gesten hart angefahren – ich fuchtelte mit der Reitgerte vor ihm her –, wenn er nicht gestünde, was er wisse; nachher musste ich ihn, weil die Nacht die Untersuchung abbrach, bis zum Morgen einsperren lassen: da fand man ihn – er galt als etwas einfältig – erhenkt und tot.

Der andere ist mein ältester Sohn. Es hat in mir etwas – und nicht wenig – gegeben, das seinen Tod verlangt hat. Das die Hoffnung feig und glückssüchtig gescholten, ihn heil und ehrgeschmückt wieder an mein Herz drücken zu dürfen. Das sich den Sohn wie Abraham den seinen als Opfer abgerungen hat. Aber ohne idealisierenden Vergleich: das sich und ihm die Grausamkeit angetan hat.

Es ist etwas Eigenartiges mit den Worten, die aus der Vergangenheit zu uns herüberklingen. Es sind die Worte eines schon lange Toten, aber wie viel warmes Leben ist noch in ihnen! Gerade noch stand er in voller Rüstung vor mir und ließ die Weltglocke läuten. Jetzt ist alles Eisen von ihm abgefallen. Das Feuer, das bis zum Wahn hochloderte, glüht nur noch leise. Zum ersten Mal könnte ich das Wort an ihn richten. Könnte etwas flüstern wie: Mein lieber alter Urgroßvater.

Das Eigenartigste aber ist: Die Zeit ist weg. Die unüberwindbar zwischen uns sich drängende, aus dem unfesten, wandelbaren Material der Sprache und aus unzähligen anderen Wandelbarkeiten gemachte Zeitmasse, es gibt sie nicht mehr. Vor einem nackten, unglücklichen Menschen lösen sich alle noch so dicken Jahrhundertmauern auf.

Noch einmal lese ich die Tagebuchstelle. Warum er diesen Krieg so besinnungs- und bedingungslos wollte – um den *englischen Merkantilismus* zu bekämpfen, die deutsche *Glocke der Neuwerdung* ertönen zu lassen –, weiß er es selbst zu dieser Stunde noch?

Bei seinem Erwachen erblickt er den Schweinehirten. Den stellt er neben – nein, vor seinen Sohn. Jetzt, mitten im Krieg, fängt eine neue Zeit, eine nicht dem deutschen Volk, sondern ihm allein widerfahrende Neuwerdung an. Denn er hat nicht nur diese beiden Toten auf dem Gewissen, den Schweinehirten und den Sohn. Er hat den Krieg, das *Mordgemetzel* gewollt, das ist richtig, aber mehr noch, er hat sie gebraucht. Er hat sie gebraucht wie ein Vulkan den Ausbruch, wie Gewitterschwüle Blitz und Donner: als unvermeidliche Entladung einer ungeheuren inneren Anspannung, als Zerschlagung eines unentwirrbaren Knotens in Brust und Kopf, als Entkrampfung seiner geistigen Muskulatur.

Hinter dem Schweinehirten und dem Sohn reihen sich Millionen Tote, Abermillionen Verletzte und Versehrte. In endlosen Kolonnen ziehen sie Tag und Nacht an ihm vorbei oder sitzen, die leeren Hosenbeine oder Ärmel sorgsam verknotet, an den Straßenecken, auf dem Schoß die Mütze, in deren Höhlung einige kleine Münzen schwimmen.

Er hat sie alle auf dem Gewissen.

Natürlich stimmt das nicht. Wie kann ein Einzelner solche Verantwortung tragen?

Und doch stimmt es. Das Hurrah-Hurrah, sein eigenes und das der anderen, gellt ihm noch in den Ohren. Innerhalb weniger Monate ist er leise und ruhig geworden. Leiser und ruhiger, als er es je war. Sein Gewissen weiß, wofür es verantwortlich ist. Er vertraut ihm. Und merkt, dass er damit wieder Gottvertrauen hat. Denn voneinander abgeschnitten kann er sich die beiden nicht denken. Er versucht es noch nicht einmal. Zum ersten Mal, seit er seine Pfarrgemeinde in Połajewo verlassen hat, nimmt er wieder das Sakrament.

Gewissen: Was ist das für ein seltsames, schönes Ding? Im Gewissen steckt das gefühlte Wissen über richtig und falsch. Aber wo kommt es her? Wer hat es uns eingegeben? Ist es eine der vielen Wandelbarkeiten, die uns von denen, die vor uns gelebt haben, trennen? Ist es so unlösbar, wie Sanderling es spürt, mit Gott verbunden? Warum haben wir dann überhaupt noch ein Gewissen? Denn wir haben noch eins, auch wenn wir nicht oft darauf hören.

Vielleicht ist es so: In welche Richtung es sich regt, wohin es uns treiben will und womit es uns befrachtet, ist wandelbar. Nicht nur von Epoche zu Epoche, sondern von Mensch zu Mensch ändert es seine Stimme. Doch dass es diese Stimme gibt, diesen tief in uns hineingepflanzten, nicht zu verscheuchenden oder nur noch tiefer in uns hineinzutreibenden Fremden, diesen Mitwisser, der über alle unsere Taten, sogar über die uns allein bekannten, sogar die noch nicht einmal uns selbst bekannten, und über alle unsere Gedanken Bescheid weiß und richtet, ist das nicht so, seit Menschen von sich und ihren inneren Kämpfen zeugen können? So hebt das Gewissen die Zeit auf. Von einem, der diesen Fremden in sich entknebelt und zu Wort kommen lässt, trennt mich keine Zeit. Er ist mein Mit-Mensch, so fern er mir auch stehen mag: Der Fremde, der in ihm wohnt, ist mir vertrauter als er selbst; er ist unser gemeinsamer Freund und Feind. Dieser Feindfreund ist keiner, der sich mit Gedanken zufriedengibt. Er will Taten sehen. Aber welche?

Aus einer später erschienenen Schrift Sanderlings springt mir das Wort »Täter« entgegen. Aber wie weit ist es von seiner jetzigen ausschließlichen Bedeutung entfernt! Die Täter sind bei Sanderling, kaum zu glauben, das Pendant zu den Denkern. Mir ist, als sähe ich das Wort zum ersten Mal in seiner unwiederbringlichen Kindheit. Fast zärtlich betrachte ich, wie es sich einfügt in den Satz, in dem es die schöne Rolle des Handarbeiters innehat. Zehn Jahre später ist es schon auf dem Weg zu seinem neuen Pendant, dem Opfer.

Aber noch einmal zum ersten großen Krieg zurück.

1914 hat Sanderling noch zehn Jahre zu leben, doch das weiß nur ich. Ich möchte ihn bedrängen, möchte ihm zurufen: Du hast nicht ewig Zeit! Du bist schon viele Um- und Irrwege gegangen, hast dich mit schöner oder dummer Unbedingtheit in diese oder jene Aufgabe geworfen. Nun sammle dich, wende dich dem Wesentlichen zu. Und versuche, es zu Ende zu bringen.

Sanderling hat von seinem späten Nachkömmling keine Ratschläge entgegenzunehmen. Er lebt weiter – nicht vor sich hin, nein, das hat er wahrhaftig noch nie getan. Er ist ein Nimmermüder. Vielmehr regt er sich mehr denn je in alle Richtungen zugleich, ins Tatsächliche, Praktische ebenso wie ins Geistige hinein. Wo verläuft der Weg zwischen diesen beiden, fragt er sich immer wieder aufs Neue. Aber immer wieder gerät er bei seiner tastenden Suche zu weit ab von allen gangbaren Wegen und von der Mitte, die er so leidenschaftlich und mühevoll sucht. Auch bei den letzten großen Anstrengungen seines Lebens.

1917 wird er zweiter Direktor des Raiffeisen-Genossenschaftsverbandes in Berlin. Ein Raiffeisen-Verband war ursprünglich ein Zusammenschluss von mindestens sieben Bauern, die sich gemeinsam gegen wucherische Geldleiher zu schützen suchten. Was daraus entstand, sind einerseits ein gewaltiger Interessenverband unter vielen, andererseits weltweit agierende Geldinstitute, die nichts anderes treiben als jede andere Bank. Friedrich Wilhelm Raiffeisen war ein gläubiger Christ, der überzeugt war, dass derartige Verbände nicht dem Eigennutz dienen und nur dann bestehen können, *wenn sie auf die unbedingte Selbsthilfe gegründet, d. h. nur aus solchen Personen gebildet sind, welche der Hilfe persönlich bedürfen*. 1917 war Raiffeisen seit fast dreißig Jahren tot.

Statt Gemeinnützigkeit sieht Sanderling nur noch den *vereinten Eigennutz* vieler am Werk. Drei Jahre bleibt er bloß im Amt. Sosehr es ihn zu praktischem Einsatz drängt, länger als ein paar Jahre hält er es selten aus in ein- und demselben Tätigsein. Je mehr er sich abmüht, umso mehr sieht er die beiden Pole *Real* und *Ideal* voneinander wegstreben. Es sind diese beiden aber keine fernen Luftgebilde für ihn, sondern die beiden Enden der Streckbank, an die er gefesselt ist, es sind seine eigenen, schmerzvollen Extremitäten.

In Berlin trifft er wieder mit Gutkind und Buber zusammen. Letztere bestärken ihn, *wenn es noch nötig gewesen wäre*, in dem erdrückenden Gefühl, *daß dieser Krieg nicht hätte ausbrechen und so geführt werden können, wenn wir Menschen von Potsdam das gewesen, was wir sein wollten – eine geistige feste Schicht innerer Autorität gegen die hilflose Angst dieser Welt*.

Die *Menschen von Potsdam*, damit sind jene acht gemeint, die kurz vor dem Krieg zusammenkamen, jene *pneumatische Gemeinschaft*, die bei ihrem einzigen Treffen dazu ansetzte, die Welt aus den Angeln zu heben; der sogenannte Forte-Kreis, der Kraft im Namen trug, aber nicht weit über seinen Namen hinaus. Fast alle diese Menschen sind heute vergessen.

Es ist nicht nur die Scham, mitgejubelt und mitgetan zu haben. Es ist auch nicht nur das Bewusstsein, den Schweinehirten und den eigenen Sohn auf dem Gewissen zu haben. Sanderling ist überzeugt, dass er, mit einer Handvoll anderer, den Krieg hätte verhindern können. Kaum zu fassen. Wer ist bloß dieser Mann, dass er die Geschicke des Landes, nein, Europas und der Welt lenken zu können meint? Wie kommt er zu der unerschütterlichen Überzeugung – die einzige seiner Überzeugungen vielleicht, die nicht ständigen Erschütterungen ausgesetzt scheint – von seiner eigenen Bedeutung, von der Wichtigkeit seiner Entscheidungen und Taten für den Fortlauf der Geschichte? Du bist nicht Napoleon, möchte ich ihm zurufen, und auch nicht Bismarck oder Alexander der Große.

Von dem kleinen Kreis Größenwahnsinniger der Vorkriegsjahre ist er vielleicht der größenwahnsinnigste.

Woher rührt dieses Selbstbewusstsein, ist es begründet oder Überhebung? Bezieht er es aus seinen eigenen, gewiss nicht geringen geistigen Kräften? Ist es Familienerbe? Ist es beides?

Ich muss daran denken, wie der Pfarrer Sanderling in Połajewo seinen ältesten – den später im Krieg getöteten – Sohn selbst unterrichten wollte und dabei die Gewichte der ganzen Menschheit und Gottheit auf sich lasten spürte. Er ist schon lange kein Geistlicher mehr, aber die Gewichte sind auf seiner Seele lasten geblieben.

Sein Größenwahn drückt sich weniger in lustvollen Machtgefühlen aus als in maßlosen, dauerhaften Gewissensqualen. Ihm wird bewusst, dass er das verlorene Gottesreich ersetzt hatte durch ein Deutsches Reich, das in seinen Augen nur ein preußisches sein konnte. An Gottes Stelle war ihm der Alte Fritz getreten. Und tatsächlich: Aus der nahezu intergalaktischen Entfernung, in der wir uns in dieser Frage von unseren Vorfahren befinden, haben die beiden eine gewisse Ähnlichkeit.

Sicher, es fällt schwer, sich nicht zu mokieren. Nichts leichter als das: Schon ein kleiner Abstand lässt das, was andere einmal furchtbar ernst nahmen, lachhaft und töricht erscheinen. Ich brauche dieser Regung nur nachzugeben. Zur Strafe wird es mir ebenso gehen. Nein, noch nicht einmal dieses Risiko gehe ich ein: Der Ernst, *dieser* Ernst, ist nicht überkommen, er ist im Laufe des Jahrhunderts mit allem anderen untergegangen. Die Ironiker versenden ihre Pfeile aus einem sicheren Hinterhalt. Aber ist es denn zum Lachen, wenn einer an einen Staat *glaubt* als an eine neue Heiligkeit? Andere, die man nicht belächelt und heute noch ehrt, haben mit nicht weniger blutigen Folgen die Herrschaft Gottes mit der des Proletariats vertauscht. Ich wehre mich gegen die Versuchung, das Schaudern mit Spott zu bemänteln.

Sanderling hat nicht vergessen, mit welchen Worten er kurz nach Kriegsbeginn seinen *teuren Kreisfreunden* für das geplante zweite Treffen eine Absage erteilt: Er sei jetzt *ganz Blut und Nerv, ganz zitterndes Schlachtpferd*. Nicht nur *das Schlachtpferd der deutschen Armee, sondern auch ein Teil des Engels, der die Ewigkeit trägt*.

Das zitternde Schlachtpferd hat in keinem Krieg je gekämpft. Es war aus dem Soldatenalter heraus. Also hat es getan, wozu es geeignet war; es hat über Verwaltungsangelegenheiten gesessen. Und dort gezittert. Als ein Teil des Engels, der die Ewigkeit trägt?

Für vieles hat Sanderling Sinn, nur nicht für die eigene Lächerlichkeit. Ob das vielleicht eine mögliche Rettung wäre, denke ich: wenn keinem dieser Sinn abginge? Niemand würde sich mehr aufplustern, niemand würde herrische Gesten vollführen und als Schlachtpferd erbeben. Doch vergeblich versuche ich eine deutliche Grenze auszumachen zwischen schöner Begeisterung, stürmischer, glutvoller Lebendigkeit und Raserei, Hysterie und letztlich Dummheit. Wie also Letztere aus der Welt schaffen und Erstere bewahren? Und würde bei einem ausgeprägteren Sinn für die eigene Lächerlichkeit überhaupt noch Gewaltiges entstehen können? Zudem: Auf welche Weise wäre dieser Sinn denn zu entwickeln? Soll jeder deutsche Schüler – bei den anderen wäre es vielleicht etwas weniger dringend – zwei Unterrichtsstunden pro Woche in Lächerlichkeitskunde nehmen?

Mein Blick kehrt zu Sanderlings Schlachtpferd zurück. Wie kurz es drauflosgaloppiert, wie bald es schon stolpert! Wer mag sich mokieren über einen, der am Boden liegt, der sich schämt seiner selbst und seiner blutrünstigen Verzückung, die er jetzt als *Besoffenheit* erkennt. Der Rausch ist verflogen. Die Zeit des Karnevals ist vorüber.

Noch einmal nehme ich sein Buch zu den Ursprüngen des Karnevals zur Hand: Menschlichkeit schlägt um in *kannibalischen Blutdurst*; beim Dionysos-Fest zerreißt die Königsmutter ihren Sohn bei lebendigem Leib, und die Damen der Gesellschaft fallen *wie Metzgerhunde eine Rinderkoppel* an. Das *Schlingen rohen Fleisches* ist Teil des Dienstes an diesem Gott.

Innerhalb von vier Jahren hat er siebzehn Millionen Menschen verschlungen. Eine Zahl, für die ich soundso viele Großstädte brauche, um sie einigermaßen zu füllen, und schon eine einzige dieser Städte überschauen zu wollen ist hoffnungslos; ich denke an das Gewimmel der Menschen, von denen es in Paris und Umgebung an die zwölf Millionen geben soll. Dionysos hat sich überfressen. Eine schwere Übelkeit hat ihn erfasst. Über Jahrhunderte wird er keinen Bissen mehr herunterwürgen können, könnte man glauben. Wer wenige Jahrzehnte später geboren ist, glaubt es nicht. Er weiß: Die Gier dieses Gottes ist grenzenlos.

Den Babyloniern, schreibt Sanderling, sei die Erde ein Abbild des Himmels gewesen. Sie brachten alles irdische Geschehen in Übereinstimmung mit den Himmelsgesetzen, mit den Bahnen der Himmelskörper. Denn die Sterne waren ihnen die Lebenszeichen, die Offenbarungen der Götter – und *nun können wir berechnen, welches Beben durch Chaldäa zog, wenn die Berechnung schließlich nicht aufging, wenn die Harmonie zwischen Himmel und Erde in den Bruch ging, wenn die beiden größten offenbarenden Götter, Sonne und Mond, sich nicht in eine Rechnung bringen ließen!*

Damit die Rechnung wieder aufging, haben die Späteren alle vier Jahre einen zusätzlichen Tag eingeschoben. Aber Angst und Schrecken waren in der Welt. Über der Vorstellung, dass zu bestimmten Zeiten *Mond und Sonne zugleich den Dienst am Himmel versagen*, dass Mond- und Sonnenrhythmus nicht in vollkommenem Einklang stehen, öffnete sich das *Kalender-Loch der Unordnung*, entbrannte das Rasen des Karnevals. Vernunft schlug um in Unvernunft, Menschlichkeit in Hohn auf Menschlichkeit. Das kurze Zwischenreich des *Prinzen Karneval* begann. Vielleicht aber, schreibt Sanderling weiter, habe dieses Stocken der Zeit, diese Störung ihrer schönen Regelmäßigkeit gar nicht zuvorderst Angst ausgelöst, sondern im Gegenteil einem tiefen menschlichen Bedürfnis nach Entfesselung, Rausch und Bestialität entsprochen.

Ich weiß nicht, wie es bei den Babyloniern war, habe schon Mühe genug, mich um ein Jahrhundert zurückzubefördern; um wie viel ferner erst bin ich den Babyloniern, aus deren Sicht Sanderling und ich mehr oder weniger Zeitgenossen sind. Aber von Kleist und Cervantes habe ich immerhin eine Vorstellung, und so habe ich das nicht untrügerische, aber doch recht sichere Gefühl, dass er in seiner Karnevalsschrift ebenso wenig von den Babyloniern spricht wie zuvor von Kleist oder Cervantes. In einem gut zweistündigen Vortrag trägt er seine Gedanken zu den Ursprüngen des Karnevals 1909 der Wiener Soziologischen Gesellschaft vor, wo ihm unter anderem Hofmannsthal lauscht, der darüber natürlich anders urteilte als ich, aber urteile ich denn? Nein, ich spüre mehr, als ich denke: Was er hier offenbart, ist seine eigene innere Raserei, sein eigenes Verlangen nach Entfesselung und Wildheit, die er von jeher mit Entschlossenheit und Willenskraft gebändigt hat. Es ist sein eigener Wahnsinn; derselbe, den er vor Jahren in dem tobenden Herkules der Posen'schen Irrenanstalt gespiegelt sah.

Jetzt stattet er die Babylonier damit aus! Und zwar fünf Jahre bevor der Krieg ausbrach. Der moderne Mensch, von dem er redet, ist er selbst, der so unmodern ist wie möglich, von jetzt aus gesehen. *Ein Beben geht durch seine Brust, wenn die Stimmen des Rauschs seine Arbeit bedrohn, wenn ein Krieg in Sicht steht, wenn ein Aufschrei unterdrückter Gieren anbellt wider die Zucht, die er sich angetan.* Ich schaue im Grimm'schen Wörterbuch nach, aber weder bei Klopstock noch bei Walther von der Vogelweide noch sonstwo finde ich eine Gier in der Mehrzahl, wie Sanderling sie hier gebraucht, weil ihm eine alleinige Gier für das, was er zu fassen sucht, nicht ausreichend scheint.

Es ist nicht nur sein eigener Wahnsinn, der in ihm rumort. Der Karneval des Mittelalters ist ihm nicht der Rede wert. Jetzt ist der Moment, jetzt ist die aus der Zeit gefallene Zeit wiedergekommen, in seiner eigenen, deutschen Gegenwart. Wie ein Indianer legt er das Ohr an den Erdboden und vernimmt angstvoll und begierig das Beben des alten, barbarischen Karnevals. Es naht wieder der eine, kurze Tag, an dem die Sklaven Herren sind und der Hohn den Göttern gilt. Der Tag des großen Mordgemetzels. Der Tag, an dem die Zeit stillsteht. Am Abend dieses Tages wird er mit den Zähnen den eigenen Sohn zerfleischt haben. Das zitternde Schlachtpferd im Spiegel erkennt er nicht wieder. Es ist die Stunde der Ernüchterung.

In der Normandie sind die heißesten Tage des Sommers schon vorüber, es ist Ende August. Unweit der Küste sitze ich in den Nächten draußen, den Kopf im

Nacken, und lasse die Sternschnuppen in meine Augen fallen. Hinter den Sternen, die über mir leuchten, sind immer neue, unsichtbare Sterne unterwegs auf ihren irgendwann mit keinem Teleskop mehr zu erfassenden Umlaufbahnen. Dieses in undenkbare Weiten sich fortsetzende Gebilde beugt sich Regelmäßigkeiten, die aber keine absoluten sind, sondern leichte Abweichungen einschließen. Sollte tatsächlich von diesen leichten Abweichungen ein Weg führen bis zu Rausch und Mordgemetzel? Ich versuche, Sanderlings Gedankenweg nachzugehen, ich will ihn so ernst nehmen, wie er selbst ihn nahm, strenge mich redlich an. Weder Hofmannsthal noch Benjamin, die seine Schrift kannten, scheint er fragwürdig erschienen zu sein, im Gegenteil. Warum leuchten mir seine Ausführungen nicht ein? Ich stehe alleine vor diesen drei großen Geistern und fuchtele mit den Spielzeugwaffen meines Gehirns vor ihrer Nase herum. Ist unser Sonnenkalender nicht der vergebliche Versuch, die undenkbare Weite und Tiefe des Himmels auf Rechenpapier zu bringen? Aus den Bahnen der Gestirne den Fahrplan der Deutschen Bahn zu machen? Der Kalender ist eine *Annäherung*. Im Kalender offenbart sich die Unmöglichkeit, die himmlische Zeit mit einer menschlichen in Übereinstimmung zu bringen. So scheint es mir, in deren weit offenen Augen die Sterne schwimmen wie im nahen Meer.

Wie sollte aus dieser Einsicht ein Hohngelächter

gegen die Götter und schließlich, weil diese zu weit weg sind, ein gegenseitiges Zerfleischen und Niedermetzeln entstehen? Sind Vernunft und Unvernunft, Ordnung und Unordnung denn Göttersache? Sollte den Babyloniern die Welt zusammengebrochen sein, weil die Gestirne nicht in Reih und Glied marschieren wollten wie ein preußisches Infanterie-Regiment? Ich zücke mein Holzschwert und sage es den drei Großen gerade ins Gesicht: Hier wird das Gemetzel, die Lust an Grausamkeit, der Drang, auszubrechen aus allen Zwängen, unter himmlische Kuppeln gestellt. Denn was bliebe von ihnen übrig ohne dieses übermächtige Gewölbe?

Am nächsten Morgen blättere ich in einer Sondernummer der Zeitung *La Manche libre* – die Zeitung wurde 1944 kurz nach der Befreiung des Départements gegründet und begeht mit dieser Nummer den Jahrestag der Befreiung. Ich betrachte die Fotos der Städte, in deren Nähe ich mich befinde. Saint-Lô, Avranches, Caen, Coutances, Valognes liegen in Trümmern. Deutsche sind nur tot zu sehen oder mit erhobenen Händen. Ich halte inne bei einem sonnigen Straßenbild voller Menschen, die alle auf die Kamera zugehen, aber nicht nach vorne schauen, sondern auf zwei Frauen in ihrer Mitte. Unter ihren kahlgeschorenen Schädeldecken haben die Frauen den Blick gesenkt. In der Menschenmenge, von der sie durch die Stadt getrieben werden, sind kaum Frauen zu erkennen, es sind Männer und Jungen, die zu Fuß oder auf Fahrrädern die beiden Frauen begleiten und den Kopf zu ihnen hingewandt haben, manche lachen, andere schreien ihnen etwas zu – der Ton ist schon lange abgestellt; umso besser. Ein hochgeschossener, bebrillter Jüngling in kurzer Hose, bis oben zugeknöpftem kurzärmeligen Hemd und langen Kniestrümpfen geht dicht neben der größeren der beiden Frauen; er lächelt anzüglich und macht eine obszöne Geste. Die klaffenden Münder, die bösen, spöttischen Blicke, die alle auf die Bloßgestellten gerichtet sind, deren gesenkte Augen, der auf die Mitte, auf das Leid hin zugespitzte Aufbau des Bildes erinnern mich an die alten, gemalten Darstellungen des Kreuzwegs. Die Spötter, die Häscher, die Folterknechte, da gehen sie. Aber wo ist die weinende Mutter, der ohnmächtige, untröstliche Freund?

Unter dem Bild steht zu lesen, wie viele Frauen allein im Département La Manche kahlgeschoren durch die Straßen geführt wurden. Sie wurden der sogenannten *waagrechten Kollaboration* bezichtigt, also der Liebe mit Deutschen, aber es genügte schon, dass sie Handel mit ihnen getrieben oder auch nur im gleichen Haus gewohnt hatten. Am 14. Juli 1944, lese ich, mussten in Cherbourg ein Dutzend Frauen, nachdem sie auf einem öffentlichen Platz geschoren worden waren, auf einen Lastwagenanhänger steigen, auf dem sie unter Trommelwirbeln durch die Straßen der Stadt gefahren wurden. *Char des collaboratrices* wurde dieser Wagen genannt. Diese Umzüge, die es fast im ganzen Land gab, sind bekannt unter dem Namen *carnaval moche*, der hässliche Karneval. 1944 war ein Schaltjahr.

Aus dem Bildkommentar erfahre ich, dass die französische Übergangsregierung, um weitere spontane Strafaktionen dieser Art zu verhindern, Gesetze zur Ahndung der Kollaboration mit dem Feind erließ. Die Lust am Quälen und Erniedrigen sollte einen gesetzlichen Rahmen bekommen. Ich lese, dass neben anderen Arten der Kollaboration die *collaboration sentimentale* oder *amicale* unter Strafe gestellt wurde. Die Liebe zum Feind.

Der Feind ist den Franzosen immer der Deutsche und den Deutschen immer der Franzose. Das führt mich zu Sanderling zurück, zu dessen letztem, 1924 gedrucktem Buch, das ich noch immer nicht gelesen habe, weil ich es weder meinem Vater noch dem Berliner Archiv entlocken konnte, auch nicht als Kopie, von dem ich aber weiß, dass er darin die Deutschen auffordert, sich tatkräftig am Wiederaufbau Frankreichs und Belgiens zu beteiligen. Das Buch trägt den Titel *Deutsche Bauhütte* und ist kaum mehr auffindbar, es scheint in niedriger Auflage gedruckt worden zu sein. Ganze zwei Exemplare sind zu einem hohen Preis im Internet zu haben. Ich ringe mich dazu durch, das günstigere der beiden (mit Anstreichungen versehen) bei einem Lübecker Antiquariat zu bestellen.

Während ich auf das bestellte Buch warte, grübele ich über Benjamins Geschichtsthesen nach, die nicht ohne Bezug zu Sanderlings Karnevalsthesen sind. Über »die Gutkinds« hat sich Sanderling mit Benjamin angefreundet, der die Karnevalsschrift in der ersten Nummer seiner geplanten, nie erschienenen Zeitschrift *Angelus Novus* abdrucken will.

Benjamins Karneval heißt schon bald: Revolution. Nicht die Bewegungen am Himmel, sondern unter den Menschen führen den Zeitstillstand herbei. An verschiedenen Stellen von Paris, schreibt er, sei während der Julirevolution, am Abend des ersten Kampftages, auf die Turmuhren geschossen worden. Die alte Zeit sollte stillstehen, eine neue beginnen. Das Dazwischen, die aus der Zeit gefallene Schaltstunde des Umschwungs, gehört der Entfesselung, der Außerordentlich- und Gesetzlosigkeit. Nur gilt das Zähneblecken dieses Karnevals nicht den Göttern, sondern den Herrschenden. Ich lese die trampeligen Alexandriner des unsterblichen Joseph Méry, die diese These, die fünfzehnte, illustrieren. Es kommt mir ungefähr so sinnvoll vor, auf eine Uhr zu schießen, wie auf ein Thermometer, wenn es einem zu kalt oder zu heiß geworden ist. Zugleich ist mir zumute, als hätte ich den Talmud zur Hand genommen und besäße nun die Vermessenheit, ihn verstehen zu wollen. Die Geschichtsthesen umfassen nicht mehr als ein paar Seiten. Die Quintessenz des Unverständlichen. Heißt es. Und doch verstehe ich hin und wieder etwas. Sobald ich das Gefühl habe, etwas verstanden zu haben, werde ich misstrauisch. Das kann doch nicht sein! Ich lese noch einmal von vorne. Und so immer fort. Bei der siebten These habe ich den Eindruck, dass sie mich persönlich angeht. Mein Misstrauen diesem Eindruck gegenüber ist natürlich grenzenlos, aber ich kann mich seiner doch nicht ganz erwehren. Was mich auf diesen anmaßenden Gedanken bringt, ist das Wort Einfühlung, das ich wahrscheinlich falsch verstehe, nämlich als seelische Bewegung. Was stattdessen gemeint ist, kann ich nur erahnen: ein Übernehmen des Blickpunkts? Das Anpassen an die gegebenen Zustände? In der siebten These, die mich zu höchstem Widerspruch reizt, werden zwei Möglichkeiten der Geschichtsbetrachtung gegenübergestellt, Historismus und historischer Materialismus. Das erstere, im 19. Jahrhundert gebräuchliche Verfahren sei eines der Einfühlung, schreibt Benjamin. *Sein Ursprung ist die Trägheit des Herzens, die acedia, welche daran verzagt, des echten historischen Bildes sich zu bemächtigen, das flüchtig aufblitzt.* Ich begreife nicht, wie Einfühlung auf Trägheit des Herzens beruhen kann – ist Einfühlung nicht im Gegenteil äußerste Anstrengung des Herzens? Diese Trägheit des Herzens oder tiefe Traurigkeit rühre daher, dass der Geschichtsschreiber sich stets in die Herrschenden und Sieger einfühle. So auch Flaubert, als er *Salambô* schrieb.

Stimmt das denn?, wage ich mich zu fragen. Ich lese *Salambô* wieder. Was hier triumphiert, ist in der Tat Karthago, aber nicht als Unterdrückungsregime, sondern als ein Reich wilder, ausschweifender Sinnlichkeit. Der Roman spielt kurz nach dem ersten Punischen Krieg und erzählt die Liebe des Söldners Mathô, eines »Barbaren«, zu der Tochter Hamilkars. Am Ende stirbt Mathô vor Salambôs Augen einen unfassbar grausamen, ihr geweihten Foltertod. Mathô, dem liebenden und für seine Liebe sterbenden Söldner, steht der Herrscher Hamilkar gegenüber: ein kaltblütiger, skrupelloser Kriegsstratege, der am Ende die eigene Tochter vergiften lässt. Es kommt mir unwahrscheinlich vor, dass Flaubert auf Hamilkars Seite steht.

Zudem scheint mir, dass in Benjamins Argumentation ein Denkfehler vorliegt (vermutlich werde ich anschließend Einstein beweisen, dass ihm in seiner Theorie ein kleiner Irrtum unterlaufen ist). Das Verfahren der Einfühlung soll seinen Ursprung in der Trägheit des Herzens oder Traurigkeit haben. Zugleich bringt die Einfühlung, indem sie immer Identifikation mit den Herrschenden sei, die Traurigkeit erst hervor. Wie aber kann die Trägheit des Herzens oder Traurigkeit Ursprung und Folge ein- und desselben Phänomens – der Einfühlung – sein?

Ich rufe meinen Freund Pierre an, den Mann mit

dem Kopf einer Moai-Statue von den Osterinseln und einen der klügsten Menschen, die ich kenne – bei ihm denken nicht nur der Moai-Kopf, sondern auch das Herz und alle Sinne –, und bitte ihn, mir Benjamins siebte Geschichtsthese zu erklären. Mit einem Griff hat er das Buch in seiner französischen Übersetzung aus dem Bücherregal gezogen.

Wir sind uns einig, dass Flaubert nicht auf der Seite der Sieger ist. Warum sollte sich ein mit historischem Stoff befasster Schriftsteller unweigerlich in die Sieger hineinversetzen? Ist nicht ein Schriftsteller im Gegenteil einer, dem jede Einfühlung in die Sieger, wenn sie sich nicht letztlich auch als Verlierer entpuppen sollten, fremd ist?

Ich frage Pierre, wie denn Benjamin sich so weit von seinen eigenen, freien Denkbahnen habe entfernen und auf die Gleise einer vorgegebenen Welt- und Geschichtsanschauung habe einlenken können. Bon, bon, ne m'engueule pas!, sagt Pierre, hör auf mit mir zu schimpfen. Wie immer, wenn etwas meinen Widerspruchsgeist reizt und ich mich gar in Empörung hineinsteigere, gibt Pierre spaßeshalber vor zu glauben, meine Empörung sei auf ihn gemünzt.

Im Übrigen verstehe ich nicht, sage ich, warum die Identifikation mit den Gewinnern, wenn sie einem denn gelingt, traurig machen sollte. Die Gewinner selbst sind sehr mit sich zufrieden, bester Laune marschieren sie vorwärts auf ihrem skrupellosen Triumphzug. Warum also sollten diejenigen, die sich in ihnen wiedererkennen, unglücklich sein?

Weil sie ein schlechtes Gewissen haben, sagt Pierre. Das stehe zwar nicht da, aber gemeint sein könnte, dass diejenigen, die sich in die Herrschenden hineinversetzen, ein schlechtes Gewissen gegenüber den von ihnen vernachlässigten Verlierern haben. Dass sie einen unbestimmten, dumpfen Schmerz verspüren.

Das leuchtet mir halbwegs ein, wenn ich auch nicht verstehe, warum nur ihre Sympathisanten, nicht aber die Gewinner selbst diesen Schmerz empfinden sollten. Hätten sie nicht mehr Grund dazu?

Ich frage Pierre, wie denn das echte historische Bild aussehe, das flüchtig aufblitzende, von dem Benjamin spricht. Das Bild, das nur diejenigen erkennen können, die nicht jener einfühlenden Traurigkeit und Trägheit des Herzens verfallen.

Benjamin sei verzweifelt gewesen, sagt Pierre. In seiner Verzweiflung habe er sich selbst und anderen eingeredet, er glaube an den historischen Materialismus. An eine Erlösung, an die Erfüllung aller Hoffnungen.

Pierre hat sich jetzt warmgedacht, seine Stimme folgt den abrupten Beschleunigungen seiner Gedanken.

Lange Zeit, sagt er, sei ihm unklar geblieben, was es mit Benjamins Messianismus auf sich habe, bis ihm vor Jahren einmal ein schwarzer Taxifahrer in Lissabon, der sich leidenschaftlich mit dieser Frage beschäftigt hatte, etwas davon begreiflich gemacht habe.

In die Enge getrieben, ohne jede Hoffnung in die Zukunft, habe Benjamin den Heilsmoment in die Gegenwart verlegt. Für den, dessen Herz nicht zu träge sei, ihn aufzuspüren, leuchte er blitzartig in ihr auf. Benjamin habe gewusst: Es kommen keine besseren Zeiten. Und doch birgt die Gegenwart ihre Möglichkeit; eine schüttere Reihe sich nie verwirklichender Möglichkeiten.

Einem unbekannten Taxifahrer aus Lissabon verdanke ich es, dass ich nun ebenfalls meine, etwas verstanden zu haben (*méfiance, méfiance*): Mit dem *echten historischen Bild* hat Benjamin vielleicht diese in der Gegenwart verborgenen Hoffnungssplitter gemeint.

Einem Hoffnungslosen, denke ich, ist alles erlaubt. Sogar an den historischen Materialismus wie an einen neuen Messias zu glauben.

Die Gedanken zur Geschichte sind die letzten von ihm notierten Sätze. Am nächsten Morgen liegen Sanderlings letzte gedruckte Worte in meinem Briefkasten: die 1924 erschienene *Deutsche Bauhütte*. Weder Benjamins Thesen noch diese Bauhütte waren als Testament gemeint; ein schneller Tod hat sie dazu gemacht. Ich betrachte das am oberen Rand verblasste Rot des kartonierten Umschlags. Der Titel ist in gebrochener Schrift gehalten, Untertitel und Autor in einer abgerundeten, der heutigen Druckschrift ähnlichen Typographie; so verspricht das Buch beides: neu und alt.

In den ersten Worten schon erscheint *ein Einzelner*, der zu einer Vielzahl anderer Einzelner spricht. Wundersam rührt der Klang dieser Stimme mich an. Ich glaubte sie nun schon zu kennen. Und tatsächlich, da ist noch der alte Stein, das alte Feuer, aber heruntergebrannt zu hell schwelender Glut. Eine Verkrampfung hat sich gelöst. Alles Schlichte war bisher ein Ding der Unmöglichkeit gewesen und ist es wohl immer noch. Aber keine qualvollen Wortverschlingungen ersticken den Lesenden mehr. Frei atme ich mich durch die ersten Seiten, staunend über den nie gesehenen Menschen, der mir aus ihnen entgegentritt. *Solche Dinge schreibt man nicht sowohl als daß man in ihnen geschrieben wird*. Das ist es. Ich hätte es so schnell nicht in Worte zu fassen gewusst, aber das ist es: Vor mir steht ein geschriebener Mensch. Manche Versuche oder Zeugnisse, Frucht langer und heftiger seelischer Kämpfe und Wandlungen, kommen, wie dieses, mehr lebendig als tot bei uns an.

Ich lese gebannt. Diese Gedanken zu denken, ist Sanderling vor langer Zeit aufgebrochen. Rückhalt- und bedenkenlos hat er sich in die verschiedensten Richtungen geworfen, hat sich erst dem Christen-, dann dem Preußentum verschrieben, ohne je mit seinen Kräften hauszuhalten. Ich habe ihn begleitet auf dem brüsken Hin und Her seiner Wege, bin an seiner Seite Abgründe hinuntergestiegen. Nur eines hatte ich ihm voraus: die Zeit. Ich wusste, wie es weitergehen würde nach seinem Tod. Und entgegen meinem Vorsatz, nicht suchen zu wollen, forschte ich unwillkürlich nach Indizien, in denen sich das Kommende angedeutet hätte, um mich von einer verschwundenen Generation zur nächsten wie auf den aneinandergeknüpften Brettern einer morschen Hängebrücke vor- und zurückbewegen zu können. Bei Sanderlings Besuch im Irrenhaus glaubte ich, ein solches Vorzeichen gefunden zu haben. Aber die Generationen einer Familie eignen sich nicht zum Brückenbau. Anders als ich gedacht und gefürchtet hatte, bin ich nicht zu *dem*, noch nicht einmal zu *einem* Ursprung des Made-in-Germany-Mordes vorgedrungen. Nein, bei Sanderling ist er nicht zu suchen. Der Weg bricht ab. Der Weg, den seine letzte Schrift weist, hätte nicht über Leichen geführt. Sanderling stand an der Weggabelung und rief mit klarer Stimme. Aber niemand hörte ihn.

Jetzt, da sein Leben zu Ende geht, sehe ich ihn auf einer nach allen Seiten den Blick freigebenden Anhöhe, und ich merke, wie er mich großzügig-kraftvoll zu sich hinaufzieht. Ich wusste es nicht, als ich die Reise begann, jetzt wird es mir klar: Diese Gedanken mitzudenken bin ich vor Zeiten aufgebrochen.

Cet homme est fou! Ja, verrückt ist er, und mehr denn je, aber in einem neuen, schönen Sinn. Mit der gleichen Unbedingtheit, mit der er bisher noch alles angegangen ist, ringt Sanderling um eine Mitte. Der Mittelweg, nach dem er sucht, ist mehr denn je der *zwischen Real und Ideal*, zwischen anpackender Tat und unerreichbarem Ziel. Wenn ein Kreuzfahrer oder Ayatollah sich plötzlich aufmachte, um allerorts Vernunft und Mäßigung zu predigen, könnte es nicht eigentümlicher anmuten. Aber ist es denn maßvoll und vernünftig, was er fordert? Der Krieg ist verloren, das Elend ist allseits ebenso groß wie die Empörung über den von den Siegern erzwungenen Vertrag. Liegt, was Sanderling für die Mitte hält, nicht wie immer in sehr viel größerer Nähe zum *Ideal* als zum *Real*?

Die wichtigste praktische Forderung seiner Schrift ist eine, die jedem außer ihm selbst aussichtslos erscheinen muss: Hier wendet sich ein einzelner Deutscher an alle anderen einzelnen Deutschen und fordert sie auf, tatkräftig beim Wiederaufbau der im Krieg von ihnen zerstörten Gebiete Frankreichs und Belgiens mitzuhelfen. Reparatur zu leisten, nicht über die Schadensforderungen der Sieger hinaus, die sehr hoch sind und von Deutschland zugestanden; nein: ganz und gar unabhängig von diesen.

Sicher, die Lage ist eine, die seinen Appell besonders aussichtslos macht, aber wäre er es in einer anderen Lage weniger? Ist es in der Menschheitsgeschichte auch nur ein einziges Mal vorgekommen, dass nach einem Krieg die Besiegten die Häuser der Sieger wiederaufrichteten? Oder gar die Sieger die Häuser der Besiegten? Dass überhaupt irgendjemand um etwas anderes als um sein eigenes, gerettetes

Leben, sein eigenes Hab und Gut besorgt war? *Cet homme est fou.*

Der Mittelweg, den er weist, ist in Wahrheit ein Höhenweg. Hier wächst kein Baum mehr; die Luft wird immer dünner. Er merkt es nicht, er geht voraus. Zum ersten Mal in seinem Leben glaubt er, ein wünschenswertes Mittleres entdeckt zu haben. Kommt!, ruft er zuversichtlich den anderen zu. Und sieht nicht, dass er ganz alleine auf einem über Eisschluchten sich zuspitzenden Bergkamm unterwegs ist.

Es fällt schwer, an dieser Stelle nicht an die Krankheit zu denken, an der er kurz darauf stirbt. Sicher, Leben ist nicht Ursache und Krankheit nicht Wirkung, ebenso wenig wie eine Epoche geradewegs zur nächsten führt. Und doch: Kann es Zufall sein, dass Sanderling am Rückenmark erkrankt? Ist das Rückgrat nicht die feste, unsichtbare Mitte des Körpers? Hängt nicht der ganze Leib an der Säule der Wirbel? Das Rückenmark ist die innerste Mitte des Menschen. Teil des *zentralen* Nervensystems.

Aber noch ist die Krankheit der Mitte nicht ausgebrochen. Von dem Höhenweg aus, den er für gangbar hält, wendet sich Sanderling an seine Landsleute; nicht als ein Anderer, Besserer, Klügerer, sondern als einer von ihnen; er spricht nicht nur zu ihnen, sondern auch zu sich selbst, fordert die Vielzahl der Einzelnen auf, die Stimme ihres Gewissens nicht länger zu überhören oder zu übertönen. Denn ihr Gewissen sagt ihnen, muss ihnen sagen, dass sie sich hinter einer Allgemeinheit verstecken, hinter ihren Vertretern, die sich geschickt aus der Verantwortung herauslügen wollen. Es sagt ihnen, dass sie selbst, jeder für sich, aufstehen und ihren Nachbarn helfen müssen. Es kümmert sich nicht darum, was andere sich haben zuschulden kommen lassen, es kennt die Waagschalen nicht, mit denen sich die eigenen Untaten schmälern lassen. Nur die eine, drückende Bürde kennt es, den nicht zurückzuweisenden inneren Befehl. Die *Zweistimmigkeit der inneren Warnung*.

Einzelner stand kaum je einer da als Sanderling in jener Stunde. Die wenigen kurzen, teils beipflichtenden, teils skeptischen Zuschriften, die am Ende des Buches abgedruckt sind, von Benjamin, Buber und einigen anderen, lassen ihn nur noch einsamer erscheinen. *Mutterseelenallein – vatergeistallein – muss mein Buch sich verantworten*. Furchtlos und entschlossen tritt es – tritt er – vor eine verzweifelte, hungrige, wutschäumende Menge, um sie zur Besinnung zu bringen.

Nein, das ist Unsinn. Er tritt vor keine Menschenmenge. Er wendet sich an alle Deutschen, ja, aber nicht an ihre Masse. Massen, Nationen, schreibt er, haben kein Gewissen. Er wendet sich an Einzelne, die sich nicht zusammentun, sondern so einzeln bleiben sollen, wie sie sind, allenfalls zu überschaubar kleinen Zellen sich fügen. Und anderen Einzelnen, ihren Nachbarn, ihre Hilfe antragen.

Er klagt nicht an. Er leidet Gewissensnot, spricht aus tiefster Bedrängnis; für sich und stellvertretend für die anderen. Haben sie nicht wie er den Krieg gewollt? Haben sie nicht ihre Söhne einem falschen Gott geopfert? Haben sie nicht den Lügen derer geglaubt, für die der Krieg eine gigantische Schachpartie war? Derer, die um alles oder nichts gespielt und verloren haben? (Nur das Spiel, nicht ihr Leben.)

Ich lese, nicht bei Sanderling, sondern in einem Geschichtsbuch, die Antwort Ludendorffs auf die Frage, was denn werden solle, wenn die letzte große Offensive misslinge: Dann müsse Deutschland eben zugrunde gehen. Fast derselbe Satz wird gegen Ende des nächsten Krieges aus einem anderen Mund noch einmal zu vernehmen sein. Sanderling wird ihn nicht mehr hören. Im Übrigen sind ihm die großen Spieler egal. Er klagt nicht an; noch nicht einmal die eindeutig Schuldigen. Die Mächtigen, die Feldherren und Staatsmänner aller Nationen würdigt er kaum eines Wortes. Es ist ihm gleichgültig, welches Land zu welchem Zeitpunkt des Krieges sich dieses oder jenes hat zuschulden kommen lassen. Das Gewissen gebietet dem abwägenden Verstand zu schweigen.

Es ist etwas Merkwürdiges mit dem Bücherlesen. Meist gleitet der Lesende auf der Oberfläche der Worte dahin und kann oder will nur vorwärts, nicht in die Tiefe gelangen. Es gibt jedoch Bücher oder bestimmte Passagen, die dem Lesenden das Davoneilen erschweren, die ihn festhalten. Ein solches Buch ist dieses. Ich lese die Seiten, in denen Sanderling vom Gewissen spricht, und spüre, wie ich festgehalten, *ergriffen* werde. Und dabei einer merkwürdigen Wandlung beiwohne: Dieser Mann, der sein Pathos an Gegenstände verwandte, für die ich kaum einen Anflug von Wärme aufbringen konnte, und dessen Strenge und Unbedingtheit mich so oft erschaudern ließen, wie anders spricht er hier! Jahrzehntelang hat er suchend gerungen, ist auf immer neue Ziele losgestürzt, um voller Wut und Enttäuschung wieder kehrtzumachen; mit seiner Ruhe- und Maßlosigkeit hat er sich und den Seinen ein hartes, unbequemes Leben beschert. Kopfschüttelnd habe ich ihn betrachtet und nicht selten – so respektvoll wie möglich – belächelt. Und jetzt?

Jetzt steht ein Unbekannter vor mir, der mich mit Ehrfurcht erfüllt.

Weisheit ist es wohl nicht, wozu er am Ende seines Lebens gelangt; oder ist Weisheit verrückt? Was ist es dann? Größe ist es, und Schönheit. Seine Schrift hat die Schönheit eines Menschen, der nicht ahnt, wie schön er ist. Der nach Schönheit nie getrachtet hat. Wonach also stattdessen? Nach etwas, das er selbst nicht hätte benennen können. Die Schönheit ist nebenbei zustande gekommen. Die Schönheit ist die Übereinstimmung zwischen einem Menschen im Augenblick höchster Not und zugleich höchster Entfaltung seiner Möglichkeiten und seinem Wort.

Am Anfang ist das überwältigte Schauen, das Staunen, das Stillhalten, wenn die *Gier des Zugreifens, Beherrschens, Unterordnens* ausgeschaltet und der Mensch *einfach aufnehmend* ist, ein *Gehorsamer der Offenbarung, die ihm wird*. So ist das Schauen bei Platon, bei Goethe – und bei Sanderling, der sie zitiert und hinzufügt: Auch eine Idee, die sich aufdrängt, ist eine solche Offenbarung und will wie eine Pflanze, ein Menschengesicht oder gleichwelche andere Erscheinung überwältigt aufgenommen werden. Zu den Ideen zählt er die Forderungen des Gewissens.

Sicher, es geht ihm um das Hier und Jetzt, um die Lage Deutschlands nach dem Großen Krieg. Die Gewissensforderung, von der er spricht, ist die des Augenblicks, sie will den Wiederaufbau der verwüsteten Nachbarländer. Aber es geht ihm auch, und vielleicht noch mehr, um jedes kommende Hier und Jetzt. Um eine *andauernde Opposition gegen das Zuständliche*, eine *andauernde Gewissensbeunruhigung*, die *den Staat dadurch beunruhigt, daß unberechenbar, stoßweise auch, aber nicht im nur einmaligen Stoß, das Gewissen von Staatsbürgern ihn beschämt und ergänzt*. Diese andauernde Gewissensbeunruhigung, schreibt er, sei die eigentliche, noch ausstehende deutsche Revolution. Die bisherigen Revolutionen seien Klassen-Revolutionen gewesen, *gegen* etwas, gegen den Einzelnen, gegen den Herrscher, die Unterdrücker, doch seien sie im Klassenkampf steckengeblieben und hätten nie die *menschliche Allheit* erreicht. *Die Fortsetzung der Revolution liegt nicht mehr bei der Klasse; sie ist auf den Einzelnen übergegangen*. Sie muss eine Revolution *für* den Einzelnen sein.

Es ist eine große Idee, die ich nun meinerseits staunend in mich aufnehme; die ich überwältigt nach- und mitdenke und -fühle. Ja, das Rad des Gewissens ist eines, das sich immer weiter dreht. Es steht nie still, ruht nie aus, ist nie zufrieden mit sich und der Welt. Im Gegensatz zu jeder anderen Revolution arbeitet diese nicht auf ihr eigenes Ende hin. Ihr Ziel ist nie erreicht. Das Gewissen kann nie ausgeschaltet werden.

An dieser Stelle – ich lese und staune – stoße ich unvermittelt auf ein eigentümliches Bild: Die Idee, schreibt Sanderling, sei *ein unvorherahnbares Eigenwesen*, das *wie ein Kind sich eindrängt in das Elternpaar. Das* seinen *Weg geht*, seine *Umrisse und Gestalt*, seine *Bedürfnisse und Fähigkeiten hat*. Was unser Gewissen von uns verlangt, ist eine Idee, *die uns ein Soll in die Seele eindrängt*.

In einer mich sonderbar berührenden, leicht veränderten Form nimmt er dieses Bild weiter unten noch einmal auf: *Von den anerkannten Geistesgrößen* werde die Gewissensforderung verachtet als *illegitimes Kind*. Die deutsche Revolution, auf die die Welt, wie er schreibt, noch wartet, die Philosophie der Politik, die das Buch entwirft – sie beruhen, zu meiner heimlichen Freude, auf diesem unehelichen, missachteten

Gewissenskind, das außerhalb jeder überkommenen Ordnung überleben und sich einen Weg suchen muss. Natürlich ist dieses seltsame Bild nicht das, was ich in ihm sehen will: ein über die Jahre und die Generationen mir zugedachter kleiner-großer Wink. Es sei denn, ein solcher Wink ginge nicht weniger von dem aus, der ihn empfängt, als von dem, der ihn gibt?

Jetzt, da ich das Buch fast ausgelesen habe, drängt sich eine merkwürdige Gleichzeitigkeit auf: Während hier, ihrer Sehnsucht nach *Menschen-Gemeinsamkeit, nach verbindender Tat* nachgebend, die Stimmen aller zusammenklingen sollen, ob katholisch, protestantisch, jüdisch oder bar jeder Religion; während hier einer dazu aufruft, keiner Obrigkeit, keinem Volksvertreter die eigene, persönliche Verantwortung für das Geschehen im Land abzutreten und den Nachbarn die Hand hinstrecken will, ruft ein anderer aus einem Gefängnis in Landsberg zum Hass auf. Alle Schuld und Verantwortung soll den Gehassten aufgebürdet werden. Auch ohne die bald erhältliche Ausgabe in Brailleschrift zu besitzen, kann ein Blinder das Hass-Buch verstehen. Die Auflagen erlangen Millionenhöhe. Die *Deutsche Bauhütte* wird untergehen.

Endlich glaube ich zu verstehen, was das *Deutschtum* einmal war, das Benjamin in Sanderling verkörpert sah. Was es hätte sein können. Und ich verneige mich vor dem verrückten Mann mit dem rötlichen Haar, der ihm seine Menschengestalt lieh, obwohl er selbst am besten wusste, wie unvollkommen diese war. Und wie unvollkommen deshalb auch sein Buch sein musste: *Es hat nicht anders sein können, als daß auf dem Weg vom Ursprung bis zum Abschluss das Wort sich getrübt hat; seine Einfalt in der Vielfalt des Gedankens; die reine Sache im Unüberwundenen der Person des Verfassers.*

Ich verneige mich vor einem, der sein Leben lang den Menschen in sich zu überwinden versuchte und am Ende doch noch Zuneigung zu ihm fasste. Und ich erkenne, dass eben dies – der Mensch – die Mitte war, nach der er in späten Jahren strebte.

Kurz danach breche ich auf nach Polen. In jene alte, undeutliche Mitte: die Mitte Europas. Was glaube ich dort nach mehr als einem Jahrhundert noch in Erfahrung bringen zu können? Ich fahre nach Poznań, hundertdreiundzwanzig Jahre nachdem Sanderling sich hier niederließ.

Es fängt damit an – noch einmal, ein letztes Mal in diesem Zeitreisetagebuch, nimmt etwas seinen Anfang –, dass ich in Poznań den Ausgang des Bahnhofs nicht finde. Ich irre auf dem Gleis hin und her, trage meinen Koffer Treppen hoch und runter – nirgendwo geht es nach draußen, das Gleis, auf dem mein Zug ankam, ist eingeklemmt zwischen anderen Gleisen und scheint ohne Verbindung zur Außenwelt. Irgendwohin sind aber doch die anderen Aussteigenden verschwunden? Ich frage schließlich eine junge Frau nach einem

Exit. Sie schaut sich um und muss erst einmal überlegen, als wäre sie selbst soeben auf dieses Gleis gezaubert worden. Dann fällt ihr ein, dass dort irgendwo, ganz hinten, am Ende des Bahnsteigs, ein Weg nach außen führen muss. Und tatsächlich, ich schleppe den Koffer eine Treppe hoch, eine andere wieder hinunter und wieder eine hinauf und stehe schließlich an einer Schnellstraße. Der Koffer kollert mit seinen harten Plastikrädchen über das Pflaster (kein Kopfstein), was aber im Autolärm untergeht. Ein monumentaler Glaswulst kommt neben mir in Sicht, eine Art Luftschiffgarage, in der ein gigantischer Zeppelin Platz hätte. Langsam geht mir auf, dass dies der Bahnhof sein muss, dem ich entronnen bin, aber ich kann das funkelnde Gebilde nicht mit dem finsteren Bahnsteig, den ich entlanglief, in Verbindung bringen.

Es ist schon dunkel. Die Straßen werden enger und führen bergauf und bergab; ins Herz, vielleicht, der Vergangenheit. In eine Stein für Stein wiederaufgerichtete, in frischen Pastellfarben gehaltene Scheinvergangenheit. Alles noch einmal ungeschehen, ungesehen machen. Die Altstadt ist eine Kulisse, vor der im Sommer vermutlich kaffee- und biertrinkende Touristen sitzen. Jetzt geht es auf den November zu.

Noch am Abend meiner Ankunft stehe ich um neun Uhr vor dem Rathaus und blicke, auf Anna wartend, mit der ich verabredet bin, um mich her. Wir haben einander noch nie gesehen. Die wenigen Gestalten, die vor dem dunklen Rathaus innehalten, schauen nicht zu mir herüber. Ob sie wohl kommen wird? Irgendwann brummt mein Telefon. Es ist Anna, die die ganze Zeit über drei Schritte entfernt gestanden und woanders hingesehen hat. Aus Schüchternheit? Aus Verschmitztheit, glaube ich eher.

Sie ist mir gleich ganz nah und ganz fremd. Es sind nahezu wortlose, in den zum Gruß gefassten Händen oder in den Augenwinkeln stattfindende Vorgänge, die innerhalb von wenigen Augenblicken eine Freundschaft oder Liebe beschließen. Kann das sein? Fünf Minuten nachdem wir uns erkannt haben, zwei Stunden nach meiner Ankunft in der Stadt, bin ich mit einer Polin befreundet.

Mein Polnisch beschränkt sich auf *dzień dobry* und *do widzenia*, aber Anna ist vor Jahren in Hannover in einer grünen Politikerfamilie Au-pair-Mädchen gewesen und spricht gut Deutsch. Ich erzähle ihr von Sanderling (den ich nicht Sanderling nenne), von den Fragen, die ich mir stelle. Zu Deutschland und Polen, zur Vergangenheit, wie sie war und ist. Anna ist freundlich, nein, viel mehr als freundlich. Agnieszka in Paris, über die ich Anna kenne, Slawomir, Agata und Karolina, die ich später in Poznań noch treffen werde: Keiner der Polen, denen ich begegne, scheint etwas gegen die Deutschen zu haben. Doch in allem, was sie mir erzählen, pocht die Vergangenheit. Und aus ihren Worten und Gesichtern treten die Deutschen mir entgegen als sture, schreckenerregende, finstere Gestalten. Die Deutschen? Aus ihren Worten und Gesichtern trete ich mir selbst entgegen.

Bei unserem zweiten Treffen, ein paar Tage später, sagt Anna, die gute Nachricht des Tages sei, dass in Deutschland die Züge auch nicht mehr pünktlich führen. Das sei heute morgen in den Nachrichten gemeldet worden. Sie lacht und ich lache mit, warum auch nicht, es ist komisch. Die Deutschen sind erbost, dass ihre Bahn nicht mehr das ist, was sie mal war. Für alle anderen ist es eine gute Nachricht. Ich muss an das Zeugnis denken, das ich bei Raul Hilberg gelesen habe. Später suche ich es lange und finde es schließlich auf Seite 622 des zweiten Bandes. Es stammt von einem ehemaligen Häftling des niederländischen Lagers Westerbork: *Der Zug fährt genau nach Fahrplan, und dies ist ein Grauen und eine Qual. Nie verspätet er sich, nie wird er von einer Bombe getroffen.*

Später werde ich Annas Mann kennenlernen, Marek, der kein Deutsch spricht. Ich sage ihm alles, was ich auf Polnisch sagen kann: *dzień dobry, do widzenia, dziękuję*. Er antwortet mir mit allen deutschen Worten, die er kennt: Hände hoch! Nicht schießen! Verfluchte polnische Schweine! Eine deutsch-polnische Unterhaltung.

Ich bin froh, in Poznań niemandem als Deutsche aufzufallen. In Wahrheit bin ich immer froh, nicht als Deutsche aufzufallen, und es kostet mich einige Mühe, mir Deutsche vorzustellen, denen es anders ginge, die es aber sicherlich auch gibt. In Poznań gelingt mir das Untertauchen recht gut: Auf der Straße werde ich mehrmals nach dem Weg gefragt. *Nie mówię po polsku*, lerne ich noch dazu.

Die Stadt ist groß. Aber durch einen Zufall, den ich nicht für einen halte, liegt ganz in der Nähe meines Hotels – ich muss das Sträßchen nur bis ans Ende weiter gehen – die ehemalige Synagoge. In Paris hatte mir Cécile schon erzählt, dass die Synagoge von Poznań in ein öffentliches Schwimmbad umgewandelt worden sei. In der ersten Nacht vor Ort entdecke ich auf einem Plan, dass ich gewissermaßen im Nachbarhaus schlafe.

Am Morgen stehe ich davor. Hätte ich seinen Standort nicht gewusst, so würde ich in dem Gebäude wohl weder eine Synagoge noch ein Schwimmbad erkannt haben. Von der Seite ähnelt es einem heruntergekommenen Wohnhaus, mit regelmäßigen Reihen kleiner Fenster, zwischen denen die Feuchtigkeit wolkige Gebilde in den Putz zeichnet. Die vordere Fassade ähnelt nichts Bestimmtem. Einem Ausstellungsgebäude vielleicht? Über die große Fensterfront ist ein Plakat gespannt, auf dem ich unter vielen Namen die von Bill Viola und Nick Cave entdecke. Eine Art Kunstfestival womöglich? Das Haus ist abgeschlossen und marode.

Später kaufe ich ein Buch, in dem Außen- und Innenansichten der Synagoge von früher und heute zu sehen sind. Der Grundstein wurde 1906 gelegt, zwei

Jahre nachdem Sanderling Poznań wieder verlassen hatte. Das alte Foto zeigt einen prachtvollen Bau mit Kuppeln, Türmchen und allerlei Giebel- und Fensterverzierungen. Der heutige Bau wirkt, als sei er in den sechziger Jahren entstanden. Die alten Umrisse sind noch sehr vage darin zu erkennen, aber alle Rundungen und Ornamente, alle Türme und Kuppeln sind verschwunden. Es ist, als hätte man den Kölner Dom als hohen, länglichen Speicher mit Flachdach wieder aufgebaut und alles Gotische oder sonstwie Überstehende daran abgeschliffen.

Ich erinnere mich, dass wir gelacht haben, Cécile und ich, als sie mir von der in ein Schwimmbad verwandelten Synagoge erzählte; vielmehr schien es nur äußerlich ein Lachen, in Wahrheit war es Ausdruck unserer Fassungs- und Sprachlosigkeit.

Auf der Farbabbildung der Synagoge vor ihrer Teilzerstörung betrachte ich die bemalten Stuckverzierungen der Kuppel, die Frauenemporen an beiden Seiten, und in einer Nische am Kopfende des Saals glaube ich den Schrein, die Heilige Lade, zu erkennen, in dem die Torarollen aufbewahrt sind.

Das Foto aus dem Jahr 2012 zeigt denselben, vielmehr wohl eher den gleichen, nun blaugrün gekachelten Raum, die Gewölbe sind gut wiederzuerkennen. Aus den Frauenemporen sind jetzt Umkleidekabinen geworden, im Gebetsraum liegt das – wasserlose – Schwimmbecken.

Dem Begleittext entnehme ich, dass die Umwandlung der Synagoge in ein Schwimmbad im April 1940 begann und dass die Polen sie nach dem Krieg weiter als Bad genutzt haben, bis vor wenigen Jahren, schon in diesem Jahrtausend, die jüdische Gemeinde Polens ihr Gotteshaus in Form eines völlig heruntergekommenen Schwimmbads zurückerstattet bekam. Ein Zentrum für Dialog und Toleranz solle daraus werden. *Das Projekt liegt aber derzeit wegen fehlender Mittel auf Eis*. Erst Wasser. Dann Eis. Entweihung ist schlimmer noch als Zerstörung. Ich weiß nicht recht, warum gerade dieses Bild eine solche Wirkung auf mich hat, aber das Schwimmbad ist, nach all dem vielen, was ich in den letzten Monaten gelesen und betrachtet habe, der Tropfen, Zehntausende von Litern groß, der das in mir Angestaute zum Überlaufen bringt. Ist es die selbstherrliche Kälte dieser Badkacheln, sind es die Glassteine unter den ehemaligen Emporen? Es ist mir unerträglich, das Foto weiter anzuschauen.

Später sitze ich (wieder durch Agnieszkas Vermittlung) mit Slawomir im leeren Frühstücksraum eines außerhalb der Altstadt gelegenen, hauptsächlich von Polen frequentierten Hotels namens Pomorski. Als ich ihn nach dem Schwimmbad frage, erzählt er mir, er habe erst nach '89 davon erfahren, dass darin einmal eine Synagoge gewesen sei. Viele seiner Freunde hätten darin schwimmen gelernt. Er nicht, er sei in ein anderes Schwimmbad gegangen.

Erst im Gespräch mit ihm wird mir bewusst, dass ich nicht weiß, wo in meiner Geburtsstadt Offenbach einmal die Synagoge gestanden hat. Weder vor noch nach '89 habe ich mich offenbar dafür interessiert. Und nun will ich mich in Polen darüber entrüsten, dass die Entweihung der Gotteshäuser nach dem Krieg einfach weiterging?

Ich versuche mich damit zu entschuldigen, dass ich mit fünfzehn Jahren meine Geburtsstadt und mit achtzehn Deutschland verlassen habe. Es gelingt nicht, im Gegenteil. Aber ist es nicht immer schon so gewesen, dass jede Empörung, die in mir ausbrach, sehr bald schon auf mich selbst zurückschlug? Heiß durchzuckt mich – gleich wieder beiseitegeschoben – die Furcht, das öffentliche Schwimmbad, in dem ich als Kind und junges Mädchen so oft geschwommen bin, könnte ebenfalls in einer ehemaligen Synagoge eingerichtet gewesen sein. Ich glaube es nicht. Und wenn es doch so wäre? So viele Jahre über habe ich mir diese Frage nicht gestellt, nun dauert es Sekunden, bis ich mich vergewissert habe, dass meine Furcht unbegründet war. Unbegründet? Ich entdecke, dass die Offenbacher Synagoge, nachdem sie 1938 angezündet worden und von innen ausgebrannt war, als Kino weiterbetrieben wurde und heute noch »Veranstaltungshalle« ist.

Ich flüchte mich tiefer hinein in die Vergangenheit, als sie noch Sanderlings Gegenwart war und es in Deutschland und in Poznań noch Synagogen gab. Eines der Häuser, in denen er gewohnt hat, ist schnell gefunden – falls die Hausnummern sich nicht verändert haben. Es liegt in der ehemaligen Wilhelmstraße Nr. 3, die heute nach einem polnischen Physiker ulica Marcinkowskiego heißt. Es ist eine repräsentative Allee, in der Mitte bepflanzt und mit einem Springbrunnen verziert, dessen steinerne Delphine kein Wasser spucken. Ja, hier könnten die höheren preußischen Beamten gewohnt haben, wie sie vermutlich wohnen wollten, nämlich wie in jeder anderen preußischen Stadt. Waren sie denn hierhergekommen, um sich fremd zu fühlen?

Verschiedene Ämter und Büros sind jetzt in der einstigen Wilhelmstraße 3 untergebracht, ein Schild bezeichnet das Gewerbeaufsichtsamt, worüber das polnische Wappen prangt, ein Adler, der dem preußischen ähnelt wie ein rotes Ei einem goldenen. Hier wohnt nicht nur kein Sanderling, hier wohnt überhaupt niemand mehr. Ich durchwandere das preußische Viertel, eigentlich schon eine Stadt für sich, in der es keine Preußen mehr gibt. Wuchtige, düstere Bauten säumen die boulevardbreiten, regengeschwärzten Straßen. Ich finde die ehedem evangelische Kirche, in der Johannes Hesekiel predigte, der Pfarrer, durch den aller Menschenschmutz und Menschenjammer hindurchlief wie durch einen reinigenden Filter. Einen Heiligen nennt ihn Sanderling. Im Vorraum der Backsteinkirche hängen Kinderzeichnungen, auf denen Heilige abgebildet sind. Die Heiligen bestehen – ebenso wie die Nichtheiligen – aus Smiley-Köpfen auf einem kurzen Rumpf. Über ihren runden Köpfen schwebt ein Heiligenschein. Die evangelische Kirche ist nicht in ein Schwimmbad verwandelt worden, sondern in eine katholische Kirche.

Wie breit müssten die Straßen sein, damit nicht alles viel zu nahe beieinander läge? Die Güte dieses Hesekiel, an die ich gerne glauben will, und, seiner Kirche gleich gegenüber, das sogenannte Collegium Maius, ein bulliges Eckhaus, das in diesen Jahren die Preußische Ansiedlungskommission beherbergte. Letztere hatte zur Aufgabe, einen *lebendigen Wall gegen die slawische Flut* zu schaffen, also die Polen zugunsten deutscher Ansiedler zu verdrängen. Zu den Menschen, mit denen Sanderling in Posen verkehrte – ob er auch nur einmal den polnischen Namen Poznań ausgesprochen hat? –, gehörten, das habe ich seinem Tagebuch entnommen, sowohl Hesekiel als auch Robert von Zedlitz, der eine Weile dieser Ansiedlungskommission vorstand und später preußischer Kultusminister wurde. Ich stehe zwischen beiden Gebäuden, zwischen Kirche und Preußentum, und versuche mir vorzustellen, dass Güte, dass der *lebende, klärende Strom von Barmherzigkeit*, der von Hesekiel auszugehen schien, nicht im Widerspruch stand zu der Verdrängung der Polen aus ihrem eigenen Land. Man gehörte zusammen, Kirchenmänner, preußische Beamte, deren Familien. Man war die bessere Gesellschaft der Stadt – die beste, oder gab es noch eine bessere? Unter den *Bekanntschaften von geistigem Adel* aus der Posener Zeit habe ich in Sanderlings Tagebuch auch den Namen Alfred Knobloch gefunden. All diese Leute, so unbedeutend sie auch scheinen mögen, haben Spuren hinterlassen, die bis in die digitale Großenzyklopädie reichen: Knobloch, eigentlich mit dem Aufbau einer Unfallversicherung in der Landwirtschaft betraut, war *ein Verfechter der Germanisierung der polnischen Gebiete, die sich unter anderem im Zurückdrängen der polnischen Sprache in Gesellschaft und den Schulen äußerte*.

Ich bin von Anfang an geneigt gewesen, Sanderling ebenfalls für einen Germanisator zu halten. Wäre er, den nichts mit Polen je verband, sonst ausgerechnet in jenen Jahren aggressiver Germanisierung in den Osten gegangen? Erst kürzlich habe ich nun aber in seinen Tagebuchaufzeichnungen aus dem Jahr 1891 eine Stelle entdeckt, die mich freudig stimmte, weil sie meine Ahnungen und voreiligen Schlüsse widerlegt: *Anläßlich des Erlasses des neuen Kultusministers Grafen Zedlitz, daß den Lehrern in den polnischen Landesteilen der Privatunterricht in der polnischen Sprache freigegeben wird, möchte ich das von Anfang an in mir lebendig gewesene und hochgehaltene Glaubensbekenntnis niederlegen, daß die Regierung kein Recht hat, einem Volke seine Sprache zu nehmen, und ich möchte sagen, die Struktur seiner Herzfasern zu ändern.*

Das Lesen dieser Zeilen stimmte mich freudig, ja, es jubelte geradezu in mir, weil der gerade Weg sich auch hier wieder als ein ungerader, abbrechender erwies. Ab 1871 sollten Gesetze nach und nach nicht nur die Erdscholle, sondern auch die Sprache von allem Slawischen *reinigen*. Diese Germanisierungspolitik wird allgemein als Vorstufe des Späteren beschrieben, als eine Art Vorgebirge des Riesengebirges. Und für einen, der den Blick vor dem einzelnen Leben verschließt und nur größere Strömungen wahrnimmt, mag das auch stimmen. Aber das Leben eines Einzelnen ist reicher, widersprüchlicher, schwankender als das der Gemeinschaft, es lässt sich nicht mit den anderen Leben zu einem Trend verschmelzen. Sanderling ist den Strömungen ausgesetzt, das stimmt; wie der Vogel, dessen Namen er trägt, läuft er immer nahe am Wassersaum seiner Zeit. Denken wir uns eine Stadt, in deren Mitte eine Kundgebung stattfinden soll, dorthin sind alle unterwegs. Doch unter den vielen, die sich auf dasselbe Ziel zubewegen, sind ein paar, die sich zwischendurch anders besinnen; sei es, weil ihnen die ausgegebenen Parolen widerstreben, sei es, weil sie Eiligeres zu tun haben, oder sei es einfach nur, weil sie etwas zu Hause vergessen haben. Von ihnen wird in den Geschichtsbüchern kaum die Rede sein.

Ich gehe die ulica Kosciuski hinunter; schon an der

nächsten Ecke steht das deutsche Schloss (ein polnisches gibt es auch) und sieht aus, als ob es für die nächsten tausend Jahre nicht von der Stelle weichen wollte; ein plumper, furchterregender, grauer Klotz, eine Art mit grobschlächtigen Verzierungen versehener Riesenbunker. An der Seitenfront sind vom ersten Stock aufwärts die meisten Fenster zugemauert. Vor zweien der vergitterten Fenster des Erdgeschosses weist ein Plakat auf einen *Dance Club* namens Bogota hin, zu dem eine Außentreppe in den Keller hinunterführt.

Von vorne sind die Mauern eine Spur heller, und ich sehe mit Verwunderung, dass es einen Eingang gibt, durch den ich in den Klotz hineinspazieren kann. Wie hinter allem Alten, für das sich keine sonstige Verwendung mehr finden lässt, versteckt sich auch hier ein Kulturzentrum. Dieses heißt Zamek (Schloss). Ich nehme an, dass es irgendwann darin auch Besucher gibt. Jetzt gibt es immerhin eine Kassiererin, die mir eine Eintrittskarte für eine Ausstellung zeitgenössischer Kunst verkauft.

Vorher betrachte ich noch die Fotos, die in der Eingangshalle hängen. Es sind alte, um die Jahrhundertwende entstandene Aufnahmen der Innenstadt, neben denen aus dem gleichen Blickwinkel fotografierte Bilder von heute zu sehen sind. Auf den alten Straßen ist viel los, wesentlich mehr als heute. Sogar das Unbelebte war früher belebter; ein Gewirr aus schmiedeeisernem Gerank, aus Erkern, Balkons und Schildern aller Art brachte Bewegung in die Fassaden. Sollte man aus diesem Bildvergleich einen Schluss ziehen können, dann diesen: Die Vergangenheit war Wirrnis, Verschlungenheit, Biegung; die Gegenwart ist der Sieg der geraden Linie, ist Glätte und Leere.

Erst später, wieder zurück im Hotel, werde ich eines der von mir fotografierten alten Bilder vergrößern, so dass eines der hinteren Ladenschilder lesbar wird: Kaiser's Kaffee Geschäft. Mit dieser Aufschrift werden wenige Jahrzehnte später die ersten, mit Heilanstaltsinsassen gefüllten Vergasungs-Lastwagen getarnt werden. (*Warum vergiften Sie diese Menschen nicht?*) Auf dem Foto ist am Ende der Straße – ulica Święty Marcin – das Schloss zu sehen. Kaiser's Kaffee Geschäft? Natürlich ist nicht der deutsche Kaiser gemeint, für den das Schloss gebaut wurde. Eher wohl ein Unternehmer mit Namen Kaiser. Des anderen Kaisers Schloss wurde später umgebaut zu einer »Führerresidenz«. Je länger ich mich mit der Vergangenheit beschäftige, umso häufiger sehe ich in ihr eine Zukunft aufscheinen, die nun ihrerseits längst Vergangenheit ist. Dieses harmlose Ladenschild: Wer hätte ihm in den ersten Jahren des Jahrhunderts, als das Bild aufgenommen wurde, eine solche Entwicklung zugetraut? Es kann nicht anders sein, als dass auch in unserer täglichen Umgebung die Zukunft verborgen liegt in Form einer rätselhaften, nicht erlernbaren Zeichenschrift.

Die Kunstausstellung, für die ich eine Eintrittskarte habe, liegt am anderen Ende des alten Gebäudeteils; sie erlaubt mir, in das Innere des Klotzes einzudringen. Man weist mir eine Tür. Als sich diese und noch eine weitere hinter mir schließt, bin ich allein. Marmorböden, Wandlüster, Arkadengänge, zur Rechten ein hallenartiger Saal mit Kassettendecke. Ganze vier Jahre dauerte die Umwandlung in eine Führerresidenz, habe ich gelesen. Mit einem ungeheuren Aufwand an Geld und Zwangsarbeitskraft wurde unter anderem die Schlosskapelle zu einem Führerarbeitszimmer oder vielmehr -gewölbe umgebaut.

Kulturzentrum? Irgendwo vielleicht, ja, in einem winzigen Flügel des Klotzes. Was ich sehe, was ich durchlaufe, ist eine geschmacklose, düstere, bombastische Leere. Es ist, als ob ich alleine durch einen leergeräumten, öden Louvre ginge und irgendwann in dessen hinterster Ecke doch noch eine beleuchtete Rumpelkammer fände. Denn am Ende eines langen Arkadenganges, dessen Fenster auf einen gefängnisartigen Innenhof hinausgehen, finde ich dann doch noch die Ausstellung. Ein dunkler kleiner Raum, vor dem eine Frau auf einem Stuhl sitzt, als ob es in dieser Ödnis irgendjemanden zu bewachen gäbe. In der Ausstellung sind retuschierte Fotos von nackten Menschen und Körperteilen zu sehen; ein schlaffes männliches Glied auf schwarzem Grund, glühend wie ein Stück Lava; eine Schwangere mit bandagiertem Kopf, deren Bauch von Röntgenlicht durchstrahlt wird. Ich bin froh, den Ausgang wiederzufinden.

Der Klotz erinnert an einen jener Bunker, die von den Franzosen eigenartigerweise Blockhaus – »blockos« ausgesprochen – genannt werden und von der Atlantikküste nicht wegzusprengen sind. Man kann sie weder loswerden noch etwas mit ihnen anfangen. Sie sind einfach da, wie das Meer selbst, und werden immer da sein. Im Nationalmuseum stehe ich später lange vor der *Melancholie*. Jacek Malczewski heißt der Maler, und er hat das Bild gemalt genau in den Jahren, als Sanderling in Poznań lebte. Auf dem Bild sitzt der Maler mit dem Rücken zu mir am linken Bildrand vor seiner Staffelei. Aus der Leinwand stürzen, hinausgeschleudert in die Welt und auf mich zu, Kinder, Knaben, die sehr bald Waffen zu greifen bekommen – es sind Bauern, und ihre Waffen sind Sensen; nicht im rechten Winkel, sondern gerade auf einen langen Schaft montierte Sensenklingen – und Freiheitskämpfer werden, bevor sie weiter vorne, dicht vor mir, zu Fall kommen, sterben oder sich in Mönche oder Gefangene mit schütterem Haar und weißen Bärten verwandeln. Einer hält statt einer Sense einen Geigenhals. Die Männer altern von links nach rechts. Mit letzter Kraft stemmen sich die Greise gegen die Fensterfront am rechten Bildrand, auf welche dieser menschliche Wirbelwind unausweichlich zusteuert. Hinter dem leicht geöffneten Fenster hängt, ohne von irgendetwas oder -jemandem gehalten zu werden (niemand auf diesem Bild, außer dem Maler selbst, berührt mit den Füßen den Boden), eine dem Wirbelwind den Rücken kehrende, magere, schwarz verschleierte Frauengestalt – die Melancholie? der Tod? Ein schwarzer Engel der Geschichte, der nicht zurück, sondern auf das heitere, vielblättrige Grün eines Flussufers schaut.

Ich fahre nach Owińska, auf der Suche nach der Irrenanstalt, die Sanderling 1903 oder 1904 zusammen mit anderen Pastoren besucht haben könnte. Und noch einmal überkommt mich die Furcht, Sanderling vielleicht unrecht zu tun. Oder sind es seine Landsleute, die ihm unrecht taten, indem sie den flüchtigen Impuls eines einzelnen Menschen, eine in höchster Seelennot ausgestoßene Frage ruhig und überlegt in die Tat umsetzten? Im September 1939 fielen die Deutschen in Polen ein. Am 11. November waren alle Patienten der Anstalt Owińska tot.

Im Bus setzt sich ein junges Mädchen neben mich, das mir zunächst dadurch auffällt, dass es ohne Scheu ist. Denn solange noch Zweierplätze übrig sind, ziehen es in Bussen gewöhnlich die neu Einsteigenden vor, eine direkte Nachbarschaft zu meiden. In diesem Bus sind noch viele Zweierplätze frei, trotzdem setzt sich das Mädchen neben mich, in die dritte oder vierte Reihe. Ein zweites Mal fällt es mir dadurch auf, dass es sich lautstark in ein Gespräch zwischen einem zuvorderst sitzenden Mann und dem Fahrer einmischt. Ich verstehe nicht, worum es geht, doch hört es sich an, als hätte das Mädchen etwas einzuwenden. Der Fahrer antwortet ihm. Hartnäckig und auch hierin gar nicht schüchtern, hakt es mehrmals nach.

Die Fahrt dauert nicht sehr lange, Owińska liegt in Poznańs näherer Umgebung. Owińska?, sage ich fragend zu dem Mädchen hin, als wir uns einer Haltestelle nähern, von der ich denke, dass es die richtige sein könnte. Das Mädchen nickt. Es fällt mir ein drittes Mal dadurch auf, dass es der einzige Fahrgast ist, der mit mir an dieser Haltestelle aussteigt.

Noch an der Hauptstraße, während der Bus wieder anfährt, entsteht zwischen uns etwas, was man, sprächen wir die gleiche Sprache, ein Gespräch nennen würde. Sie versteht, dass ich ein ehemaliges Kloster suche. Ich verstehe, dass sie hier eine Schule besucht. Raschen Schrittes macht sie sich auf den Weg, ich gehe neben ihr her, eher erfolglos versuchen wir uns zu verständigen; der einzige Erfolg bleibt das Lächeln. Ich weiß nicht, wo das einstige Zisterzienserinnenkloster liegt, das in den dreißiger Jahren eine Einrichtung beherbergte, die man damals noch Irrenanstalt nannte, aber ich habe das deutliche Gefühl, dass wir, das Mädchen und ich, dasselbe Ziel haben. Und tatsächlich, das Mädchen verabschiedet sich von mir vor der Tür eines an eine Kirche stoßenden Gebäudes, das nur das von mir gesuchte sein kann. Die Kirche ist geschlossen. Das Haus, in dem das Mädchen verschwunden ist, scheint heute eine Schule oder Pflegeeinrichtung zu sein. Ist das Mädchen, was man »behindert« nennt? Ist mangelnde Scheu eine Behinderung?

Ich gehe um den Gebäudekomplex herum, versuche in die dahinter liegende Parkanlage einzudringen; vergeblich: Der Garten ist von einem Gitter umgeben und scheint keinen Eingang zu haben. Ich sehe den Joggern zu, die in diesem Käfig ihre Runden drehen. Ein paar Tage später wird Anna mir erzählen, dass das Kloster heute eine Schule für Sehbehinderte ist und sonst niemand in den Garten darf. Waren die Jogger blind? Und das Mädchen aus dem Bus? Vermutlich sehen sie schlechter oder jedenfalls etwas anderes als ich. Wären sie 1939 ermordet worden?

Ich fotografiere Gedenktafeln. *Google translations* hilft mir bei ihrer Entschlüsselung. Zwei der polnischen Anstaltsdirektoren, glaube ich zu verstehen, sind nach Dachau deportiert worden; nur einer der beiden ist wieder zurückgekommen. Der ermordeten Anstaltsinsassen wird, soviel ich sehen kann, nicht gedacht. Dafür der polnischen Offiziere und Polizisten, die Stalins Verbrechen zum Opfer fielen. Der letzte Satz der Gedenktafel, *Wieczne odpoczywanie racz dać im Panie*, lautet in Google-Übersetzung: *Ewige Ruhe Zuschuss zu ihnen geben Mr.*

Übersetzen ist vielleicht nicht die Stärke von Rechnern; dafür sind sie manchmal gut zum Lösen innerer Anspannungen.

Ich fotografiere ein löchriges Fotografieren-verboten-Schild. Immer wieder der Gedanke: Was suchst du eigentlich hier? Was glaubst du in diesen Steinen, Gittern und Pfützen entdecken zu können? Unter dem dunkelnden Himmel gehe ich an fleckigen, mit runden Satellitenohren übersäten Wohnblockfassaden vorbei zu einem verlassenen Schloss, das auf der anderen Seite der Schnellstraße steht. Aus den verrotteten Fenstern schauen auf Pappe gemalte Hofdamen auf mich herab.

Es ist fast Nacht, als ich wieder an der Bushaltestelle ankomme, deren Blechwände teilweise fehlen. Auf das, was von ihnen übrig ist, hat jemand ein Bild der Klosterkirche gesprayt, deren wirkliche Umrisse durch die Öffnung in der Wand gerade noch schwach hinter ein paar kahlen Bäumen zu sehen sind. Auf einer Informationstafel zur Gemeinde Owińska betrachte ich das Foto eines Gewässers, das hier irgendwo sein muss und an dessen palmenbewachsenem Sandstrand zwei Bikini-Blondinen sich auf einem Liegestuhl die Sonnenbrillen ins Haar schieben; die Südsee ist überall, wo blonde Frauen sind. In Poznań hatten die Deutschen, vielmehr hatten Zwangsarbeiter damit begonnen, durch die Stauung des Flusses Cybina ein künstliches Gewässer anzulegen. Ob auch dieses hier von ihnen stammt? Ich setze mich auf die Bank in der Bushaltestelle und warte; durch das Loch in der Blechwand weht der Wind.

Nach dem Krieg (dem zweiten) hat Sanderlings Sohn, mein Großvater, die polnischen Jahre seines Vaters zu erzählen versucht. Ein Kapitel des Manuskripts, das den Titel *Der Pfarrer von Połajewo* trägt, ist überschrieben mit *Das sündige Dorf*. Eine *grauenhafte, kaninchenhafte Unzucht* habe geherrscht unter den *menschenähnlichen Geschöpfen*, die das Dorf bewohnen, ein einziger elender, verdreckter Sündenpfuhl sei das gewesen. *Sodom und Gomorrha konnten nicht schlimmer verderbt sein*. So beschreibt er die Lebensweise der evangelischen Gemeindemitglieder, von denen es nicht sehr viele gab; dass er die nicht-evangelischen für reinlicher und tugendhafter hielt, ist unwahrscheinlich. Er erzählt auch, wie sein Vater als Pastor eine Irrenanstalt besuchte, doch die Passage, an der ich immer noch würge *(Warum vergiften Sie …?)*, lässt er weg. Kein Wunder: Die Irren, zu denen die Schwermütigen, die Langsamen, die Verkrüppelten gehörten, sind von seinen Genossen soeben alle vergiftet worden.

Wie immer hat er den Vermittler spielen wollen, hat sich selbst zwischen seinen Vater und die Welt und somit in den Vordergrund gedrängt – tue ich denn anderes? Ein Unterschied, immerhin: Er merkt es nicht. Er meint es gut. Und ich?

Bei manchen Menschen ist jedes Gutmeinen fehl am Platz. Sanderling ragt aus den fernen Jahren heraus, eine steile Fichte, ein schroffer Fels. Man kann ihn für verrückt erklären, ihn belächeln vielleicht. Aber gut meinen? Kann man es gut meinen mit einem Gewitter, mit einem schwelenden Vulkan? *Der Pfarrer von Połajewo* ist der Versuch des Sohnes, den Vater zu sich hinunterzuziehen, einen biederen, verlogenen Bildungsbürger aus ihm zu machen, wie er selbst einer ist, schreie ich in meiner Wut. Ich verfluche keinen Gott, ich schreie nicht zum Himmel, nein, aber *es* schreit zum Himmel, dass einem, der mit Mördern paktierte, *Unzucht* das schlimmste und widerwärtigste aller Übel ist. Dass er, der früh und spät mit den SS-Männern scherzte, die vor seinem Wohnhaus Wache standen, mit unehelicher Kinderzeugung keinen Spaß verstand. Andererseits blieb mir, eben weil er darin keinen Spaß verstand, seine Bekanntschaft erspart.

Die Vergangenheit liegt vor uns als ein Weg, hat Landauer geschrieben. Dieser Weg ist zum Beispiel der, den die Patienten der Heilanstalt Owińska zurückgelegt haben, und so mache ich mich am nächsten Tag auf die Suche nach dem sogenannten Fort VII. Anders als die Kranken werde ich nicht im Lastwagen dorthin gekarrt; ich fahre mit der Straßenbahn. Das Fort, im 19. Jahrhundert von den Preußen als Teil der Befestigungsanlage gebaut, liegt jetzt mitten in der Stadt, dabei völlig verborgen. Wenn der vergrößerte Plan, den ich ausgedruckt habe, stimmt, müsste ich jetzt davorstehen, aber ich sehe nichts, was einer Befestigung ähneln würde. Ich sehe überhaupt nichts, außer einem Stück mit Bäumen und Gebüsch bewachsenen Brachland. Auf dieses Brachland zeigt dann auch der junge Mann, den ich frage. Und tatsächlich, da ist ein Sträßchen, aus dem ein Weg wird. Ich brauche nicht weit zu gehen. Durch das regennasse Astwerk hindurch, von dem sich immer wieder schwere, aufblitzende Tropfen lösen, wird bald ein langgestreckter, bis über das Dach in die Erde hinein versenkter, roter Backsteinbau sichtbar, vor dem sich ein breiter Graben auftut. Darüber, in einiger Entfernung, ein Tor, zu dem eine Brücke führt. Und mit einem Grauen, das ich nicht vorhergesehen habe, entziffere ich über dem Tor, in gebrochenen Schriftzügen, die Worte: *Konzentrationslager Posen*.

Was habe ich denn gedacht? Dass hier ein freundlicher Gedenkstättenbetrieb auf mich warten würde, mit Postkartenverkauf und Audioguide?

Ich folge dem Weg, der nicht zu dem großen Tor, sondern zu einem kleineren, abseitigen Eingang führt. Außer den auf meinem Regenschirm spielenden Regentropfen und dem fernen Autolärm ist nichts zu hören, kein Mensch zu sehen. Ich verspüre, sonst eigentlich nicht sonderlich furchtsam, eine nahezu panische Angst, als ich Schritt für Schritt in das Gelände eindringe, muss mich zwingen, nicht kehrtzumachen und die Angst zu überwinden, die weder die einstigen Deutschen noch die heutigen Polen zum Gegenstand hat, auch nicht die vor mir liegenden, neu angelegten, von Papierkörben und Lampen gesäumten, menschenleeren Gedenkstättenwege, ja, noch nicht einmal die jetzt kapellenartig mit Blumen und Kerzen geschmückten Kasematten, von denen eine als Gaskammer diente, sondern jenen unzugänglichen, seit siebzig Jahren unverändert vor sich hinmodernden Abgrund aus rotem Stein und zerklüftetem Asphalt, aus dem mich vor der Festung unvermittelt die rohe, nicht hergerichtete Vergangenheit ansprang.

Entscheidend bleibt jedoch, jeden Polen zu evakuieren, der auf Grund seines geistigen Könnens, seines politischen Einflusses oder seiner wirtschaftlichen Macht ein Hemmnis für die Durchsetzung des Deutschtums in den einzelnen Kreisen darstellen könnte. Da ist es wieder, das Deutschtum, seines einstigen Inhalts entleert und angefüllt mit Toten. Über den Festungswällen zwei kleine Wachtürme. Ich gehe, keiner Menschenseele – Tausenden von Menschenseelen – begegnend, durch die Keller des *Museums für das Martyrium der Großpolen*, zu dem das Martyrium der Irren zu rechnen ist. Im letzten dieser Gewölbe sitzt hinter einem kleinen Tisch ein Wächter am Eingang und hebt kurz den Kopf, als ich eintrete: Es gibt also doch außer mir noch einen Menschen in den Backsteinhöhlen. Auf einem zerknitterten Foto sind die Mitarbeiter der Anstalt in

Owińska zu sehen, Ärzte und Schwestern, wie sie 1938 das hundertjährige Bestehen der Institution begehen. Ein Knick im Papier verstümmelt das Gesicht des Posaunisten, der mit anderen Musikanten einer kleinen Blaskapelle vor der Gruppe am Boden sitzt. Eines der alten Fotos kommt mir bekannt vor. Es zeigt einen Bus mit undurchsichtigen Fenstern, davor einen Arzt im weißen Kittel, eine Schwester, die einladend die Bustür aufhält. Es ist ein Foto von Hadamar. Schließt sich so ein Kreis? Schließt er sich außerhalb von mir oder um mich herum? Bewegt er sich mit mir fort von hier, in die Straßenbahn, wieder in die Innenstadt hinein? Ist er schon immer da gewesen, unsichtbar?

Eine Stadt ist versteinerte Zeit. Die Grabsteine des 1940/41 zerstörten jüdischen Friedhofs, lese ich, sind in der ganzen Stadt verstreut. An den verschiedensten Stellen, auf dem Messegelände, im Pflaster der ulica Czartoria, an der ulica Libelta, im hinteren Teil eines Grundstücks der ulica Śniadeckich, seien Grabstelen oder Bruchstücke davon gefunden worden, eingearbeitet in ein Mauerwerk, in ein Pflaster, in eine Brücke vielleicht. Auf einer Luftansicht des Messegeländes aus den zwanziger Jahren ist der Friedhof noch zu sehen; wenn man das Foto vergrößert, kann man viele Gräberreihen erkennen: Hunderte von Toten, über denen sich jetzt Wohnhäuser auftürmen. Und während ich noch in der Vorstellung dieser Grabschändung verloren bin, drängt sich mir ein anderes Bild auf, ein Bild der Rache oder Vergeltung, und aus den in der ganzen Stadt verstreuten Steinen werden Giftbehälter oder Sprengstoffpakete, die eines Tages die Stadt in die Luft sprengen, oder Samenkörner, die in allen Winkeln aufgehen können. Ohne es zu merken, haben die Schänder jener Steine sie so gut im Gemäuer der Stadt versteckt, dass sie nie mehr vollständig daraus entfernt werden können. Man müsste schon die ganze Stadt abreißen und jeden Stein umdrehen, um alle Bruchstücke der Grabsteine darin wiederzufinden. Und ist das nicht in jeder der Städte so, in der jüdische Friedhöfe dem Erdboden gleichgemacht wurden? All diese Steine haben wir uns ins eigene Fleisch gesetzt, denke ich, und dort wandern sie wie Gewehrkugeln hin und her oder kapseln sich ein.

Einige wenige dieser verstreuten und im Laufe der Jahrzehnte wiedergefundenen Steine seien in der ulica Głogowska, wo sich der Friedhof einmal befand, wieder aufgestellt worden, lese ich. Die ulica Głogowska ist kilometerlang; ohne die Hausnummer – 26a – wäre die Stelle nicht zu finden. Ich wundere mich, vom Messegelände kommend, wo wohl auf dieser belebten, auf beiden Seiten bebauten Straße ein paar einzelne Grabsteine Platz haben können. Als ich mich der Hausnummer 26a nähere, sehe ich eine Frau die Gittertür aufdrücken; sie sieht mich kommen, sieht, dass ich mich eile, um nach ihr durch die Tür schlüpfen zu können, und lässt die Tür schnell hinter sich ins Schloss fallen.

Was mich von den Toten trennt, nimmt zum ersten Mal die allzu deutliche Form eines Gitters an. Ich stehe davor und schaue in den Hinterhof, wo tatsächlich, für mich und alle anderen Passanten unerreichbar, sechs große, neue, hebräisch beschriftete Grabstelen stehen, alle gleich, oben abgerundet, schwarz. Daneben liegen vier kleinere Steinbrocken; vermutlich die wiedergefundenen Überreste. Der vergitterte Hauseingang, der fernrohrartig auf die Grabsteine zuläuft, ist der eines gewöhnlichen mehrgeschossigen Wohnhauses, hinter dem weitere, ähnliche Wohnhäuser zu sehen sind. Im Hinterhof wächst frisches Gras, eigens um die neuen Grabsteine gesät? Hinter mir fährt die Straßenbahn vorbei, der Stadtlärm wärmt mir den Rücken.

Zum zweiten Mal stehe ich vor einem Gitter am nächsten Tag, als ich die Heiligblut-Kirche an der ulica Żydowska betrete. Die Heiligblut-Kirche ist an der Stelle errichtet, wo 1399 eine angeblich von Juden geschändete Hostie gefunden wurde. Jahrhunderte später entdeckte man in einem Haus derselben Straße, eingemauert in einen Pfeiler, einen Tisch. Und man befand, dass auf diesem Tisch die geschändete Hostie aufgespießt worden sein musste. In einer feierlichen Prozession wurde der Tisch in die benachbarte Kirche getragen. Das habe ich gelesen und nun damit gerechnet, besagten Tisch als Beweis der Schändung, vielmehr als Beweis des tiefsitzenden Glaubens daran, in einer Ecke der Kirche vorzufinden, aber der Kirchenraum ist verschlossen, ich stehe vor einem Gitter, durch das ich zwar in die dunkle Kirche hineinsehen, doch wenig erkennen kann; nur ganz hinten in der Apsis brennt ein Licht. Ob hier irgendwo ein Tisch und eine Hostie lagern, ich weiß es nicht. Mit jeder Hand einen Gitterstab umklammernd, schaue ich in die Dunkelheit. Habe ich nicht Sanderling viel zu sehr aus den Augen verloren, seit ich in Polen bin? Was hat er mit dieser Kirche und ihrem eingemauerten Tisch zu tun? Habe ich auch nur eine einzige judenfeindliche Äußerung von ihm gelesen, in all den Aufzeichnungen und Schriften, die ich in Händen hatte? Wie immer, wenn mich solche Gedanken ankommen, ziehe ich Buber, Benjamin, Gutkind, Scholem, Rosenzweig hervor und stelle sie als Schutzschild um meinen Urgroßvater auf. Diese Freundschaften sind alle erst entstanden, nachdem er wieder in den Westen zurückgekehrt war. Wer seine Aufzeichnungen liest, könnte denken, es habe in Polen gar keine Juden und nur vereinzelte Katholiken gegeben. Als hätten die Deutschen ganz unter sich gelebt, wie es Kolonialherren auf der ganzen Welt üblicherweise taten. Dabei waren die meisten großen Geschäfte am Rathausplatz in jüdischem Besitz, es gab jüdische Ärzte und Gelehrte in Poznań. Ich stelle mir vor, dass man einander im Alltag mehr oder weniger notgedrungen begegnete, gesellschaftlichen Umgang aber lieber untereinander pflegte.

Der Rathausplatz ist nicht weit von der Heiligblut-Kirche entfernt. Geschäfte gibt es dort keine mehr, jüdische schon gar nicht. Nur Ess- und Trinklokale und ein Tourismusbüro. Das Rathaus ist kein Rathaus mehr, sondern ein Museum für Stadtgeschichte. Vielleicht komme ich hier der Vergangenheit näher? Die Bildlegenden sind in polnischer Sprache.

Im Obergeschoss steht ein großes, mitten im Raum platziertes Modell der Synagoge. Ich lasse mir von Google den langen polnischen Begleittext übersetzen und erfahre, dass der Bau eintausendzweihundert Menschen beherbergen konnte, demnach gewaltig war, dass die Kuppel an eine byzantinische Basilika erinnert und der Innenraum reich verziert ist. Die Übersetzung schwankt, wie ich in diesen Tagen, zwischen Gegenwart und Vergangenheit hin und her, als gäbe es die Ornamente dieser Kuppel und diese Wandverzierungen noch, als seien sie nicht längst den blauen Kacheln eines Schwimmbads gewichen. Das Modell nimmt viel Platz ein, steht sogar über sein Podest leicht hinaus. Die spätere Geschichte des Bauwerks erfährt keinerlei Erwähnung. Ich schließe nicht ganz aus, dass ich wegen mangelnder Polnischkenntnisse etwas übersehe, aber ich glaube nicht daran. Denn ganz allgemein scheint die Geschichte der Juden Poznańs nicht Teil der Stadtgeschichte zu sein. Das einzige Zeugnis davon, das ich außer dem Synagogenmodell noch entdecke, ist ein kleines Ölgemälde, auf dem einige schiefe Grabsteine eines alten jüdischen Friedhofs abgebildet sind.

Dann betrachte ich ein Schulzeugnis der Posener Pestalozzi-Schule aus dem Jahr des großen Schulstreiks, 1905, von dem ich weiß, dass er eine Antwort war auf das preußische Verbot des Polnischunterrichts und die Verpflichtung zum Besuch des deutschen Religionsunterrichts. 1905 gab es in der Provinz Posen doppelt so viel polnische wie deutsche Schüler; trotzdem durfte nur Deutsch gesprochen werden. Polnische Eltern und Kinder wehrten sich, verweigerten den Unterricht. Auf dem Zeugnis wird einer Schülerin der zweiten Klasse, Franziska Slorna, vorgeworfen, im Religionsunterricht die Antwort verweigert zu haben. Ihre einzige gute Note hat Franziska im Turnen, wo sie auf die deutsche Sprache verzichten durfte. Zwei Karikaturen zeigen einen preußischen Polizisten mit Schnurrbart, Pickelhaube und vorgereckter Brust über fest umgürtetem Bauch. Neben ihm ein kleines Kind, das er in Ketten gelegt abführt.

Die Maßnahmen, die eine Germanisierung bezwecken sollten, bewirkten das Gegenteil. Je mehr die Deutschen auf ihr Deutschtum pochten, umso mehr beharrten die Polen auf ihrem Polentum. Die Deutschen wurden gemieden, ihre Läden boykottiert. Polnische Kinder bekamen nur noch Puppen in polnischer Tracht geschenkt und auf keinen Fall die hässlichen schweren Bleisoldaten mit der Pickelhaube, sondern Husaren.

Auf einer in Öl gemalten Ansicht der Stadt aus dem Jahr 1859 gleicht Poznań einem flämisch-flachen Städtchen, vor dem auf weiten Auen Kühe weiden. Vor der Stadtmauer gehen damals schon preußische Polizisten auf und ab, wenn auch noch wesentlich dünner als auf den späteren Karikaturen; dazwischen ein Herr mit Zylinder und Backenbart.

Zu Beginn des folgenden Jahrhunderts, als sich die Lage zuspitzte – seine innere, aber auch die zwischen Deutschen und Polen –, war Sanderling Pfarrer in Połajewo (auszusprechen: Pouajewo). In dieses etwa fünfzig Kilometer nördlich von Poznań gelegene Dorf will ich am nächsten Morgen fahren; als könnte es dort noch Spuren seiner Not, seines Ringens um einen immer ferneren, unverständlicheren Gott geben. Nach Połajewo fährt ein Bus, aber schon am Busbahnhof lasse ich mich beinahe entmutigen: Die Frau am Schalter versteht mich nicht oder tut jedenfalls so. Da auch die Ortsnamen dekliniert werden, muss man im Grunde Polnisch sprechen, um eine Fahrkarte zu kaufen. Die Frau zuckt mit den Schultern und blickt zum Nächsten in der Warteschlange hin. Schließlich hilft mir ein Mädchen, das Englisch spricht. Die Fahrkarte in der Hand, warte ich auf den Bus. In der Busbahnhofstoilette fährt mich beim Rausgehen eine Frau an, die man in Frankreich Dame Pipi nennen würde. Als

Wechselgeld für meinen Geldschein kippt sie mir dann die paar Münzen in die Hand, die in ihrer Untertasse liegen. Mir scheint, dass sie in dem kleinen Raum neben den Toiletten wohnt, in diesem lauten stillen Ort, in dem ein ständiges Kommen und Gehen herrscht. Sie lacht.

Der Bus fährt lange durch vorstädtische Gegenden, irgendwann sind wir auf dem flachen Land, so flach wie auf dem Gemälde im Museum; er fährt anderthalb Stunden lang, das heißt, er fährt noch länger, aber nach anderthalb Stunden steige ich aus. Ich bin in Połajewo. Außer mir sind noch zwei andere Passagiere ausgestiegen, die rasch ihrer Wege gehen. Ich stehe am Straßenrand, sehe mich stehen wie in einer altbekannten Filmszene, die so weitergehen wird, dass, während ich noch stehe, der Bus wieder anfährt und auf der anderen Straßenseite, mir direkt gegenüber, jemand den Blick auf mich richtet: Sanderling.

Es steht niemand auf der anderen Seite. Neben mir rechen zwei Frauen auf einem langen Rasenstreifen welke Blätter zusammen, jede mit einem Rechen, ohne die lärmenden Gebläse, die bei uns zum Einsatz kommen. Der Bus ist verschwunden, ich bin ganz allein in Połajewo und kann nur hoffen, dass er irgendwann wieder umkehren und mich zurückbringen wird. Ein leichtes Gefühl der Beklemmung weicht einer Lust zu lachen: Ich hab's gemacht! Jetzt bin ich hier. Als wäre es besonders schwierig gewesen. Oder kommt die Schwierigkeit vielleicht erst noch?

Die Frauen heben kurz die Köpfe, als ich an ihnen vorbeigehe. Ich versuche, so einheimisch wie möglich auszusehen, doch meine Bemühungen sind umsonst: nicht nur, weil sie nicht gelingen, sondern vor allem, weil meine Person wohltuend wenig Aufmerksamkeit auf sich zieht. Der Bus hat zwischen zwei Kirchen gehalten, die nur ein paar Schritte, sagen wir zweihundert, voneinander getrennt sind, die eine hell und proper, die andere trist und heruntergekommen. Letzterer wende ich mich zu. Es ist eine jener Backsteinkirchen, wie sie in Norddeutschland überall vorkommen; vermutlich die ehemalige evangelische Kirche. Sie hat einen Teil ihres Turmes eingebüßt. So verkrüppelt, wie sie da am Straßenrand steht, ähnelt sie den zwei vor kurzem gestutzten Bäumen vor ihrer Frontfassade, die stumm ihre Aststümpfe gegen den Himmel strecken. Glas ist schon lange keines mehr in den Fenstern; die Stufen vor dem Eingangsportal sind von Unkraut überwuchert. Und schon gleich in diesen ersten Momenten, beim Anblick dieser hilflosen Stümpfe, muss ich an den kleinen Mann mit dem großen Verlangen nach mehr, nach Anderem, Höherem denken, an meinen gottverlassenen Urgroßvater, wie er mit gereckten Fäusten *Hund* und *Schurke* zum Himmel schreit. In dieser Kirche hat er gestanden und gepredigt, viel zu lang, wahrscheinlich, und viel zu inbrünstig für die kleine deutsche Gemeinde, die in den vorderen Reihen der halbleeren Kirche zusammengerückt war und ihn befremdet anstarrte, streng und immer kälter angesichts von so viel Erregung und Glut. Er sah in die neugierigen, unbeteiligten Gesichter wie einer, der daran verzweifelt, einen Toten wieder zum Leben zu erwecken.

Die Kirche habe ich schon vor meiner Abreise per Google Maps auf dem Bildschirm gesehen. Es war ein Schild daran befestigt, auf dem auf Polnisch »Zu verkaufen« stand. Später, zurück in Poznań, wird mir Slawomir erzählen, die Kirche sei inzwischen verkauft worden. An einen ehemaligen Polizisten, der – ein Kulturzentrum daraus machen will.

In dem kleinen Supermarkt gleich auf der anderen Straßenseite ist einiger Betrieb. Ich bin nur wenige Schritte gegangen, seit ich aus dem Bus ausgestiegen bin, da fällt mein Blick auf ein Gebäude, das ebenso gut die Polizei wie die Dorfverwaltung beherbergen könnte und das mir nur deshalb auffällt, weil gerade ein Mann aus der Tür tritt und diese für einen Moment, während er noch ein paar Worte mit einer Frau im Eingangsraum wechselt, weit offen hält. Auf dem Schild neben dem Eingang lese ich: Biblioteka Publiczna. Und mir fährt der Gedanke durch den Kopf: Wenn es jemanden in diesem Dorf geben sollte, der dir Auskunft geben kann – aber worüber eigentlich? was willst du denn wissen? –, dann hier. Hier ist die Heimstatt der Bücher und der Vergangenheit, hier werden sie gelesen und gehütet.

Ich trete ein. Die Frau hinter dem Empfangstisch grüßt freundlich, *dzień dobry*, das macht mir Mut, aber wie soll es weitergehen? Ich ziehe den Zettel aus der Tasche, den ich für alle Fälle vorbereitet habe, und versuche, die polnischen Sätze auszusprechen, die darauf stehen und die trotz meiner Bemühungen nicht gerade polnisch klingen in meinem Mund. Schließlich halte ich der Frau einfach meinen Zettel hin, wie die Taubstummen oder die Ausländer in der Metro es tun, um sich verständlich zu machen. Ich zeige auf die Sätze, die mit Sanderling und Połajewo zu tun haben (auf dem schon reichlich zerknitterten Zettel steht auch anderes: *Kawa, proszę*, Einen Kaffee, bitte, und: *Gdzie jest dworzec kolejowy należy?* Wo ist bitte der Bahnhof?). Auch ein Foto zeige ich vor, von dem ich glaube, dass es das ehemalige Pfarrhaus darstellt.

Sie lächelt. Bin ich nicht schon fast am Ziel? War mein Ziel vielleicht, die Feindseligkeit der Polen gegenüber den Deutschen zu testen? Jedenfalls habe ich offenbar mit mehr Feindseligkeit gerechnet: Jedes freundliche Lächeln kommt mir schon vor wie ein Sieg. Dann merke ich, dass die Frau mich für eine Französin hält, weil auf meinem Zettel Sätze auf Französisch und Polnisch stehen. Sie telefoniert eine ihrer Kolleginnen herbei, die ausgesprochen gutgelaunt und liebenswürdig ist und das auch angesichts meines

Deutschtums unvermindert bleibt. Sie spricht ein wenig Französisch und Englisch und weiß gleich jemanden, der mir helfen kann. (Es kann mir also jemand helfen!) Sie ruft einen, nein, *den* Heimatforscher an, der bereit ist, alles stehen und liegen zu lassen und zu uns in die Bücherei zu kommen. In der Zwischenzeit bittet sie mich in den ersten Stock, ins Büro der Direktorin, die nur Polnisch spricht, aber nicht weniger freundlich lächelt als ihre Mitarbeiterinnen und während des ganzen Gesprächs hinter ihrem großen Schreibtisch sitzen und das Geschehen wohlwollend mitverfolgen wird. Wir radebrechen angeregt und trinken Nescafé. Womöglich ist es Glück, was ich verspüre in diesen Augenblicken, unter diesen fremden Menschen, in einem fremden Land. Kann das sein? Eine glückliche Deutsche in Polen? Ich versuche, lieber nicht an das Hohngekicher zu denken, das diese Vorstellung bei Stasiuk auslösen würde.

Durch das Fenster sehen wir den Gerufenen herbeieilen: Ja, das interessiert ihn, da rennt er, lacht die Büchereiangestellte.

Der Heimatkundler ist ein lebhafter älterer Herr, ein Rentner vermutlich, der mit den beiden Bibliothekarinnen gut bekannt zu sein scheint und von einer von ihnen so gut es geht übersetzt wird. Er hat ein Buch mit dem Titel *Moje Połajewo*, Mein Połajewo, geschrieben, das ich gerne erwerben möchte, auf dass es vielleicht auch *mein* Połajewo werde; man besteht darauf, es mir zum Geschenk zu machen. Es enthält, wie mir gleich gezeigt wird, ein kurzes Kapitel über die evangelische Gemeinde, in welchem die protestantischen Bürger namentlich aufgezählt sind, darunter tatsächlich (unter seinem echten Namen) Sanderling. Auch ein Foto des ehemaligen Pfarrhauses ist abgebildet, das aber in keiner Weise der herrschaftlichen Villa auf meinem (bei meinem Vater abfotografierten) Foto gleicht. Wer weiß, wo diese Villa stehen mag? Hier in diesem Dorf jedenfalls nicht, da ist sich der Heimatkundler sicher. Das echte Pfarrhaus steht schräg gegenüber der Bücherei und ist von deren Fenstern aus zu sehen. Es ist ein denkbar schlichtes, unverputztes, einstöckiges Häuschen, das als einzige Besonderheit unter der Dachtraufe, zwischen dem Hauptgeschoss und dem Dachboden, eine Reihe kleiner quadratischer Fensteröffnungen vorzuweisen hat. Überhaupt scheint es mir eher aus den vierziger Jahren, jedenfalls auf keinen Fall aus Sanderlings Zeit zu stammen, und aus den vierziger Jahren erzählt auch der Heimatkundler, als ich ihn frage, wie denn die Protestanten, Katholiken und Juden hier in der Vergangenheit zusammengelebt hätten. Friedlich sei es gewesen, alle seien sie gut miteinander ausgekommen. Der Pastor, Pfarrer Hoppe, so habe seine Mutter berichtet, sei immer mit dem katholischen Pfarrer spazieren gegangen, die beiden hätten sich bestens unterhalten. (An dieser Stelle kommt es zu einem große Heiterkeit verursachenden

Missverständnis, da ich zunächst verstehe, Pfarrer Hoppe sei gerne mit des Heimatkundlers Mutter spazieren gegangen.) Später sei Pfarrer Hoppe dann in der NSDAP gewesen. In die habe man damals eintreten müssen. Er sei aber ein guter Mann, *a good man*, gewesen. Ich frage nach der jüdischen Gemeinde im Ort. Zehn jüdische Familien habe es im Dorf gegeben. Zehn Familien, denke ich, das sind vielleicht hundert Menschen. Ich frage nicht, was aus ihnen geworden ist. In dem Buch, *Moje Połajewo*, sind ihre Namen aufgeführt. (Später, wieder zu Hause zurück, wird mir Agnieszka verschiedene Stellen des Buches übersetzen. Es habe eine Synagoge im Dorf gegeben, übersetzt sie, die Ende der dreißiger Jahre verfallen und abgetragen worden sei. Ende der dreißiger Jahre verfallen und abgetragen? Die Synagoge wurde zerstört und die Juden umgebracht, sage ich, aber Agnieszka findet meine Folgerung voreilig. Vielleicht ist das ein Unterschied zwischen Deutschen und anderen: Letztere können noch nicht an das Geschehene glauben, sie kennen noch einen Moment des Zögerns, in dem sie sich fragen, ob das auch stimmen kann. Sie finden, man müsse nicht immer gleich an das Schlimmste denken. An diesem Tag erzählt mir Agnieszka auch, dass sie, als sie in Polen in den achtziger Jahren zur Schule ging, einen Schulausflug nach Auschwitz gemacht habe und dass von Juden nicht speziell die Rede gewesen sei. Auch von ihrem Großvater erzählt sie mir, der immer steif und fest behauptet habe, dass 1939 nicht nur die Deutschen, sondern auch die Sowjets in Polen einmarschiert seien. Ihr Bruder und sie hätten als Kinder den alten Mann für ein bisschen meschugge gehalten, sie hätten den Schulbüchern geglaubt, und in denen habe es bloß eine deutsche Invasion gegeben.) – Ein guter Mann also, Pfarrer Hoppe. Mit dem Rabbi ist er jedenfalls nicht spazieren gegangen, der war wahrscheinlich zu dieser Zeit schon ermordet worden. Denke ich, ohne es zu sagen. Bin ich, der deutsche Nachkömmling, vielleicht hierhergekommen, um den Polen vorzuwerfen, nicht mit ihren Rabbis spazieren gegangen zu sein?

Der Heimatkundler bietet mir an, in den nächsten Tagen in den hiesigen Archiven nach Dokumenten zu suchen, die mit Sanderling zu tun haben könnten, und mir Kopien davon zu schicken. Als es um die Aktenberge geht, die in deutschen Archiven lagern, sagt er, der die ganze Zeit über nur Polnisch gesprochen hat und offensichtlich kein Wort Deutsch kann, zu meinem Erstaunen mitten in seinen polnischen Satz hinein die Worte *Ordnung muss sein*. Alle lachen fröhlich, auch die Direktorin hinter ihrem Schreibtisch, auch ich. Am nächsten Tag werde ich Anna davon erzählen, und sie wird mir erklären, dass die Worte *Ordnung muss sein* allgemein gebräuchlich und in die polnische Sprache eingegangen seien, etwa wie *Nobody is perfect* oder *Mamma mia* in die deutsche, nehme ich an. So wie diesmal lache ich immer mit, wenn man in Polen,

Frankreich oder sonstwo die Deutschen belacht, meistens auf erstaunlich ungehässige Weise. Dieses Lachen tut mir gut. Unsere nationalen Charakterzüge oder was dafür gehalten wird – Ordnung, Pünktlichkeit – können also belächelt werden, denke ich. Unsere Sorgfältigkeit kann anders als mit Grauen, unsere Gewissenhaftigkeit nicht als Gewissenlosigkeit, sondern als liebenswerte Manie gesehen werden. *Unsere*? Gehöre ich denn wirklich dazu? Noch immer? Obwohl ich dem Land so lange ferngeblieben bin? Trage ich es, mitsamt seiner Sprache, seiner Geschichte und seinen sonstigen Bestandteilen, von denen einige im Klischee sich widerspiegeln, mit mir herum? Gehört mein Land zu meinen Erbanlagen? Ich glaube: ja. Vielleicht hätte ich eine Chance gehabt davonzukommen, wenn ich als Neugeborenes von einer papua-neuguineischen Familie adoptiert worden wäre. So aber … Ordnung muss sein. Habe ich mich nicht immer redlich bemüht, unordentlich, unpünktlich, unsorgfältig und auf keinen Fall stur und rigide zu sein? Mit dem Erfolg, dass ich den Kosenamen Panzerdivision bekam.

Später stehe ich im Dorf vor der kahlen, mit Kratern, Steinbrocken und alten Autoreifen übersäten Mondlandschaft eines Hühnerhofs. Zwei Dutzend Hühner kehren mir ihre geschürzten Hinterteile zu. Ich versuche, mir Połajewo vor über hundert Jahren vorzustellen, im November, im Februar, im Mai. Wenige, lehmige Wege, ein breiterer Fahrweg quer durch den Ort, an den beiden Kirchen vorbei und schon wieder auf und davon, unterwegs zu mehr Komfort, zu fließendem Wasser und Elektrizität, zu brillanter Gesellschaft und Klaviermusik. Es gibt aber eine Welt, deren Mitte Połajewo ist. Um Połajewo herum liegen an die zwanzig kleinere Dörfer oder Güter, die in zwei bis drei Stunden zu Fuß zu erreichen sind und von Sanderling auch regelmäßig erreicht werden, denn er schuldet Gott Rechenschaft für die verstreuten Seelen der Protestanten. Er könnte ganz woanders leben, im Taunus zum Beispiel oder auf den Rheinhöhen, wo seine Nachkommen es sich später bequem machen. Er hatte vor sich, was man gemeinhin eine *glänzende Beamtenlaufbahn* nennt, aber auch ohne eine solche hätte er es sich gutgehen lassen können, wo immer es ihm gefiel. Er aber lässt es sich lieber in Połajewo schlechtgehen. Denn es geht ihm schlecht hier und immer schlechter. Er ist bald vierzig Jahre alt, doch seine Ideale haben nichts von ihrer Unerfüllbarkeit verloren. Eines davon ist es, *das platte Land zu heben*. Das mag klingen, als stünde es in menschlicher Gewalt. Doch was er damit meint, ist in etwa so aussichtslos, als hätte er sich vorgenommen, das platte Land im wörtlichen Sinne um hundert Meter anzuheben. Er denkt sich die künftigen Dörfler als Menschen, *die mit Dung hantieren könnten und Persönlichkeiten wären eigener gläubiger Durchdrungenheit*, deren *Seelenfähigkeit* das metaphysische und das physische

Leben umfinge und *tätig darstellte*. Nicht nur Einzelne hat er dabei im Sinn, vielmehr soll das Dorf *die Geburtsstadt eines Menschenschlags* werden. Eines neuen Menschen, der an inniger Gläubigkeit dem heiligen Franziskus gliche und dabei seinen Hof gescheit und fortschrittlich zu bewirtschaften verstünde. Den alten Menschenschlag, den Sanderling in Połajewo vorfindet, kennzeichnet eher Stumpfheit und Verbohrtheit, er nennt es *Sumpfstagnation*, aber gut, wenn alles schon vollkommen wäre, bräuchte man sich nicht abzumühen. Er hat sich ein Ziel gesetzt und macht sich ans Werk. Er beginnt mit dem Schulunterricht, für den er als Pastor mitverantwortlich ist, befasst sich mit den gängigen Lehrmethoden und ist, wen wundert es, mit keiner einverstanden. Denn in seinen Augen darf das Lesen-Schreiben-Rechnen-Lernen keine formale Angelegenheit sein. Er geht von der Vorstellung aus, dass ein Kind, das zum Beispiel das Wort »Maus« lernt, gleichzeitig nicht nur über das Leben und Treiben der Mäuse belehrt werden, sondern den Schritt *vom niederen Einzelnen zum höheren Allgemeinen* vollziehen muss, und schließlich zum höchsten Allgemeinen, Gott, und damit zur gesamten Christenlehre. Nach Sanderlings Methode, die vermutlich nie woanders als in diesem Dorf angewandt wurde, und zwar von ihm selbst, lernt ein Kind, das »Maus« schreiben lernt, zugleich alles Weitere. Und hat er nicht recht? Steckt nicht tatsächlich in jeder Maus das ganze Universum?

Und ist es nicht Aufgabe des Lehrers, es ihr zu entlocken?

Er kommt nicht weit mit seiner Methode. Weit und breit ist keiner, dem, wie ihm, die Not, die äußere und innere Armut der Menschen hier auf dem Land, *ein bitterer Kummer* wäre. Er müht sich vergeblich. Er ist allein.

In Połajewo wächst vor der katholischen Kirche eine alte Trauerweide. Außer Reichweite, in einer Höhlung im mächtigen Stamm, umkränzt von strahlenförmig hochgeschossenen Weidentrieben, steht hinter weißen Plastiklilien und -rosen eine kleine Jungfrau Maria, den Kopf leicht zur Seite geneigt, und betet.

Keinem breitästigen Baum mit weitverzweigtem Wurzelwerk gleiche er, findet Sanderling, eher schon der steilen Fichte, die statt in die Horizontale in die Vertikale strebt, himmelwärts, um desto tiefer ihre einzige Pfahlwurzel ins Erdreich zu treiben. Von meiner fernen Warte aus gesehen, ähnelt er nichts weniger als einem Baum. Er ist immer in Bewegung; eine kleine, energische Gestalt, die zielstrebig und mit größtem Kraftaufwand bald in diese, bald in jene Richtung stürmt, an Mauern stößt, in letzter Sekunde vor Abgründen zurückschreckt, kehrtmacht. Auch: das Verkehrte macht. Er ist einer, der den Stillstand nicht kennt. Sein Leben ist, wie selten eines, vom ersten Atemzug bis zum letzten aus Wendepunkten, Krisen und Kehrtwenden gemacht. Diesmal aber, in Połajewo, geht es ums Ganze. In Wahrheit geht es immer ums Ganze, bei dem Wort »Maus« wie bei jedem anderen; immer geht es ihm um viel mehr, als ein Wort, als ein Mensch, auch der willensstärkste, auch er selber, tragen kann. Es geht ihm um mehr als um Leben und Tod.

Hier, vor der Trauerweide, wo er vor über hundert Jahren selbst einmal gestanden haben mag, gedenke ich seiner mit Inbrunst; seiner Unbedingtheit, seiner schweren Natur, seines maßlosen Ernstes, seiner Ungemütlichkeit und Ruhelosigkeit. Seiner Not.

Das Verb »gedenken« kommt im Deutschen, wie Computer feststellten, zumeist in Verbindung mit folgenden Worten vor: Opfer. Laut. Schweigeminute. Jahrestag. Nationalsozialismus. Kriegsopfer. Weltkrieg. Jude.

Das Wort »deutsch« in Verbindung mit: Bank. Telekom. Bahn. Wirtschaft. Post. Bundestag. Meisterschaft. Börse.

In Poznań, wohin der Bus mich wieder zurückbringt, schaute Himmler *in einem Kreis geladener Gäste* im Dezember 1939 der Vergasung von Geisteskranken zu. Und noch einmal, vielleicht ein letztes Mal auf dieser Zeitreise, bäumt sich in mir ein Widerstand auf bei dem Gedanken an den Kurzschluss, der eine Linie von Sanderling zu seinem Sohn zieht und der letztlich auf einem einzigen kleinen Hinweis beruht. Nein, ich erkenne diese Generationenverkettung nicht an: Ich anerkenne sie nicht, hätte Sanderling geschrieben, der die Vorsilben nie von den Verben trennte. In meinem Hotelzimmer, wenige Meter entfernt von der Stelle, wo Himmler seine Leute dafür lobte, zahllose Männer, Frauen und Kinder ermordet, zu Bergen gehäuft zu haben und dabei *anständig* geblieben zu sein, komme ich zu dem Schluss, der natürlich kein Schluss ist, sondern auch wieder nur ein Anfang, dass alle Erklärungen, die ich bisher gelesen habe – darüber, wie eine Generation die andere hervorgebracht haben soll, per Darwinismus, Judenhass, Gottesschwund etc. –, dass all diese Erklärungen auf etwas zutreffen, was es gar nicht gibt, oder nur als Gedankengebilde: die Gesinnungskurve von Massen, und dass es in Wirklichkeit nur Einzelne gibt mit ihren einzelnen Gesinnungen oder Gesinnungslosigkeiten, und in diesen Einzelnen, in den meisten von ihnen, die leisen oder dröhnenden Stimmen ihres Gewissens. Die Bücher irren, es gibt keine Massen, es gibt nur einen Vater und einen Sohn oder eine Mutter und einen Sohn oder eine Tochter, und zwischen ihnen gibt es Wege, die weiterführen oder abbrechen. Die Erklärungen in den Büchern erklären das Leben und Denken und Handeln dieser Einzelnen nicht.

Warum töten Sie diese Menschen nicht?

Weil ich kein Mörder bin.

Ich kann es nicht beweisen, aber ich spüre, dass

der Gedanke, der sich mir aufdrängt, etwas Richtiges trifft: Der Vater, Sanderling, selbst für Augenblicke dem Irrsinn nahe, konnte eine solche Frage denken und stellen, und im Moment des Aussprechens konnte er sie auch ernst meinen – etwas nicht ernst zu meinen war ihm versagt –, aber er hätte das, wozu die Frage aufforderte, nie getan, und er hätte auch nicht gewollt, dass andere es tun. Der Sohn hingegen hätte diese Frage nie ausgesprochen, er hat sie sogar zensiert. *In den Reichen der Phantasiearmut*, schreibt Karl Kraus, *muß das, was nicht gedacht wird, getan werden*. Er hat es nicht gedacht, aber er hat es getan. Nicht eigenhändig natürlich; eigenhändig schrieb er »Gutachten«. Er hat es getan als einer, der mit denen paktierte, die es taten.

Am nächsten Tag ist Allerheiligen, das in Polen mit Allerseelen verwächst zu einem gewaltigen Fest der heiligen und unheiligen Toten. Zu ihren Ehren sind die Lebenden heute in aller Frühe auf den Beinen, aus dem Fenster sehe ich sie ihre mit Grabschmuck und Gartengeräten gefüllten Plastiktüten durch die Gassen tragen. Tütenlos schließe ich mich ihnen an. Ich erinnere mich, gelesen zu haben, dass 1934 in Deutschland – und also bald darauf in Poznań – der Totengedenktag als Feiertag abgeschafft wurde. Gewissermaßen sollten die Toten selbst abgeschafft werden. Dieselben Leute, die mehr Menschen töteten als sonst je vor ihnen, wollten von Toten nichts hören und sehen. Die Toten, nicht nur die von ihnen Ermordeten, sollten aus den Gedächtnissen für immer verbannt werden. Poznańs Friedhöfe, jüdische natürlich, aber auch katholische und evangelische, wurden unter deutscher Herrschaft enteignet und nicht wenige davon kurzerhand eingeebnet, die übrig gebliebenen katholischen Friedhöfe wurden für Besucher geschlossen.

Ich will zu dem großen, am Stadtrand gelegenen Friedhof Miłostowo, aber ich will niemanden nach dem Weg fragen, will mich nicht zu erkennen geben als eine, die weder Tüten noch Tote hat. Die Straßenbahnen fahren wegen einer großen Baustelle anders, als es der Plan anzeigt, und so nehme ich ein Taxi, und bald sitze ich schweigend hinter einem schweigenden Fahrer, eingekeilt zwischen Tausenden von vorwärtskriechenden Autos, auf einer vierspurigen Straße, die nach Osten führt. Unsäglich langsam ziehen reglose Gesichter an uns vorüber, von denen wir manche nach zähem Kampf wieder hinter uns lassen, andere holen auf, stumm und hartnäckig wie Schnecken, die Gesichter auf gleicher Höhe mit meinem, eine riesige, vierreihige Kette belebter Behausungen. Auf den Rückbänken türmen sich die Friedhofstüten.

Die Lebenden stehen im Stau auf ihrem Weg zu den Toten.

Unentrinnbar bin ich in ihrem Strom gefangen, sie ziehen mich mit sich, langsam, unendlich langsam, in einem Tempo, das mir reichlich Zeit lässt, das Sinnbild zu erkennen, als dessen Teil ich stadtauswärts schleiche: ein Sinnbild des Lebens, das uns zeigt, wie wir stockend, jeder in seiner Kapsel, unterwegs sind zum Tod.

Gegen Ende der Fahrt geht es kilometerlang an am Straßenrand geparkten Autos vorbei. Ich steige aus. Und werde gleich wieder von einer Massenbewegung erfasst, von dem breiten Strom, in den die aus den nacheinander angleitenden Straßenbahnen, die aus ihren Autos Gestiegenen und die zu Fuß Gekommenen zusammenfließen, an Ständen vorbei, an denen Blumen aus künstlichem oder natürlichem Gewebe, Kerzen und Windlichter aller Größen und Sorten, Lebkuchenherzen und Gebäck feilgeboten werden. Die meisten der Vorüberziehenden haben sich schon vorher eingedeckt; den Supermärkten ist das Totengeschäft eine Vorfreude auf das Weihnachtsgeschäft. Keiner hat Eile. Der ganze Tag und der ganze Abend gehören den Toten. Kinderwagen werden vorsichtig durch die Menge geschoben, die größeren Kinder an der Hand gehalten, damit sie nicht untergehen. Gelassenheit, ja, Heiterkeit liegt in der Luft; Trauermiene trägt niemand. Wie vor Fußballstadien oder Konzerthallen sollen Metallbarrieren den Strom kanalisieren, der jetzt, mit mir in seiner Mitte, eine Unterführung hinunter- und wieder hinauffließt und dann in den Wald hinein, wo er sich verzweigt, aber nicht verliert, denn die Nebenflüsse finden wieder zueinander, wälzen sich weiter, bis sie als weites, träge sich ausbreitendes Netz die Erde der Toten überziehen.

Ich sehe, wie die Lebenden sich in kleinen Trauben von der Menge lösen, wie sie sich zielsicher auf die ihnen zugehörigen Grabsteine zubewegen und ohne Hast noch Innehalten darangehen, Efeu zu stutzen, Unkraut zu reißen, die Grabplattenumrandung mit dem mitgebrachten Handbesen zu säubern und schließlich die neuen Pflanzen und Kerzen zu verteilen. Dann erst richten sie sich auf und bleiben im Halbkreis vor ihren Toten stehen. Die Augen auf das Grab gerichtet, wechseln sie leise Worte untereinander. Sind die Toten in diesem gelassenen Gemurmel oder sonstwo zugegen? Ruft sie jemand an, am Tag der Toten?

Auf dem Friedhof Miłostowo sind jetzt mehr Lebende als Tote. Ich stehe mitten unter ihnen, vor dem Grab eines kleinen Mädchens, und denke an eine Geschichte, die ich bei Mickiewicz gelesen habe, in dessen Ahnenfeier-Drama, das in Polen, wie ich von Agnieszka weiß, jedermann kennt: Zwei tote Kinder erscheinen zu dem Mahl, das ihnen bei der Totenfeier dargeboten wird. Was brauchst du, kleine Seele, um in den Himmel zu kommen?, fragen die Lebenden eines der beiden Kinder. Hast du Verlangen nach der Herrlichkeit Gottes? Oder vielleicht nach einer Süßigkeit? – Nichts, rein gar nichts brauchen wir, entgegnet das Kind. Unser Erdendasein war herrlich, von früh bis spät sind wir über die Wiesen gesprungen, haben Blumen und Früchte gepflückt und gesungen. Süß war unser kurzes Leben, nichts hat es je verdüstert; deshalb sind wir jetzt unglücklich. Weder für die Gebete noch für ein Bankett, weder für die Messe noch für die Weihnachtsplätzchen sind wir erschienen. Aber einen Gefallen könnt ihr uns doch tun: Wir hätten gerne zwei Pfefferkörner.

Und von diesen zwei Pfefferkörnern, die ein rührendes Mindestmaß an Bitterkeit oder Schärfe verkörpern, schlagen meine Gedanken ohne mein Zutun und ohne dass ich wirklich verstehe, warum, eine Brücke zu dem äußersten Bösen, was Menschen erlebt haben, und zu einem Satz aus einem Gesprächsband mit H. G. Adler, den ich nur noch ungefähr in Erinnerung habe. Dieser Satz, den ich kaum wage zu wiederholen, so unfassbar erscheint er mir, besagt in etwa: Er bedauere nichts, was er erlebt habe, auch wenn er natürlich bedauere, dass es etwas solches – ein Auschwitz, sagt er, glaube ich – gegeben habe; aber wenn es etwas solches schon gegeben habe, so bedauere er, Adler, nicht, dort gewesen zu sein.

Es kommt mir vor, als könnte ein solcher Satz nicht ausgesprochen worden sein und als könnte ich ihn folglich nicht gelesen haben. Und doch bin ich mir sicher, ihn gelesen zu haben.

Ich stehe jetzt vor der Grabstätte eines Unbekannten. Notdürftig hat jemand die welken Blätter von dem

Erdhügel entfernt, den kein Stein und auch kein Holzkreuz als ein Grab ausweist, und ihn mit zwei Tannenzweigen, einer Aster und einem Teelicht geschmückt. Es feiert also heute nicht nur jeder seine Vorfahren, sondern gedacht wird auch der Fremden und Namenlosen, derer, die keiner mehr in Erinnerung hat und die nicht mehr anders in die Gegenwart überführt, *vergegenwärtigt* werden können denn als gesichtslose, unbenannte Vielzahl, ein Heer von Schatten. Ein Heer von katholischen Schatten. Oder gedenken die Polen auch der Nicht-Katholiken?

Lange schweife ich durch den Friedhofswald, der durchzogen ist von einem pulsierenden Adergeflecht von Wegen, Teil eines gewaltigen, raunenden Organismus, der von seinen einzelnen Zellen nichts weiß. Ich sehe Tausende von Lebenden hinwegspazieren über Tausende von Toten. Und der Erdboden ist auf einmal keine stumpfe Fläche mehr, sondern ein Spiegel, in dem wir die Zukunft sehen.

Es ist schon Nachmittag, als ich den Friedhof verlasse, doch die Totenfeier hat erst begonnen. Ich nehme die Straßenbahn stadteinwärts, um zu dem kleineren Friedhof Jeżycki zu gelangen, der unweit des ehemaligen Konzentrationslagers liegt und mir von Annas Mann, einem Friedhofsliebhaber, besonders empfohlen wurde. Neue Lebkuchen, Kerzen, Blumen, neue Menschenscharen, auf engerem Raum. Auch hier nimmt niemand Notiz von mir, beschäftigt wie alle sind mit dem Herrichten und Betrachten ihrer Gräber. Ich komme mir vor wie ein unsichtbarer Besucher; toter als die Toten.

Noch ist es heller Tag, doch die Kerzen brennen schon; Hunderte, Tausende von Lichtern, die erst von der niedersinkenden Nacht nach und nach entzündet werden. Die Menschen sind jetzt fast alle zum Stillstand gekommen, stumm oder leise Worte tauschend stehen sie vor den Steinen und sehen nicht so aus, als würden sie auf etwas warten. Sie stehen, jeder an seinem angestammten Platz, und verbringen den Nachmittag in Gesellschaft ihrer Toten.

Ein steinernes Mädchen, ein Kind noch, neigt sitzend den verwitterten Kopf in die offene Hand. In der Beuge des anderen Arms, der aus einem kurzärmeligen Kleidchen herausschaut, liegt eine übervoll aufgeblühte, flammend rot aus dem grauen Stein herausleuchtende Rose, ihre weichen Blütenblätter geöffnet wie zu einem Lebensschrei.

Kirchenglocken ertönen. Kaum einer regt sich. Mit den wenigen, die sich von den Gräbern lösen, bewege ich mich zu der Friedhofskapelle hin, einer großen, modernen Kirche, vor der sich statuengleich die Gläubigen ballen, die drinnen keinen Platz mehr gefunden haben. Die Messe hat begonnen. Getrieben von dem dringenden Wunsch, wenigstens für kurze Zeit einmal das Außen zu verlassen, in dem ich seit dem ersten Tag meiner Reise und vielleicht meines Lebens gefangen bin, zwänge ich mich in die volle Kirche hinein, wo des Priesters dunkle Stimme in den Lautersprechern knistert. Auch über den Friedhof legt sie sich. Ich stehe, gehalten von der schweigenden Menge, und schließe die Augen, lausche der unergründlichen Rede, von der ich allmählich doch etwas verstehe, etwas, was weniger aus dem Mund des Priesters zu kommen scheint als aus seiner Kehle, im Polnischen womöglich gleichbedeutend mit Seele, jedenfalls aus den Tiefen seiner Brust. Etwas, was in keine Sprache übersetzt werden kann und doch Sprache ist, *Mitlaute* vornehmlich, von den schwingenden Stimmbändern des mir unsichtbaren Priesters ins Kirchengewölbe hineingetragen, und in diesen Lauten oder mit ihnen schwingt noch etwas anderes, von dem ich allenfalls ahnen kann, was es ist, und dem ich den Namen gebe: das Vibrato der Toten.

Ich, die Heidin, mache die Gesten der Frömmigkeit mit, stimme leise in das Gemurmel mit ein. Mit Staunen höre ich fremde, sinnlose Laute über meine Lippen kommen. Ob das nicht Gotteslästerung ist, fährt es mir durch den Sinn. Aber nein. Mir fällt die Wendung *in Zungen reden* ein.

Dann kniet die Kirchgemeinde nieder; die auf den Bänken Platz gefunden haben, lassen sich auf das Kniebrett, die hinteren auf den Steinboden sinken. Mit gesenktem Kopf und geschlossenen Augen knie ich unter ihnen und spüre meine Skepsis und Nüchternheit mit der mich umgebenden Gläubigkeit ringen. Ich weiß nicht, wie viel Zeit vergeht. Schulter an Schulter richten wir uns auf, und es kümmert mich nicht, wie der Kampf ausging, es kümmert mich auch nicht mehr, ob ich lächerlich bin, ich weiß nur, die Stimme schwingt noch über uns hinweg, eine stimmhafte Seele ohne begreiflichen Sinn. Und ein zweites Mal fallen wir auf die Knie und falten die Hände, wie es Menschen tun. Und ich tue mit, ja, ich bete, wenn Beten ein äußerstes Strecken und Dehnen ist zu einem Gesehenen oder Geahnten hin, wenn es äußere Regungslosigkeit ist und größte innere Bewegung, ja, dann bete ich, in der Menge kniend, vor dem grauen Grabhügel des Unbekannten und fülle betend das namenlose Grab mit meinen Toten, mit den in der Erde oder wo immer Verschwundenen, versuche, mit aller Anstrengung, deren ich fähig bin, sie dem Nichts zu entreißen. Ich bette Sanderling, den Urahnen, und seinen unwürdigen Sohn, meinen Großvater, hinein, und zuletzt auch dessen Sohn, der noch am Abgrund steht, seit Jahren schon. Hinter meinen geschlossenen Lidern bleiben die Vorväter nicht lange allein, andere drängen hinzu, deren Gesichter ich nicht erkennen kann, helle, unscharfe Gestalten, die immer zahlreicher werden, doch im Grab ist noch Platz, es weitet sich und weitet sich, bis es Ausmaße erreicht, die weder mit Augen noch mit Gedanken mehr erfasst werden können. Bis es sie alle umfängt, die Millionen und Abermillionen von Toten. Meine Ahnen.

Ein Bein streift meine Schulter, die Orgel dröhnt zum Aufbruch; ich beeile mich aufzustehen. Benommen, wie aus tiefem Schlaf erwacht, sehe ich die in Weihrauch gehüllte Prozession der Priester und Chorknaben zwischen den Bankreihen auf den Ausgang zugleiten, und jetzt, langsam aus der Welt der Bilder in die Welt der Gedanken zurückkehrend, erschrecke ich vor meinem allumfassenden Gebet, und vor Schreck und Scham bin ich in Versuchung, es zu widerrufen. Denn ich höre Stimmen, die mich an meinen Platz verweisen, an der Seite meiner Ahnen. Die Stimmen sagen: »Unsere Toten gehören dir nicht«, sie sagen: »*Deine* Ahnen! Welche Anmaßung!« Es sind die Stimmen derer, die viele Tote haben und kein Grab. Ich weiß ihnen nichts zu entgegnen. Oder doch?

Sind denn die Lebenden für alle Zukunft ein Spiegel der Toten? Zerfallen sie in dieselben zwei Hälften wie ihre Vorfahren, in die eine, die es verbrach oder geschehen ließ, und jene andere, die es erlitt? Ist das mein Erbe, ein ewiger Fluch?

Die Prozession trägt mich auf den Friedhof hinaus, wo die Menschen unverändert in der inzwischen angebrochenen Abenddämmerung vor ihren Gräbern stehen und sich auch jetzt, da die Prozession die Alleen durchläuft, nicht von der Stelle bewegen, sich bloß leicht drehen, um dem Holzkreuz, das durch den Friedhof getragen wird, nicht den Rücken zu kehren. Im Dämmerlicht, über dem immer lebendigeren Glimmen der Kerzen, hat der bewölkte Himmel eine blaue Färbung angenommen.

Aber der Tag ist noch nicht zu Ende, die Toten geben noch keine Ruhe, sie wollen bis spät in die Nacht Gesellschaft haben, und die Lebenden sind ihrer Gesellschaft noch nicht müde geworden. Und obwohl ich durchgefroren und erschöpft bin, zieht es mich noch einmal ans andere Ende der Stadt, in den Friedhof im Wald. Ich kenne jetzt die Wege und die Straßenbahnen, die von einem Friedhof oder *cmentarz* zum anderen führen. Bis ich in Miłostowo ankomme, ist es Nacht, aber über dem Friedhofswald liegt, von weitem schon zu sehen, ein rötlicher Schein.

Mit der Nacht kam die Stille über die vielen, die zu dieser Stunde noch unterwegs sind. Noch einmal überwinde ich die Grenze der Unterführung und tauche mit anderen Stillen in den Totenwald ein bis zur ersten Lichtung. Was ich jetzt erblicke, verschlägt mir den Atem und fast auch die Sicht; ich gehe stumm und staune, als liefe ich durch einen bestirnten Himmel; *Sternengefilde* ist das Wort, das mir in den Sinn kommt. Keine andere Beleuchtung gibt es hier als die zahllosen, über die Gräber verstreuten Wachs- undÖlleuchten, die in der Tiefe der Waldnacht flimmern, ein stilles, dauerhaftes Feuer- und Wunderwerk, entzündet von den Lebenden für die Toten.

Unter den Menschen, die durch diese Lichterfelder gehen und miteinander reden, gibt es niemanden, der nicht mit gedämpfter, bloß für den Allernächsten zu hörender Stimme spräche, auch die Kinder nicht, von denen manche sirrende Leuchtfäden durch das Dunkel tragen, so dass es dem durch den Friedhof Wandernden so scheinen kann, als wäre seit dem Morgen eine Umkehrung geschehen oder als könnte er alles auch anders sehen, nämlich in den leise Umherirrenden die Toten, oder zu kurzem Mitternachtsleben erwachte Gespenster, und in den flackernden, hellen Lichtern die Lebenden.

Ich tauche wieder in den Wald ein, gehe, von den fernen Gespensterstimmen geleitet, durch das dichteste Dunkel, bis eine neue Lichterlichtung sich öffnet und mich irgendwann der Wald aufs Neue umfängt, und so dringe ich immer tiefer und tiefer in den mit Lichterinseln durchsetzten Totenwald der Lebenden ein, und diese Lichtschleusen eine nach der anderen überwindend, nähere ich mich der Hoffnung, es möge irgendwo in dieser Licht- und Schattentiefe einen Ort geben, an dem alle Toten ungeteilt meine, unsere Ahnen sind.

Anne Weber

August

Ein Puppentrauerspiel

160 Seiten. Gebunden

Sohn eines berühmten Vaters, Sohn einer nicht standesgemäßen Mutter – August von Goethe entkommt den Familienschatten nicht, reibt sich auf und geht schließlich daran zugrunde: ein blasser Junge, der den eigenen Weg, das eigene Leben nicht findet.

»In der Form eines Theaters im Kopf,
stellt die Autorin die tragische Existenz Augusts
und sein Ringen um Selbständigkeit
literarisch vielstimmig und eindringlich dar.«
Joachim Dicks, NDR Niedersachsen

»Anne Weber stellt August ebenso sensibel wie
ironisch dar und zeigt die anrührenden Seiten
dieses im Schatten des Vaters stehenden Sohnes.«
Livres Hebdo

»so ernst wie albern, so klug wie flapsig,
einfach umwerfend und mitreissend.«
Brigitta Lindemann, WDR 3

S. Fischer

fi 1-091061 / 1

Anne Weber

Tal der Herrlichkeiten

Roman

Band 19373

Ein Mann, eine Frau, ein Hafen in der Bretagne. Eine große Liebe bricht an, in ihrer Heftigkeit und Macht absolut neu, unerwartet und Jahrtausende alt. Zwei herrliche Tage und Nächte sind ihnen gegeben, dann werden die beiden Liebenden auseinandergerissen. Und Sperber folgt der Verschwundenen an einen Ort, von dem es eigentlich keine Wiederkehr gibt. Anne Weber erzählt die Geschichte einer Liebe, die wie ein wilder nächtlicher Traum den Leser durch den Tag begleiten wird.

»Ein Buch (...), das so emphatisch, ja ekstatisch von der Liebe spricht, dass es (...) von einem anderen Stern zu kommen scheint.«
Andrea Köhler, Neue Zürcher Zeitung

»Das Abenteuer der Lektüre dieses Romans besteht darin, sich unablässig in andere Welten entführen zu lassen.«
Hans-Jürgen Heinrichs, Literarische Welt

»Ein wunderbar aufregendes Buch.«
Gabriele von Arnim, Deutschlandradio Kultur

fi 19373 / 1